Shakespeare, Katz & Co.

ECON Krimi

Im ECON Taschenbuch Verlag ist von Garrison Allen außerdem lieferbar:

Katzen, Killer und Kakteen (TB 25152)

In Empty Creek feiert man die Elisabethanischen Frühlingsfestspiele. Die Bewohner der kleinen Wüstenstadt schlüpfen in die Rollen berühmter Persönlichkeiten aus dem 16. Jahrhundert und lassen die Zeit Shakespeares wiederaufleben. Aus dem Spaß wird jedoch blutiger Ernst, als jemand die »Queen«-Darstellerin hinterrücks erdolcht. Penelope Warren, Buchladenbesitzerin und Hobbydetektivin, übernimmt die Rolle der Toten und macht sich gemeinsam mit ihrem schwergewichtigen Kater Big Mike an die Auflösung des Falls. Intrigen, geheimnisvolle Drohbriefe und ein Banküberfall erschweren die Ermittlungen, und als schließlich ein Mitglied des Shakespeare-Ensembles tot aufgefunden wird, gerät Penelope selbst in Gefahr.

Garrison Allen war unter anderem Freiwilliger im Friedenscorps, Englischlehrer in Äthiopien und hat in einer Werbeagentur gearbeitet. Heute lebt er als Schriftsteller mit seiner Katze in Long Beach, Kalifornien. Nach »Katzen, Killer und Kakteen« ist dies der zweite Krimi um Penelope Warren und Big Mike.

Garrison Allen

Shakespeare, Katz & Co.

Ein Big-Mike-Katzenkrimi

Aus dem Amerikanischen
von Jutta Lützeler

ECON Taschenbuch Verlag

Veröffentlicht im ECON Taschenbuch Verlag
Deutsche Erstausgabe
Der ECON Taschenbuch Verlag ist ein Unternehmen
der ECON & List Verlagsgesellschaft

First published by Kensington Publishing Corp., New York
Titel des amerikanischen Originals: ROYAL CAT
Aus dem Amerikanischen übersetzt von Jutta Lützeler
Umschlaggestaltung: Init GmbH, Bielefeld
Titelabbildung: Reiner Tintel
Lektorat: Jutta Nymphius
Gesetzt aus der Baskerville
Satz: ECON Verlag
Druck und Bindearbeiten: Elsnerdruck, Berlin
Printed in Germany
ISBN 3-612-25168-6

Für Ann LaFarge, Herausgeberin und Freundin,
auf ewig in Liebe und Zuneigung
von Garrison und Big Mike

Die *Besetzung* in der ungefähren Reihenfolge
ihres Auftretens

Die Elisabethanischen Frühlingsfestspiele von Empty Creek. Eine Feier zum Frühlingsanfang, die jedoch im Winter veranstaltet wird, um die sengenden Wüstentemperaturen zu vermeiden, bei denen sogar die Eidechsen auf Stelzen laufen, damit ihre kleinen Füße nicht verbrennen. Das Fest ist nicht immer so authentisch elisabethanisch wie erhofft.

Carolyn Lewis alias Die alte Krähe. Sie ist bei den Festspielen die Königin von England. Im Gegensatz zur echten Elisabeth I. erfreut sie sich bei ihren Untertanen keiner so großen Beliebtheit.

Penelope Warren. Besitzerin von *Mycroft & Co,* einem kleinen Krimibuchladen in Empty Creek, Arizona. Penelope ist außerdem eine erfahrene Amateurdetektivin.

Mycroft alias Big Mike, Mikey. Ein abessinischer Straßenkater aus Afrika und Penelopes Freund. Er besitzt ein beachtliches detektivisches Talent und ißt leidenschaftlich gerne Limabohnen.

Empty Creek, Arizona. Ein Wüstenkaff nördlich von Phoenix, das von einer seltsamen Ansammlung von Freigeistern bevölkert wird. Penelope und Big Mike passen dort ziemlich gut hin.

Harris Anderson III. Penelopes schlaksiger Freund, der aussieht wie Ichabod Crane und das *Empty Creek News Journal* herausgibt. Er wird bei den Festspielen die Rolle des Sir Walter Raleigh übernehmen.

Cassandra Warren alias Storm Williams, Stormy. Penelopes Schwester, die Empty Creek häufig besucht. Sie ist eine Schauspielerin, die bessere Rollen verdient als die der Prinzessin Leogfrith in *Die Amazonenprinzessin und das Schwert der Verdammnis* oder die der schönen Astronautin in *Vampire aus dem All.*

John »Dutch« Fowler. Empty Creeks Polizeichef. Er ist völlig verrückt nach Stormy. Zum Glück ist Stormy genauso verrückt nach Dutch, dessen Spitzname aus seiner Zeit bei der Polizei von Los Angeles stammt, als er einen Schuhfetischisten verhaftete, der mit einem Paar Holzschuhen die Straße entlanglief.

Jungfer Kathy Allen. Eine ehemalige Schankmaid, die bei den diesjährigen Festspielen in die *Gentry* aufgestiegen ist und dank ihrer Position als Aushilfe in *Mycroft & Co* während der Festtage bevorzugte Behandlung genießt.

Timothy Scott. Ein geschickter Jongleur, verrückter Dichter und treu ergebener Lebensgefährte der Jungfer Allen. Er schreibt innige, wenn auch schauerliche Verse über zwei bestimmte Teile ihrer Anatomie, die die Bezeichnung »üppige alabasterne Lusthügel« tragen.

Der Pranger. Jenes altertümliche Holzgestell mit Löchern zum Einklemmen des Kopfes und der Handgelenke des Schurken, das während der Regentschaft der alten Krähe häufig benutzt wird. So manch schöne Maid und so manch kräftiger Bursche mußten schon darin verharren, um für ein Vergehen, sei es echt oder erfunden, Buße zu tun.

Lawrence Burke und Willie Stoner alias Zwiddeldei und Zwiddeldum. Die beiden sind Top-Detectives der Polizei von Empty Creek. »Top« reicht gar nicht aus, um ihre Fähigkeiten annähernd zu beschreiben.

Nora Pryor. Autorin des Buches *Empty Creek: A History and Guide.* Sie ist von zierlicher Gestalt, hat ein strahlendes Lächeln, ein großes Herz und errötet schnell. Nora tritt in dieser Geschichte nicht wirklich in Erscheinung, obwohl sie es sollte. Sie besitzt wunderbares rotblondes Haar und die erotischste Stimme nördlich von Nogales.

Christopher Marlowe. Dramatiker und Spion im Dienste Ihrer Königlichen Majestät Königin Elisabeth I. Er taucht ein paar Jahre nach seinem angeblichen Tod bei einer Wirtshausschlägerei wieder auf. Anscheinend ist er Nutznießer eines elisabethanischen Zeugenschutzprogramms.

William Shakespeare. Ein arrivierter Dramatiker und Anwärter auf Marlowes Position als *der* überragende Autor des elisabethanischen Englands.

Sharon O'Bannon. Ein lebhaftes irisches Mädchen mit blondem Haar und schelmischem Sinn für Humor; eine Schauspielerin mit beachtlichem Talent. Sie spielt die Rosalind in *Wie es euch gefällt,* sehr zu Marlowes Enttäuschung.

Alyce Smith. Empty Creeks Astrologin und Medium, die während der Festspiele einen Stand betreibt, an dem sie die Zugvögel – jene Leute aus dem Norden, die im Süden überwintern – mit deren zukünftigen Geschicken unterhält. Unglücklicherweise ist Alyce nicht in der Lage, ihre eigene Zukunft genau vorherzusagen, und diese mangelnde Fähigkeit hat sie in der Vergangenheit in Schwierigkeiten gebracht.

Elaine Henders alias Laney. Penelopes beste Freundin und Autorin von erotischen Liebesromanen, die im Wilden Westen spielen. Sie hat einen Lebensgefährten, der sich begeistert an ihren Recherchen beteiligt.

Wally. Laneys Freund, ein arbeitsloser Cowboy, der die unheimliche Fähigkeit besitzt, lakonisch mit den Augen zu zwinkern. Abgesehen davon hat er noch andere Talente.

Alexander. Ein fröhlicher kleiner Yorkshireterrier, der leidenschaftlich gerne kläfft. Er ist außerdem Mycrofts bester Freund. Sie gehen häufig zusammen reiten. Alexander lebt bei Laney und Wally.

Chardonnay. Das dritte Mitglied in Penelopes Haushalt. Sie ist eine sanftmütige Araberstute und hat gar nichts dagegen, wenn Big Mike und Alex auf ihr durch die Wüste reiten wollen.

Leigh Kent. Gäbe es eine Wahl zur erotischsten Bibliothekarin, würde Leigh sie spielend gewinnen. Ihr glühender Blick hat den größten Teil der männlichen Bevölkerung Empty Creeks in liebeskranke junge Hunde verwandelt.

Burton Marshall alias Ben Jonson. Leighs Zukünftiger. Er hat das Herz der schönen Maid dadurch gewonnen, daß er Liebesgedichte seines Namensvetters in ihr liebliches Ohr geflüstert hat.

Samantha Dale. Ein Finanzgenie und die Direktorin der *Empty Creek National Bank.*

Blaine Edwards. Königlicher Hoflieferant für Eisenwaren, Keuschheitsgürtel und andere feine Metallarbeiten.

Justin Beamish. Ein Privatdetektiv, der als Robin Hood bei den Festspielen in Erscheinung tritt. Er ist sich glücklicherweise nicht bewußt, daß Robin, wenn überhaupt, zu einer viel früheren Zeit gelebt hat.

Ralph und Russell. Zwillingsbrüder, die im Dienste von Beamish stehen. Ihm treu ergeben, erscheinen sie beide als Little Johns und sind sich ebenfalls nicht bewußt – wahrscheinlich ist es ihnen auch egal –, daß sie sich um etwa vier Jahrhunderte vertan haben. Sie vermieten außerdem private Postfächer und besitzen einen Sexshop, der ein umfassendes Sortiment an Hilfsmitteln für Ehepaare führt. Laney liegt Ralph (oder Russell) ständig in den Ohren, er solle einen Versandkatalog für die interessantesten Artikel zusammenstellen.

Lola LaPola. Die atemlose »Hier spricht Lola LaPola von der UnfallstelleundnunzurückinsStudio«-Reporterin eines Fernsehsenders in Phoenix.

Sir Francis Bacon, Sir Francis Drake, Sir Walter Raleigh, Sir Philip Sydney et al. Mitglieder des königlichen Hofes.

Und die derben Elisabethaner. Und die wären: zahlreiche Adelige, Bauern, Angehörige der Gentry, Hofnarren, Freibauern, Händler, alte Seebären, Narren, Piraten, lüsterne Frauenzimmer, Schauspieler, Musikanten, Alchemisten, Astrologen, Hexen, betrogene Ehemänner, Papisten, Puritaner, Taschendiebe, Jongleure, Clowns und Gimpel.

Der Beginn der Frühlingsfestspiele stand unter einem ungünstigen Stern. Der königliche Festzug, mit dem Ihre Majestät Königin Elisabeth I. ihre treuen Untertanen und die Festbesucher begrüßte, begann mit Verspätung. Das brachte das königliche Blut zum Kochen.

Als der königliche Festzug durch das Dorf endlich begann, winkte Ihre Majestät ihren Untertanen mit verbissenem Lächeln zu.

Lady Kathleen Allen, die der Königin folgte, befand sich in viel besserer Stimmung. Sie strahlte, entzückt darüber, zum Hofstaat zu gehören. Bei den Festspielen der vergangenen Jahre war Lady Kathleen nur eine niedere Schankmaid gewesen. Und nun, nach Monaten des Lernens und der Vorbereitung für ihre neue Rolle, war sie ein Mitglied des Adels. Die schlechte Laune der Königin konnte Kathys Glück nicht trüben, und ihr fiel beinah alles aus dem Korsett, als sie einem gutaussehenden Jongleur zuwinkte.

Nach den ersten Startschwierigkeiten lief schließlich alles glatt. Die Königin und ihr Hofstaat – vertrauenswürdige Ratgeber, Hofdamen und zahlreiche Beamte – folgten dem *Lord High Mayor,* vorbei am Schießstand der Bogenschützen, vorbei an den Ständen der Kunsthandwerker, der Astrologen und Wahrsager, vorbei am *Globe Theater* und dem *Bear Garden,* dem Eisenwarenhändler, dem Maibaum und dem Schmied.

An jedem einzelnen der zahlreichen *Public Houses,* den Gasthöfen, wurde die Königin begeistert begrüßt.

»Hurra!«

»Lang lebe die Königin!«

Die Hochrufe stellten die gute Laune der Königin wieder her.

Unglücklicherweise bog der *Lord High Mayor,* der scheinbar betrunken war, am Fechtplatz falsch ab, und der königliche Festzug endete in einem konfusen Gedränge am Tauchstuhl, der auf der anderen Seite des künstlichen Sees, also genau gegenüber dem königlichen Pavillon lag, wo der Festzug eigentlich mit hundert Fanfarenstößen hätte begrüßt werden sollen.

Das versetzte die Königin, von ihren treuen Untertanen auch liebevoll »Die alte Krähe« oder »Diese *Jungfrau*« (manchmal auch »*Diese* Jungfrau«) genannt, erneut in schlechte Laune.

Als der königliche Festzug schließlich in die Arena einzog, um dort seine triumphale Runde zu drehen, trat die Königin in einen Haufen Pferdeäpfel. Diesem Fehltritt folgte ein mißtönender, lauter Fanfarenstoß, daß es ihr nur so in den Ohren klingelte.

Die Königin hatte einen scheußlichen Tag. Diejenigen, die schon länger am Hofe waren, erkannten die Anzeichen der königlichen Verstimmung und hielten sich von der Königin fern, als das Turnier begann.

Lady Kathleen, die sich mit den Feinheiten am Hofe noch nicht auskannte, setzte sich an den äußeren Rand der königlichen Loge. Kaum hatte sie ihre Röcke arrangiert, als eine Hand ihren Knöchel packte. Dann tauchte der Kopf eines Jongleurs auf.

»Timmy«, flüsterte Lady Kathleen, »was machst du hier?«

Er legte einen Finger auf die Lippen, und sie verstummte. Sie kicherte, als er ihren Fuß kitzelte.

Beim königlichen Lanzenstechen schnitten die Streiter des Hofes nicht so gut ab. Einer nach dem anderen wurde von dem schwarzen Ritter aus dem Sattel befördert, den die Königin wegen seiner Arroganz nicht ausstehen konnte.

Dann wurde ein Ritter der Königin bei dem Versuch, ein sehr feuriges Streitroß zu besteigen, zu Boden geworfen, und er jagte das Pferd vor Gott und sämtlichen Zuschauern durch die Arena. Die Jagd nahm ein unrühmliches Ende, als der edle Ritter, einst ein Günstling der Königin, auf einem Haufen Pferdeäpfel ausrutschte. Er landete auf seinem gepanzerten Hinterteil, unfähig, sich zu erheben, so daß ihn die Diener unter dem Johlen der zahlreichen Zuschauer, die sich an diesem ersten Tag der alljährlichen Festlichkeiten eingefunden hatten, aus dem Ring ziehen mußten.

Die Königin hätte dies alles vielleicht noch überstanden, ja sogar noch ihre gute Laune wiedererlangt, hätte Sir Robert Dudley, ihr treuer Vertrauter, Ratgeber und angeblicher Liebhaber (es gab unter den Untertanen Ihrer Majestät zahlreiche Spekulationen über ihre berühmte Jungfräulichkeit), seinen üblichen Platz an ihrer Seite eingenommen.

Aber als Ihre Majestät die Männer des Sheriffs auf die Suche nach dem verlorengegangenen Adligen schickte, fand man Sir Robert hinter der Bühne des *Globe*, wo er einer hübschen, jungen irischen Schauspielerin schöne Augen machte, die in *Wie es euch gefällt* mitwirkte.

Wenn in Empty Creek jedes Jahr im Februar und März die Elisabethanischen Frühlingsfestspiele ihren ruhmreichen Verlauf nahmen, wurde von den Mitwirkenden, allesamt gute Elisabethaner, erwartet, sich jenen alten Zeiten entsprechend zu benehmen und konsequent die Rolle der Persönlichkeiten zu spielen, für die sie sich entschieden hatten.

Als aber die Nachricht von Sir Roberts Aufenthaltsort und seiner scheinbar neuen Liebe die Königin erreichte, bekam sie einen höchst unelisabethanischen Wutanfall. Kurz gesagt, geneigter Leser, die Königin war stinksauer!

Dies entsprach wohl kaum dem königlichen Verhalten. Dann drehte sich die Königin verärgert um und entdeckte auch noch eine gewisse Lady Kathleen Allen auf dem Schoß eines Jongleurs, der eine dreigezackte Narrenkappe trug, deren glöckchenverzierte Enden seine Anwesenheit verraten hatten.

»Verhaftet sie!« schrie die Königin.

Die Männer des Sheriffs, die gerade erst von ihrer Suchaktion beim *Globe* zurückgekehrt waren, kamen ihrem Geheiß eilig nach.

Der Jongleur, der im königlichen Pavillon nichts zu suchen hatte, erhob sich abrupt, wobei er Lady Kathleen sehr unsanft auf den Boden plumpsen ließ, und flüchtete.

Lady Kathleen bemühte sich, ihre Röcke zu sortieren und ihre Haltung wiederzuerlangen, während sie dem sich schnell entfernenden Jongleur nachstarrte, der im wirklichen Leben ihr Liebhaber war. »Timothy, du Schuft!« schrie Lady Kathleen. »Nimm mich mit.«

Zwei Männer des Sheriffs zerrten Lady Kathleen auf die Füße, und schon sah sie sich mit dem Zorn ihrer Königin konfrontiert.

»Guten Morgen, Euer Majestät«, sagte Lady Kathleen, scheinbar ganz nach dem Motto *Frechheit siegt.*

»Guten Morgen, hör' sich das einer an«, murmelte die Königin mit zusammengebissenen Zähnen. »Ich geb' Euch gleich Guten Morgen, Ihr schamlose Person.«

»Aber Euer Majestät ...«

»Ich habe mich in Euch getäuscht. Ihr seid nichts weiter als eine Schankmaid, und das werdet Ihr ab morgen auch wieder sein.«

»Aber ...«

»Die Zeit, Master Sheriff?«

»Die Stunde schreitet fort, Euer Majestät.«

»Gut. An den Pranger«, rief die Königin.

Lady Kathleens Unschuldsbeteuerungen blieben unbeachtet.

»An den Pranger!« rief die Menge, als die Männer des Sheriffs die ehemalige Lady Kathleen Allen schnellen Schrittes durch den Pöbel hindurch ihrem Schicksal entgegenführten.

Als sie den Dorfanger erreichten, wurde ein dankbares junges Milchmädchen vom Pranger freigelassen. Sie flüchtete quer über den Platz, gefolgt von drei Verehrern, denen es ihre Reize angetan hatten.

Der *Lord High Sheriff* verlas eine königliche Bekanntmachung, die er rasch verfaßt hatte, während er auf dem Weg zum Pranger das recht ansehnliche, wiegende Hinterteil der Gefangenen bewunderte.

»Hört, hört, Lady Kathleen Allen ist zur Buhle erklärt, zur Schankmaid degradiert und durch Hoheitsrecht zu angemessener Strafe am Pranger verurteilt. Diese Strafe gilt ab sofort und wird nicht eher aufgehoben, bis der Gerechtigkeit Genüge getan ist.«

Der *Lord High Sheriff* blickte sich selbstzufrieden um, da es ihm gelungen war, die Bekanntmachung so fehlerfrei vorzutragen. Er hatte, um die Wahrheit zu sagen, die meiste Zeit des langen Nachmittags mit dem *Lord High Mayor* gepichelt.

»Tut eure Pflicht«, befahl der Sheriff. Dem Befehl folgte ein gewaltiger Rülpser. Das Ale, das im königlichen Pavillon kredenzt wurde, war von ausgezeichneter Qualität.

Kathy wehrte sich gegen den Griff ihrer Häscher.

Timmy, das wirst du mir büßen, dachte sie, als die Männer des Sheriffs den Querbalken des Prangers hochhoben und sie zwangen, sich zu bücken und ihren schlanken Hals und ihre zwei zierlichen Handgelenke in die Halbkreise zu legen, die in das weiche Holz geschnitten waren.

Ein Mann des Sheriffs faßte Kathys langes blondes Haar zusammen und ordnete es so an, daß es ihr über das Gesicht fiel. Der andere betatschte sie, bevor er den Querbalken senkte und das Schloß mit einem endgültig klingenden Geräusch zuschnappen ließ.

»Idiot«, rief Kathy und trat mit einem zierlichen Schuh nach ihm.

Aus ihrer gebückten Haltung blickte Kathy auf den Pöbel, der sie lautstark verspottete. *Na warte, Timothy Scott.*

Der lüsterne Hilfssheriff, der auf so unfaire Weise die Situation der hilflosen jungen Frau ausgenutzt hatte, hängte ihr nun ein Schild um den Hals, das sie zur BUHLE erklärte.

Kathy beobachtete, wie er eine überreife Tomate von dem kleinen Halunken kaufte, der vor dem Pranger regen Handel trieb.

»Reife Tomaten«, rief der Junge. »Einen Penny, einen halben Penny. Bewerft das Frauenzimmer mit einer reifen Tomate.«

Frauenzimmer mit reifen Tomaten zu bewerfen war ein ziemlich beliebter Zeitvertreib, wobei eigentlich alles, was mit jungen Frauen zu tun hatte, auf reges Interesse stieß. Puritaner zu bewerfen war zwar auch recht populär, wenn einer dieser prüden Fanatiker an den Pranger gestellt wurde, aber es gab nichts Besseres als ein hübsches junges Frauenzimmer, um das gemeine Volk zu erregen.

Der Hilfssheriff grinste sie anzüglich an, bevor er Schwung holte und eine Tomate auf die arme Kathleen warf. Sie schloß die Augen.

Platsch!

Es war ein Glück für die hübsche junge Kathy, daß der Hilfssheriff ein lausiger Schütze war.

Na warte, Timmy, wenn ich dich erwische.

Der Gegenstand ihres Zorns stand, verkleidet als fahrender Spielmann, am Rand der Menge hinter dem Pranger, wo ihn seine poetische Muse erneut dazu inspirierte, eine weitere Ode an die geliebten Brüste zu verfassen, die Gegenstand seiner gesammelten Werke waren. Er schlug eine Saite auf der Leier an.

Platsch!

Unfähig, den Anblick seiner geliebten Kathy zu ertragen, wie sie unter dem Hohn und Spott des Pöbels litt, wanderte der fahrende Spielmann von dannen. Er würde wiederkommen, wenn die Nacht hereingebrochen und die Festspielbesucher vom Gelände vertrieben worden waren. Dann würde er Kathy trösten und ihr ein paar Schlucke Bier bringen. Timmy wußte, daß sie ihn sonst glatt umbringen würde.

Erschöpft von einem sehr anstrengenden Tag, zog sich die Königin in ihre königlichen Gemächer zurück, wo sie sich, nachdem sie sich des königlichen Gewands und des gräßlichen, einengenden Mieders entledigt hatte, auf das Feldbett legte und einen machiavellistischen Racheplan gegen Sir Robert schmiedete. Selbst das junge Ding an den Pranger zu schicken hatte ihr nicht dabei geholfen, ihre Gereiztheit zu bekämpfen.

Verraten.

Von der Hand einer Irin.

Das bezahlst du mir, Dudley. Wart's nur ab.

Die Königin beschloß, sich etwas auszuruhen, und schlief ein. Vor ihr lag noch eine arbeitsreiche Nacht.

Und so kam es, geneigter Leser, daß die Königin später, immer noch im unreinen mit sich und der Welt, auf der Suche nach Übeltätern durch die dunklen Ecken des Dorfes streifte.

Es war eine Sache, als Königin über den Ablauf der Frühlingsriten zu bestimmen, die jedes Jahr an den Wochenenden der Elisabethanischen Frühlingsfestspiele vorgeführt wurden, wenn sich Touristen, Zugvögel und sonstige Zecher in das Dorf drängten. Dann hielten sich ihre ungebärdigen Untertanen wenigstens an ihre Rollen, die gelegentlich, zum Entsetzen der Festbesucher, ein recht derbes Verhalten vorsahen. Aber es war eine ganz andere Sache, ihre lüsternen Untertanen in Schach zu halten, nachdem sich die Tore geschlossen hatten und niemand mehr da war. Abgesehen natürlich von den Elisabethanern sämtlicher Schichten, die damit fortfuhren, was sie für die Aufgabe eines guten Elisabethaners hielten, nämlich die ungezügelte Suche nach Vergnügungen, für gewöhnlich die der fleischlichen Art.

Bei der nächtlichen Party im *Queen's Own Men Public House* ging es allmählich schon ziemlich laut zu. In der Bauernzunft war es wahrscheinlich an der Zeit für einen sehr populären, wenn auch recht unelisabethanischen Zeitvertreib – den *Wet T-Shirt Contest.* Wenn sich die Tore am Sonntag wieder öffneten, würde so manch einer verschlafen dreinblicken und die

Festspielbesucher mit einem herzlichen, aber vorgetäuschten »Guten Morgen« begrüßen.

Überall im elisabethanischen Dorf flohen hübsche Maiden, wenn auch nicht besonders schnell, vor den Annäherungsversuchen ihrer Verehrer.

Die alte Krähe seufzte. Die Arbeit einer Königin war nie getan.

Da!

Auf dem Dorfanger bot eine schemenhafte Gestalt der am Pranger stehenden Büßerin eine Erfrischung an. Dies war ein eklatanter Verstoß gegen den königlichen Erlaß.

»Schurke!« rief die alte Krähe, als sie aus dem Dunkeln auftauchte und über das feuchte Gras rannte. Zum Glück hatte sie nicht mehr dieses furchtbare Kleid an. Es war viel einfacher, Halunken in Jeans, Tennisschuhen und einem Sweatshirt mit der Aufschrift DIE FESTSPIELE zu verfolgen.

Zu spät; der Bösewicht war über die hölzerne Brücke geflohen.

Die Königin blieb atemlos vor dem Pranger stehen. Das Schild um Kathys Hals hing schief. Die Königin rückte es zurecht. Die alte Krähe nahm es mit der Ordentlichkeit sehr genau.

»Und was habt Ihr zu Eurer Verteidigung zu sagen, Kathleen Allen?« fragte die Königin streng.

Die Gefangene kicherte, als sie zu ihrer Königin hochschaute. Scheinbar hatte vorher schon jemand geholfen, ihr Leid zu mildern.

Der Beweis war nicht zu übersehen.

Kathys Lippen waren mit Schaum starken Ales bedeckt.

»Zuerst das Schauspiel von heute nachmittag, und nun das hier.«

»Aber Euer Majestät, ich habe doch nur auf seinem Schoß gesessen.«

»Auf dem Schoß eines Jongleurs, und noch dazu im königlichen Pavillon.« Die Königin war ob solch unhöfischen Benehmens immer noch völlig entsetzt.

»Das ist mir egal«, antwortete Kathy. Das starke Bräu hatte scheinbar ihre Sinne verwirrt.

Die Königin sagte: »Noch eine Stunde.«

»Aber, Euer Majestät, dann sind die Parties schon vorbei.«

»Das will ich auch hoffen. Ich werde um zehn Uhr zurückkommen und Euch freilassen. Ich hoffe, Ihr habt bis dahin Eure Lektion gelernt.«

Hochmütig setzte die Königin ihren nächtlichen Rundgang fort.

Als sie sicher war, daß sich die Königin außer Hörweite befand, flüsterte Kathy: »Du alte Spielverderberin! Wer will schon zu deinem blöden Gefolge gehören?«

Kathy seufzte und wartete darauf, daß Timmy zurückkam.

Die Königin überquerte die Brücke und verschwand aus dem Blickfeld.

»Ihr schon wieder!«

»Jawohl, Eure Majestät.«

»Aber Ihr solltet doch in Italien sein. Das habe ich Euch doch gesagt.«

»Ich bin des sonnigen Klimas überdrüssig.«

»Aber das ist nicht fair. Ihr könnt jemand anders sein. Wer Ihr wollt.«

»Nein. Ich verlange meine eigene Persönlichkeit.«

»Das kann nicht sein. Euer Platz ist schon von jemand anders eingenommen.«

»Ich verlange es. Sonst werdet Ihr sterben.« Er zog einen Dolch aus seinem Gürtel.

»Ich rufe die Männer des Sheriffs.«

»Diese Narren liegen schon betrunken in ihren Betten.«

Königin Elisabeth drehte sich um in der Absicht, um Hilfe zu rufen.

Zu spät.

Er stach zu und rammte den Dolch tief in den Rücken der Königin.

»Attentäter!« Die Königin war der Meinung, daß sie laut

genug geschrien hatte, um die Wächter des Towers im fernen London zu alarmieren, aber in Wirklichkeit war ihr Schrei nichts weiter als ein geflüstertes Krächzen, bevor sie starb.

Der Mörder blickte einen Moment auf sein Opfer hinunter, bevor er davonging und eine schwungvolle Melodie pfiff.

Der junge Dichter stolperte beinah über den Körper der Königin.

»Oh, Scheiße«, sagte Timmy, bevor er losrannte, um Alarm zu schlagen.

Und so kam es, geneigter Leser, daß ein niederer Jongleur in der Verkleidung eines fahrenden Spielmannes, der eine Hofdame vornehmen Standes liebte, den Tod einer Königin entdeckte.

Die Königin war tot.
Lang lebe die Königin.

Am Dienstag nachmittag nach dem Ableben der Königin fiel eine Delegation aus dem nicht ganz so guten alten England bei *Mycroft & Co* ein. Da Kathy Allen, die in Ungnade gefallene Adlige, in dem kleinen Krimibuchladen arbeitete, wenn sie nicht gerade in der Miniausgabe des elisabethanischen Knasts einsaß, war sie anwesend, als Sir Francis Bacon, Sir Francis Drake und William Shakespeare hereinkamen.

Wie es seinem Stand als der überragende Dichter seiner Zeit zukam, sprach Shakespeare für alle, als er sagte: »Penelope, wir möchten, daß Sie unsere neue Königin werden.« Er schaute Penelope Warren wie eine Eule über den Rand seiner nicht ganz zeitgemäßen Brille an. Dann wandte er seine Aufmerksamkeit Mycroft zu, einem zwölf Kilo schweren abessinischen Straßenkater aus Afrika, dem der Buchladen seinen Namen verdankte.

Big Mike erwiderte den Blick des Barden mit Interesse. Schließlich war Shakespeare sein Lieblingsdramatiker. Die Gesamtausgabe diente ihm schon seit langem als praktischer und stabiler Kratzbaum.

Penelope ihrerseits glaubte nicht, daß Shakespeare – der richtige Barde von Avon – eine Brille getragen hatte. Aber es war ihr schon oft durch den Kopf gegangen, daß die Festspiele nicht ganz der historischen Wirklichkeit entsprachen.

»Und den Mörder finden«, sagte Sir Francis Bacon. »Sie sind mittlerweile eine Expertin darin, Mörder zu fangen. Sie haben den Killer der armen Mrs. Fletcher entlarvt.«

»Und nicht zu vergessen den Weihnachtsmann«, sagte Shakespeare. »Sie hat auch den Mord am Weihnachtsmann aufgeklärt.«

»Die Polizei weiß nicht weiter«, warf Sir Francis Drake ein.

»Außerdem werden wir feiern, als ginge das Jahrhundert zu Ende«, fügte Shakespeare hinzu.

»Es ist natürlich erst fünfzehnhundertfünfundneunzig«, sagte Sir Francis Bacon, »aber wir werden feiern, als wäre es schon soweit.«

»Ich weiß nicht«, sagte Penelope. Sie hatte an Parties genausoviel Spaß wie jede andere Frau auch, aber als Königin?

»Ja, so wie wir auch immer den Sieg über die spanische Armada feiern«, sagte Sir Francis Drake mit stolz geschwellter Brust. »Das ist Tradition.«

Sowohl Shakespeare als auch Bacon blickten ihn finster an. Sie konnten Drakes Gerede über seinen Triumph von 1588 langsam nicht mehr hören. Mein Gott, eine kleine Schlacht. Ja und?

»Los, Mylady, ich meine, Euer Majestät«, sagte Kathy. Mit der Unverwüstlichkeit der Jugend hatte sie sich schnell von der Tortur am Pranger und der Entdeckung der königlichen Leiche erholt. »Das wird lustig. Ihr werdet die beste Königin Elisabeth sein, die es je gegeben hat, sogar besser als die alte Krähe.«

»Sprich nicht schlecht von den Toten, Kind«, sagte Penelope.

»Tut mir leid, Euer Majestät, aber sie war nun mal eine alte Krähe.«

»Das stimmt, aber trotzdem ...«

»Die Show muß weitergehen«, wandte Will Shakespeare ein. »In diesem Fall die *Elisabethanischen Frühlingsfestspiele von Empty Creek.*«

»Na ja ...« Die Elisabethaner – die richtigen natürlich – hatten nach dem Tod ihrer geliebten Königin wirklich nichts anderes gewollt als eine friedliche Thronfolge, da sie Intrigen, religiöse Zwistigkeiten, blutigen Bürgerkrieg und Einmischung aus dem Ausland befürchteten. Penelope würde der Öffentlichkeit tatsächlich einen großen Dienst erweisen, wenn sie die Krone annahm, zumindest für die diesjährigen Festspiele. »Wer ist denn am Sonntag für die arme Carolyn eingesprungen?« fragte Penelope.

Drake schnaubte verächtlich. »Dieser Rüpel von *Lord High Mayor.* Er war schon wieder betrunken.«

»Machen Sie doch mit«, sagte Bacon. »Bitte.«

»Ich weiß nicht«, wiederholte Penelope. Sie befürchtete, daß sie kurz davor stand, ihrem eh schon eklektischen Lebenslauf wieder einmal ein bizarres Detail hinzuzufügen. Sie hatte im *United States Marine Corps* und im Friedenscorps gedient, besaß drei Abschlüsse in englischer Literatur, war gelegentlich Lehrbeauftragte für Englisch und einzige Besitzerin von *Mycroft & Co* (natürlich mit Big Mike zusammen), und nun schien sie auch noch Königin von England zu werden. Zum Glück wollte und brauchte sie auch keinen richtigen Job.

Es konnte natürlich auch gefährlich werden. Eine Königin von England war schon einem Attentat zum Opfer gefallen, und wie Drake schon gesagt hatte, war die Polizei ratlos. Die zwei besten Detectives der Mordkommission von Empty Creek waren immer ratlos, und irgend jemand mußte ja Carolyn Lewis Mörder finden.

Nun, Penelope und Big Mike waren nicht umsonst Ehrenmitglieder der Polizei von Empty Creek.

»Ich habe Euer Kostüm, Euer Majestät«, sagte Jungfer Allen. »Ich habe gestern den ganzen Tag daran genäht. Ihr werdet darin echt toll aussehen.«

»Du steckst also auch dahinter?«

»Nun ... ich habe Euch vorgeschlagen.«

»Das habe ich mir schon gedacht.«

»Probiert es einfach an«, bat Kathy. »Es ist hinten.«

»Was meinst du, Mycroft?«

Big Mike miaute. Er miaute sogar zweimal. Wahrscheinlich stellte er sich gerade sein königliches Wappen vor. Die spanische Armada sollte ihm besser nicht in die Quere kommen. Ein sowieso schon königlicher Abessinerkater aus Afrika würde natürlich mit dem größten Vergnügen die Rolle von Penelopes königlicher Eskorte übernehmen. *Wartet nur, bis Murphy Brown davon hört.* Murphy war die hübsche gefleckte Katze, die die Straße runter in der Nähe der kleinen Ranch lebte, die Mycroft zusammen mit Penelope und Chardonnay bewohnte. Sie hatte Big Mike schon zwei Würfe knuddeliger Kätzchen geschenkt.

»Na ja ... ich probiere das Kostüm mal an«, sagte Penelope, »aber ich verspreche nichts. Und wenn ich es mache, dann muß Kathy Hofdame werden.«

Junge, Junge. Zuerst Lady Kathleen, dann Schankmaid und nun wieder königliche Hofdame, und das alles in weniger als einer Woche.

Sir Francis und Sir Francis blätterten in ein paar Kriminalromanen, während sie ungeduldig darauf warteten, ihre neue Königin zu begrüßen. William Shakespeare vertrieb sich die Zeit, indem er die Wand mit den kleinen Kinoplakaten betrachtete, die Penelopes Schwester Cassandra gewidmet war, einer Schauspielerin, die unter dem Künstlernamen Storm Williams in Streifen wie *Biker Chick, Vampire aus dem All,* und *Die Amazonenprinzessin und das Schwert der Verdammnis* mitgespielt hatte. Stormys letzter Film trug offensichtlich den Titel *Rückkehr der Amazonenprinzessin,* aber das war nicht so einfach festzustellen, da die knapp bekleidetete Prinzessin das ganze Poster einnahm und der Titel daher aus Platzgründen recht klein geraten war. Will beschloß, nach nebenan in die Videothek zu gehen und den Film auszuleihen, sobald diese Königinnen-Angelegenheit geklärt war.

Im Hinterzimmer des Buchladens dauerte es jedoch eine ganze Weile, Penelope Warren in Königin Elisabeth I. zu verwandeln. Sie murrte und beschwerte sich die ganze Zeit, während ihr ihre Hofdame in das königliche Kleid half.

Mycrofts bereitwillige Hilfe trug nicht gerade dazu bei, daß die Prozedur schneller vonstatten ging.

»Mein Gott, sind die Unterröcke und das ganze Zeug schwer.«

»Ihr werdet Euch daran gewöhnen, Mylady, ich meine, Euer Majestät«, sagte Kathy. Nachdem sie ihr elisabethanisches Englisch so viele Monate mit Penelope geübt hatte, würde es eine Zeitlang dauern, bis sie sich auf die königliche Anrede umgestellt hatte.

»Mein Gott, das ist ja glattweg unanständig«, rief Penelope, als sie sich im Spiegel betrachtete und das pralle Mieder sah, das einen Großteil ihres attraktiven Busens entblößte.

»Ihr werdet Euch daran gewöhnen, My ... Euer Majestät.«

»Du hast leicht reden mit diesem geistesgestörten Dichter, der ständig Oden an deine Brüste verfaßt. Ich werde mir Sonnenschutzmittel besorgen müssen.«

Kathy trat einen Schritt zurück und bewunderte ihr Werk. »Wir müssen natürlich noch etwas mit Eurem Haar machen. Königin Elisabeth hat sehr wahrscheinlich keinen Pferdeschwanz getragen.«

»Und ich bin mir sicher, daß William Shakespeare auch keine Brille getragen hat.«

»Ach, der trägt während der Festspiele Kontaktlinsen.«

»Hm.«

»Ihr seht phantastisch aus. Findest du nicht auch, Mikey?«

Miau.

»Da seht Ihr es, Euer Majestät.«

Penelope blickte erneut in den Spiegel und mußte zugeben, daß sie wirklich großartig aussah – abgesehen von ihren Brüsten, die scheu aus dem Mieder lugten. *Scheu? Ha, ha! Sie quollen geradezu heraus.*

»Ihre Majestät Elisabeth die Erste. Königin von ganz England«, verkündete Kathy.

Die Königin von ganz England mußte seitwärts gehen, damit sie durch die Tür paßte.

William Shakespeare machte eine tiefe Verbeugung. Seine

Brille fiel klirrend zu Boden, was den feierlichen Moment ein wenig störte, aber Sir Francis Bacon und Sir Francis Drake folgten seinem Beispiel und machten eine elegante, schwungvolle Verbeugung.

»Euer Majestät«, riefen sie gleichzeitig. Shakespeare tastete nach seiner Brille.

Mycroft gab der Brille einen Stoß. Sie schlitterte quer über den Boden und blieb vor einem Bücherregal, genau unter den säuberlich aufgereihten Tony-Hillerman-Taschenbüchern, liegen. »Köpft sie«, erwiderte Penelope. Das war die einzige königliche Äußerung, die ihr spontan einfiel.

Die Tür von *Mycroft & Co* öffnete sich, und die Türklingel ertönte.

»Was tust du da, Penelope?« fragte Harris Anderson III. mit ironischem Unterton. »Ist etwa schon wieder Halloween?«

»Ich bin Königin von England«, verkündete Penelope würdevoll. »Von ganz England«, setzte sie hinzu.

»Natürlich, Schatz«, antwortete Andy.

»Und Mycroft ist der königliche Kater.«

»Wo ist Mycroft?« fragte Kathy.

Die Königin kicherte. »Er ist unter meinem Kleid und kitzelt meine Beine.«

»Mycroft, komm raus da«, sagte Kathy.

Big Mike, so schien es, hatte ein ausgezeichnetes Versteck gefunden. Es war dunkel und warm, und es gab dort eine Menge merkwürdiger Dinge zu erkunden, während er auf den richtigen Moment wartete, um eine Überraschungsattacke auf alle Schurken und niederen Sklaven zu starten, die zufällig vorbeikamen – natürlich hatte der Barde diese Zeilen noch nicht geschrieben; es war erst 1595. Aber es gab ja schließlich noch diese heimtückischen Spanier.

Nachdem sie den königlichen Kater mit einer großzügigen Portion Limabohnen unter dem Kleid hervorgelockt hatten – Mycroft hatte in seiner Jugend eine unerklärliche Leidenschaft für Limabohnen entwickelt –, entfernte sich die Delegation der neuen Königin von England. Nachdem sie Penelope aus dem königlichen Gewand befreit hatten, schlossen Penelope und Kathy *Mycroft & Co* zu und begleiteten Andy über die Straße ins *Double B Western and Saloon Steakhouse,* Treffpunkt der Elite Empty Creeks.

Bik Mike sprang leichtfüßig auf seinen Stammhocker, schob sich an die Theke und wartete darauf, daß ihm Pete, der Barmann, sein Schnapsglas alkoholfreies Bier ausschenkte.

Die anderen setzten sich an einen Tisch abseits vom Lärm, der vom Billardtisch ausging, wo ein nie endendes Spiel im Gange war.

»Hallo Leute«, sagte Debbie D. »Das Übliche?«

»Weißwein für alle«, sagte Andy.

»Kommt sofort«, erwiderte Debbie. Auf ihrem Weg zur Bar machte die hübsche Kellnerin einen großen Bogen um einen Tisch mit Cowboys, die nur Augen für ihren Brustumfang hatten. Debbie D trug ihren Spitznamen zu Recht – er bezog sich angeblich auf die Körbchengröße ihres Büstenhalters –, denn sie besaß, wie sich ein Witzbold einmal ausgedrückt hatte, riesige Whopper. Red, die Ratte, der seinen Spitznamen ebenfalls zu Recht trug, da er wirklich eine alte Wüstenratte war, hatte einmal verkündet, daß Debbie »für diese Dinger einen Waffenschein haben sollte«.

»Nun, da ich Königin bin«, sagte Penelope, »erzähl mir, was letzten Samstag passiert ist.«

»Das habe ich dir doch schon erzählt«, sagte Kathy. »Sogar zweimal.«

»Erzähl es noch mal.«

»Nun, ich stand am Pranger ...«

»Und warum standest du am Pranger?«

»Timmy hat sich in den königlichen Pavillon geschlichen, und ich habe auf seinem Schoß gesessen ...«

»An meinem Hof wird es so ein Techtelmechtel nicht geben, junge Dame.«

»Natürlich nicht, Euer Majestät.«

»Aber ich dachte, daß die Elisabethaner Techtelmechtel im ganz großen Stil betrieben haben«, sagte Andy. »Ich habe mich schon richtig darauf gefreut, selbst beim königlichen Unsinn mitzumachen.«

»Alles zu seiner Zeit, Andy. Wir werden mal mit Laney reden. Ich bin sicher, ihr wird ein passendes Spiel für die königlichen Schlafgemächer einfallen.«

»Aber, Euer Majestät«, protestierte Kathy, »Ihr seid die jungfräuliche Königin.«

»Hah!« erwiderte Penelope, sehr zu Andys Erleichterung. »Den Teil der Rolle werden wir ganz bestimmt nicht spielen.«

»Aber mir das Techtelmechtel verbieten.«

»Was hast du gemacht, während du auf Timmys Schoß gesessen hast? Ihn zu einer weiteren seiner allseits bekannten Oden inspiriert?«

»Das war später, als ich am Pranger stand.«

»Rezitiere alles.«

»Muß ich, Euer Majestät?«

»Andy, hör mal einen Moment weg.«

Kathy errötete artig, als sie sich nach vorne beugte und flüsterte: »›Ach, jene weichen baumelnden Früchte der verlockenden Leidenschaft, habt Geduld, ihr vernachlässigten Früchte, die ihr so reif zur Ernte seid, erwartet das sanfte Pflücken durch euren Liebhaber.‹ Der Teil ist noch nicht fertig.«

»Ich sehe, es entspricht seinem üblichen Standard.«

»Ich finde es ganz gut, Euer Majestät.«

»Natürlich findest du das«, sagte Penelope lächelnd. Sie mochte Timmy ganz gern, war aber immer wieder erstaunt über die zahllosen Metaphern, die dem Barden der Brüste einfielen, um Kathys Busen zu beschreiben. Kathys Brust hatte mehr blumige Zeilen inspiriert, als Helenas Gesicht Schiffe auf den Weg gebracht hatte.

Kathy war erleichtert, als der Wein kam. »Ich habe gehört, du bist die neue Königin«, sagte Debbie, als sie Untersetzer und Gläser mit Chardonnay verteilte.

»Also ehrlich, woher weißt du das? Ich habe es vor einer Stunde selbst noch nicht gewußt.«

»Shakespeare, Bacon und Drake waren zum Mittagessen

hier. Sie sagten, du seist perfekt für die Rolle. Und das bist du auch.«

»Und was, wenn ich abgelehnt hätte?«

»Oh, sie wußten, daß du den Mörder finden willst«, erwiderte Debbie. »Ich habe mit ihnen gewettet, daß sie zehn Minuten nach ihrer Ankunft ihre neue Königin haben würden.«

»Bin ich für meine Freunde so leicht zu durchschauen?«

»Ich wußte, daß du einem unaufgeklärten Verbrechen nicht widerstehen kannst. Hatte ich recht?«

»Schuldig im Sinne der Anklage«, antwortete Penelope. »Was hast du gewonnen?«

»Zwei Eintrittskarten für den königlichen Pavillon. Da war ich noch nie drin.«

»Wenn ich es mir recht überlege, ich auch nicht«, sagte Penelope.

»Also, wen verdächtigst du?« fragte Debbie.

Penelope dachte einen Moment nach. Carolyn Lewis war nicht bei all ihren Untertanen beliebt gewesen. »Alle, abgesehen von Kathy«, sagte Penelope. »Sie stand zum Zeitpunkt von Carolyns Ermordung am Pranger.«

Debbie blickte Kathy ungläubig an. »Schon wieder?«

Kathy nickte unglücklich.

»Du scheinst ziemlich viel Zeit an dem Ding zu verbringen?«

»Man hat mich reingelegt.«

»Ja, so kann man es auch ausdrücken.« Debbie ging zurück zu den Cowboys am Billardtisch, die lautstark nach mehr Bier verlangten.

»Hast du jemanden gesehen, oder ist dir etwas aufgefallen, während du am Pranger standst?« fragte Penelope.

»Alyce Smith hat mir etwas Bier gebracht.«

»Das war nett von ihr.«

»Sie ist ein bißchen geblieben, um mich vor dem Pöbel zu schützen, bis Timmy kam. Du weißt ja, wie die sein können. Dauernd versuchen sie, dich zu küssen. Und wenn du sie nicht küßt, dann fangen sie mit diesen schrecklichen Tomaten an. Drakes Seebären sind die schlimmsten. Sie benehmen sich wie richtige Seeleute.«

»Ja, das kann ich mir genau vorstellen. Worüber hast du dich mit Alyce unterhalten?«

»Oh, über dies und jenes. Es ist etwas schwierig, eine zivilisierte Konversation zu führen, wenn du nach vorne gebeugt stehst und dich die Leute den ganzen Nachmittag mit faulen Tomaten beworfen haben. Sie hat mir den Rücken massiert.«

»Und dann ist Timmy gekommen, und du brauchst mir gar nicht zu erzählen, was er gemacht hat.«

»Dann hat ihn die Königin weggejagt und mich zu einer weiteren Stunde verurteilt, weil ich gekichert habe. Zu dem Zeitpunkt war ich etwas betrunken. Sie sagte, sie würde um zehn Uhr wiederkommen, aber –«

»Sie ist nicht mehr wiedergekommen.«

»Und es hat ewig gedauert, bis Timmy jemanden dazu überreden konnte, den Schlüssel von der Leiche abzumachen. Die Polizei hat keinem erlaubt, sie anzufassen, bevor der Gerichtsmediziner da war. Es war schließlich Mitternacht, als sie mich endlich rausgelassen haben. Ich glaube, dieser Detective Burke hat mich ganz gern am Pranger stehen sehen.«

»Ist das nicht wieder typisch Mann?« Penelope funkelte Andy wütend an, der zufällig der einzig greifbare Mann war. »Ich nehme an, du würdest mich auch gern in diesem Apparat sehen.«

»Nun ...«

Penelope wandte sich wieder Kathy zu. »Da siehst du es. Männer!«

»Aber ...«

»Nun, Andy, da du der königliche Gefährte sein wirst ...«

»Werde ich?«

»Natürlich. Und du mußt ja schließlich jemanden spielen.«

»Muß ich?«

»Wie wäre es mit Thomas Dekker? Ich habe Dekker immer bewundert. Ich hatte eine Eins minus im Kurs über das elisabethanische Drama.«

»Wie wäre es mit Prinz Philip?« fragte Andy. »Ich habe ihn immer sehr bewundert.«

»Jemand Elisabethanisches, Dummkopf.«

»Ich finde, Andy würde einen tollen Puritaner abgeben«, sagte Kathy.

»Auf gar keinen Fall unter meiner Regentschaft, aber du hast wirklich recht.« Man konnte sich Andy, der groß und schlaksig war und Penelope immer an Ichabod Crane erinnerte, leicht als einen Hölle und Verdammnis predigenden Puritaner vorstellen. Aber Penelope hatte für ihn eine Hauptrolle in dem königlichen Unsinn geplant, die sich nicht so gut mit den puritanischen Ansichten vertrug. »Na ja, es ist erst Dienstag, und wir haben bis Samstag Zeit. Ich werde die Sache morgen recherchieren.«

»Wie wäre es mit Sir Walter Raleigh?« fragte Kathy. »Unser alter Raleigh ist nach Dallas gezogen.«

»Perfekt!« rief Penelope. »Obwohl ich nicht verstehe, wie jemand freiwillig nach Dallas ziehen kann.«

»Raleigh?« fragte Andy. »Wurde er nicht hingerichtet?«

»Nicht von mir«, sagte Penelope. »Das war später. James I. hat das veranlaßt. Raleigh war einer meiner Günstlinge. Meist jedenfalls.«

»Na, wenn das so ist ...«

»Und nun zu Mycroft ...«

Während Penelope und Kathy das passende Gewand für den königlichen Kater entwarfen, hatte es sich Mycroft auf seinem Barhocker bequem gemacht und hörte Red zu, der über den Mord an Carolyn Lewis schwafelte. »Die Frau hatte 'ne prima Figur, Big Mike.« Das war nichts Neues. Alle Frauen hatten nach Reds Meinung eine prima Figur, und der Tod einer von ihnen verringerte den Bestand in seinem Jagdrevier. Das eine Mal jedoch, als Red nahe daran gewesen war, selbst eine Frau mit einer prima Figur zu erobern – eine Vorgängerin Debbies –, hatte er sich in den Schutz der Wüste geflüchtet, bis ihn die Neuigkeit erreichte, daß sie mit einem Lieferant für australische Sättel durchgebrannt war und nun in einem

Wohnwagenpark in der Nähe von Prescott lebte. »Jawoll, Big Mike, da hätt's den alten Red fast erwischt.«

Als Penelope und Kathy – die beide ebenfalls 'ne prima Figur hatten – sich mit einem Maßband, das sie von Debbie ausgeliehen hatten, auf Big Mike stürzten, starrte Red, die Ratte, traurig in seinen Drink. Vielleicht dachte er gerade über die Höhen und Tiefen des Lebens in einem Wohnwagenpark in Prescott nach.

»Steh auf, Mycroft.«

Warum?

»Wie geht's, Penelope. Kathy«, sagte Red.

»Hallo, Red.«

»Mycroft, bitte.«

»Was machste denn da, Penelope?«

»Ich will bei Mycroft für seine königlichen Gewänder Maß nehmen«, sagte Penelope, obwohl sie damit nicht gerade erfolgreich war. Mycroft schlug nach dem gelben Maßband, jedoch ohne große Begeisterung. Sein Glas alkoholfreies Bier besänftigte den großen Kater stets, so daß er nur noch ein kleines Schläfchen halten wollte. Das war das Schöne an einer Unterhaltung mit Red. Man mußte nichts weiter tun, als ihm zuzuhören, und der alte Schürfer nahm es einem auch gar nicht übel, wenn man zwischendurch einnickte.

»Na, dann eben nicht«, sagte Penelope und wandte sich Kathy zu. »Wir nehmen einfach die Maße von seinen Sweatshirts.« An Spieltagen trug Mycroft die Farben Rot und Schwarz des Footballteams der *San Diego State University,* dem Penelope treu ergeben war. Er besaß natürlich auch ein violett- und goldfarbenes Sweatshirt, das mit dem Emblem des *Marine Corps* verziert war und das er stets zum Geburtstagsball trug, der jeden zehnten November stattfand.

»Du wirst also wieder den Mörder fangen, Penelope?«

»Ja, das werde ich, Red.«

»Gut. Die Frau hatte 'ne prima Figur.«

Elaine Henders – selbsternannte Vorsitzende des Party-Komitees – wartete bereits ungeduldig, als Penelope, Mycroft und Andy auf der kleinen Ranch ankamen. Laneys Gefolge bestand aus Wally, jener mit den lakonisch zwinkernden Augen, und Big Mikes bestem Freund, Alexander, einem liebenswerten Yorkshireterrier, der ständig zu grinsen schien.

Die Gefolge gesellten sich zueinander und tauschten Begrüßungen aus. Augen zwinkerten. Jaul. Schleck. Miau.

»Laney, was machst du hier?«

»Ich mache eine Flasche Schampus auf, Dummkopf.«

»Das sehe ich auch. Aber warum? Hast du wieder einen Roman beendet?«

»Natürlich nicht. Wir feiern deine Thronbesteigung.«

Penelope fragte gar nicht erst, wie Laney das so schnell herausgefunden hatte. Laney wußte immer alles. Penelope wunderte sich oft, wie Laney bloß die Zeit fand, ihre hocherotischen Liebesromane zu schreiben, die im Wilden Westen spielten, wenn sie so viel Zeit am Telefon verbrachte, wo sie ihre zahlreichen Informanten befragte.

Nach mehreren Trinksprüchen auf die neue Königin und auf Sir Walter Raleigh wurden Wally und Andy losgeschickt, den Grill anzuwerfen. Big Mike und Alexander wurden ermahnt, schön zu spielen und dabei nichts kaputtzumachen, und Laney führte Penelope in die Küche.

»Es gibt *Nuklear-Hot-dogs*«, verkündete Laney. »Etwas anderes konnte ich so kurzfristig nicht hinkriegen. Also wirklich, Penelope, das hättest du mir auch früher sagen können. Dann hätte ich mehr geplant.«

»Ich habe es nicht gewußt.«

»Na, das hättest du dir aber denken können«, sagte Laney und warf empört ihre üppige flammendrote Mähne zurück. »Wen hätten sie sonst fragen sollen?«

Laneys Rezept für *Nuklear-Hot-dogs* war ganz einfach und ähnelte Penelopes eigenem Hot-dog-Rezept. Kein Wunder. Penelope hatte das Rezept schamlos geklaut und umbenannt. Man nehme ein Glas Hot-dog-Sauce. Dann füge man gehackte Zwiebeln und Tomaten hinzu und schmecke es mit Tabasco-Sauce ab (Laney mochte es am liebsten superscharf, daher der Name). Diese Mixtur wurde zubereitet, bevor man die Putenfleischwürstchen (fettarm) auf dem Grill briet. Die Brötchen wurden mit fettarmem Rahmkäse bestrichen. Das Ganze bildete eine einfache und köstliche Mahlzeit.

»Wie kommst du mit dem Schreiben voran?« fragte Penelope, während sie die Zwiebeln zerhackte.

»Die arme Rebecca keucht mit bebendem Busen in den Fängen des einäugigen Wilden«, antwortete Laney. »Ich glaube, das kleine Biest will ihn verführen. Sie kann offensichtlich der Augenklappe nicht widerstehen.«

Laneys Busen fing ebenfalls an zu beben. »Ich kann es ja verstehen«, fuhr sie fort. »Wally sieht ziemlich verwegen mit seiner Augenklappe aus, wenn wir *Schöne Tochter des Colonels in Gefangenschaft* spielen.« Laney war stolz auf die gründliche Recherche, die sie betrieb, damit ihre Romane authentisch wirkten, vor allem die zahlreichen Szenen, in denen ihre Heldinnen verführt wurden. Da sie genauso verführerisch wie ihre Heldinnen aussah, war Laneys Mieder schon häufiger zerrissen worden als das Rebeccas.

»Und was ist mit dem gutaussehenden Leutnant Kit Christopher, ehemals von West Point?«

»Ach, der reitet gerade wie der Teufel an der Spitze seiner tapferen Truppe, um Rebecca zu retten.«

»Und kommt er rechtzeitig, um Rebeccas Ehre zu retten?«

»Ich weiß noch nicht. Vielleicht wird die arme Rebecca an einen Pfahl auf einem Ameisenhaufen gebunden und von oben bis unten mit Honig beschmiert.«

»Igitt.«

»Ach, das ist gar nicht so schlimm«, lächelte Laney. »Außer daß Wally von dem ganzen Honig ziemlich schlecht geworden ist.«

Es war wirklich sehr interessant, Laney zur besten Freundin zu haben.

»Was machst du da bloß, Penelope?« fragte Andy, nachdem die Gäste nach Hause gegangen waren.

Penelope kroch auf Händen und Füßen vor dem Bücherregal neben dem brennenden Kamin herum, vor dem Mycroft sich genüßlich ausgestreckt hatte. »Ich suche nach ein paar Gedichten von Sir Walter. Ich bin mir sicher, daß er etwas Romantisches geschrieben hat.« Sie legte eine Anthologie nach der anderen zur Seite und setzte sich verärgert auf. »Nichts. Ich muß das morgen recherchieren. Und ich hatte mich schon auf eine Runde *Königin und Höfling* gefreut.«

»Wo gehst du denn nun hin?«

»Zum Kühlschrank. Ich glaube, ich habe noch etwas Honig.«

»Honig? Mycroft, hast du eine Ahnung, wovon sie redet?«

Als Mycroft seinen Namen hörte, bewegte er sich und richtete seine Ohren auf.

»Aha!« rief Penelope aus der Küche. Triumphierend kehrte sie mit einem kleinen Glas Honig in der Hand ins Wohnzimmer zurück.

»Was willst du denn damit?«

Penelope lächelte verrucht. Obwohl sie nicht fähig war, lakonisch mit den Augen zu zwinkern wie Wally – obwohl sie es stundenlang vor dem Spiegel geübt hatte –, besaß Penelope ein sehr verführerisches Lächeln. »Das wirst du noch herausfinden. Du hast nicht zufälligerweise eine Augenklappe dabei? Nein, wahrscheinlich nicht. Na, dann müssen wir uns eben mit dem ›zweiäugigen Wilden‹ zufriedengeben.«

»Was für ein Wilder?«

»Das bist du. Und die ›schöne Tochter des Colonels‹, das bin ich. Ich bin deine hilflose Gefangene. Auf die Ameisen müssen wir wohl verzichten. Du kannst ja ihre Rollen übernehmen.«

»Ameisen? Hast du dich wieder mit Laney unterhalten?«

»Ist sie nicht toll? So kreativ und einfallsreich. Ich weiß nicht, was wir ohne sie machen würden. Komm, mein wunderbarer Wilder.«

Andy gehorchte.

Mycroft tapste hinterher, aber die Schlafzimmertür wurde ihm, wie gewöhnlich, rüde vor der Nase zugeknallt. Seit jenem unglücklichen Vorfall mit einem ehemaligen Liebhaber wurde Mycroft aus dem Schlafzimmer verbannt, wenn sich leidenschaftliche Momente anbahnten.

Big Mike knurrte und beschwerte sich lauthals, aber schließlich machte er es sich vor der Türe bequem, um wenigstens zuzuhören – wenn er schon nicht Voyeur sein durfe –, und wartete darauf, daß er schließlich hereindurfte.

Er wartete ziemlich lange.

Der zweiäugige Wilde war schon lange gegangen und hatte Penelope und Mycroft ihrem ungestörten Schlaf überlassen. Zumindest Mycroft, der von riesigen Limabohnen träumte und leise im Schlaf miaute, ließ sich nicht stören. Penelope jedoch, die eigentlich immer und überall schlafen konnte, wurde von einer Frage geplagt.

Wer hatte die Königin von ganz England umgebracht?

Es war ungewöhnlich warm für Ende Februar, und die morgendliche Sonne durchflutete das Schlafzimmer und tauchte Frau und Kater in helles Licht. Es war nicht ungewöhnlich für Penelope und Mycroft, bis mittags im Bett zu bleiben. Bei der Entlassung aus dem *United States Marine Corps* hatte Penelope sich geschworen, nie wieder einen Sonnenaufgang zu sehen, es sei denn, sie kam um diese Zeit nach Hause, nachdem sie die Nacht in den Armen ihres Liebsten durchgetanzt hatte. Obwohl Mycroft nicht tanzte – außer zum Surren des elektrischen Büchsenöffners –, stand er Penelope in puncto Schlaf in nichts nach, im Gegenteil.

Penelope drehte sich um.

Mycroft, der auf ihren Beinen schlief, knurrte leise und beschwerte sich über die Störung.

Wer hatte die Königin umgebracht?

Penelope kniff die Augen zusammen, um nicht von der Morgensonne geblendet zu werden.

Warum?

Sie drehte sich wieder um.

Big Mike knurrte wieder, nur diesmal lauter.

Verdammt.

Penelope gab auf. Die Frage zwang sie zum Handeln. »Aufstehen, Mikey!«

Aufstehen, soweit kommt's noch.

Mikey wollte nichts davon hören, obwohl Penelope wußte, daß er nicht mehr schlief. Sie versuchte, ihre Beine unter dem schwarz-grau-gestreiften Kater hervorzuziehen, aber zwölf Kilo Entschlußkraft waren nicht so einfach zu vertreiben. Mycroft spannte die Muskeln an, bereit, sein verfassungsmäßiges Recht auf Schlaf zu verteidigen, aber Penelope gab nach. Sie konnte genausogut im Bett nachdenken, sogar ohne Kaffee.

Sie mußte zwei wichtige Dinge erledigen, bevor sie zu *Mycroft & Co* fuhr. Vielleicht sogar drei, aber sie konnte sich nicht mehr an das dritte erinnern, weil ihre Beine einschliefen. Dieser verdammte Kater. Zuerst mußte sie bei der Polizei von Empty Creek vorbeifahren und die Berichte über die Ermordung der Königin abholen.

Normalerweise hätte Penelope diese Berichte bereits in den Händen gehalten. Aber da John »Dutch« Fowler in Urlaub bei ihrer Schwester war, mußte Penelope mit den Detectives Larry Burke und Willie Stoner vorliebnehmen. Die beiden waren auch unter dem Namen Zwiddeldei und Zwiddeldum bekannt und gehörten zum sogenannten Mord- und Diebstahldezernat von Empty Creek.

Obwohl Penelope ihre jüngere Schwester sehr liebte, war Cassandras leidenschaftliche Romanze mit dem Polizeichef manchmal etwas ärgerlich, besonders wenn es einen Mord aufzuklären gab und sie sich mit dem niederen Volk der Polizei von Empty Creek abgeben mußte. Die Dreharbeiten von Cassies neustem Film sollten jedoch Ende der Woche abgeschlossen werden, und dann würden die beiden wieder in ihrem Versteck hoch oben auf den nördlichen Hängen von

Crying Woman Mountain zu finden sein. Bis dahin würde Penelope eben Zwiddeldei und Zwiddeldum ertragen müssen.

Penelope wackelte mit den Zehen, um wieder Gefühl in ihre Beine zu bekommen, aber es war sinnlos. Sie waren völlig eingeschlafen, ganz im Gegensatz zum Rest ihres Körpers. Und jetzt konnte sie auch noch Kaffee riechen, ein kräftiger, verlockender Duft, der durch das Haus in ihr Schlafzimmer drang, obwohl sie den Kaffee noch gar nicht gebrüht hatte. Sie wollte ja, aber ...

Dieser verdammte Kater.

Nach der Polizeistation wollte Penelope außerdem in die Bücherei von Empty Creek. Sir Walter mußte doch ein paar passende Liebesgedichte geschrieben haben, die Andy in zärtlichen Momenten der Festspiele verwenden konnte. Und das Programmheft der Festspiele mußte auch geändert werden. Obwohl Sir Walters Name in der Presse (und auch im Programmheft) oft R-a-l-e-i-g-h geschrieben wurde, benutzten die besten Anthologien – sogar Bartlett's – die traditionelle Schreibweise R-a-l-e-g-h. Und das würde Andy auch tun. Ein Auge fürs Detail war sehr wichtig.

Das gleiche galt für Kaffee.

Penelope machte sich bereit und umklammerte einen Zipfel der Decke. Sie war gerade kurz davor, Big Mike in die Luft zu schleudern und seinen Krallen auszuweichen, als er sich plötzlich träge streckte, erst die eine, dann die andere Pfote, und sie ansah, als wollte er sagen: »Na los, mach schon. Ich muß los, ich hab' was vor. Ich muß ein paar Limabohnen essen und ein Verbrechen aufklären.« Und all das mit einem spöttischen Blick, bevor er in die Küche schlenderte.

Als Penelope und Mycroft das Polizeirevier von Empty Creek betraten, wurden sie von Peggy Norton begrüßt. Mycroft sprang auf die hohe Tischplatte, um sie mit einem herzlichen »Howdy« zu begrüßen.

»Mikey«, rief Peggy erfreut, »wie schön, dich zu sehen.« Sie kraulte Big Mike unter dem Kinn, und er hob sofort begeistert den Kopf. »Hallo, Penelope. Wir haben uns schon gefragt, wann wir dich zu sehen kriegen.«

»Bin ich so leicht zu durchschauen?«

»Du kannst doch keinem Mord widerstehen. Du hättest Polizistin werden sollen.«

»Danke schön«, sagte Penelope, die sich über das Kompliment freute.

»Sogar Burke und Stoner haben sich schon Sorgen gemacht. Sie hatten schon Angst, du wärest krank.«

»Sind sie hier?«

»Geh ruhig nach hinten. Sie werden hoch erfreut sein, dich zu sehen.«

»Ja, klar.«

Als Penelope an die Tür des kleinen Büros klopfte, in dem die Mordkommission untergebracht war, saßen sich die Detectives Larry Burke und Willie Stoner gerade an ihren zusammengeschobenen Schreibtischen gegenüber und aßen mit Marmelade gefüllte Doughnuts.

»Gumgumph«, sagte Zwiddeldei zur Begrüßung mit vollem Mund. Er rollte sofort seinen Stuhl nach hinten, als Big Mike auf die Tischplatte sprang. Zwiddeldum rollte seinen Stuhl ebenfalls nach hinten und überließ Mycroft das Feld, der eigentlich keine Doughnuts mit Marmeladenfüllung mochte. Außerdem waren gar keine mehr da. Es lag dort nur noch eine fettige, rotverschmierte Tüte.

»Gumgumph«, wiederholte Zwiddeldei, obwohl Penelope bezweifelte, daß er Mycroft sehr liebevoll begrüßte. Die Narbe von der Wunde, die Mycroft dem stämmigen Detective einmal verpaßt hatte, war immer noch zu sehen, wenn auch schwach.

»Ihr werdet euch den Appetit auf das Mittagessen verderben«, sagte Penelope, »und auf das Abendessen auch.«

»Dsissunsamttassen«, sagte Zwiddeldei.

Penelope übersetzte diese merkwürdige Äußerung mit: »Das ist unser Mittagessen.« Sie nahm sich die Akte, auf der Carolyn Lewis' Name stand. »Ist das für mich?« fragte sie lieblich.

Zwiddeldei schluckte und nickte. »Ja«, sagte er.

»Ah, eine verständliche Unterhaltung ...« Penelope öffnete die Mappe und überflog schnell den Inhalt. Es hatte schon so seine Vorteile, die zukünftige Schwägerin des Polizeichefs zu sein. In der Akte stand jedoch nichts, was Penelope nicht schon von Kathy und den Gerüchten, die in der Stadt kursierten, in Erfahrung gebracht hatte. Carolyn Lewis war von einer unbekannten Person ermordet worden. Überließ man den Fall dem ermittlerischen Talent von Zwiddeldei und Zwiddeldum, so bestand eine gute Chance, daß die Person oder die Personen für ewige Zeit unbekannt bleiben würden.

»Die sind verrückt«, sagte Zwiddeldei.

»Wer ist verrückt?«

»Die Festspielleute. Die ziehen sich komisch an. Die reden komisch. Und die benehmen sich auch komisch.«

»Es ist lebendige Geschichte«, erklärte Penelope. »Sie lassen einen sehr interessanten Zeitraum der Vergangenheit wiederaufleben. Ihre Kleidung und ihre Ausdrucksweise sind so authentisch wie möglich.«

»Eins muß man denen aber lassen.«

»Was denn?«

»Diese Korsaren, die die Frauen anhaben. Also die zeigen 'ne ganze Menge Ball–«

Penelope, die Burke einst ernsthaft ausgeschimpft hatte, weil er Debbies Brüste als Ballermänner bezeichnete, unterbrach ihn. »Korsagen«, sagte sie.

»Hä?«

»Man nennt sie Korsagen«, sagte Penelope. »Ein Korsar ist ein Pirat. Aber es sind Mieder und keine ...«

»Na egal. Jedenfalls 'ne Menge Möp–«

Penelope hob drohend ihren Finger. »Wenn du schon über diesen Teil der weiblichen Anatomie reden mußt, dann bezeichne sie bitte als Brüste. Sprich mir nach, Brü-ste.«

»Mensch, Penelope. Ich denk' mir doch nichts dabei. Ich nenne Möpse eben Möpse.«

»Das tue ich auch«, sagte Penelope.

»Na also.«

Was für ein Trottel, dachte Penelope und gab es auf. Zu versuchen, Burke Kultur beizubringen, war ein aussichtsloses Unterfangen.

Mycroft gab jedoch nicht so schnell auf. Er wühlte und stöberte in den Papieren auf den zwei Tischen herum und verstreute sie überall. *Hier mußte doch irgendwo was Richtiges zu essen sein. Wie konnte man denn so ein Polizeirevier führen?*

»Was macht er denn da?« fragte Zwiddeldum, als wolle er beweisen, daß auch er der menschlichen Sprache mächtig war.

»Er sucht nach Hinweisen«, antwortete Penelope, obwohl sie Big Mikes wirkliches Vorhaben kannte, »und das solltet ihr auch tun. Was ist mit dem Motiv?«

»Scheinbar hat sie keiner richtig leiden können. Sie hat wirklich geglaubt, sie ist die Königin. Sie war herrschsüchtig.«

»Ich glaube, das haben Königinnen so an sich. Aber ich werde natürlich eine sehr gütige Königin sein.«

»Du!« riefen die beiden Detectives gleichzeitig voller Entsetzen.

»Ich bin nun Königin Elisabeth, Königin von ganz England.«

Burke stöhnte. Daß Penelope und Big Mike Ehrenmitglieder der Polizei von Empty Creek waren, war schon schlimm genug. Ihr Status als zukünftige Schwägerin des Polizeichefs war kaum zum Aushalten. Aber Königin von ganz England ...
»Ich werde aber keinen Knicks machen«, sagte Burke.

»Oh, das mußt du aber«, sagte Penelope. »So sind die Regeln.« *Königin zu sein konnte ja doch noch ganz lustig werden.*

Burke stöhnte noch einmal.

»Wer hatte die Gelegenheit, es zu tun?« fragte Penelope und ignorierte sein Mißfallen.

»Jeder hätte sich von den Parties wegschleichen und es tun können«, sagte Stoner. »Genauso leicht hätte sich jemand auf das Gelände schleichen können. Vielleicht hat sich jemand einschließen lassen.« Er schüttelte den Kopf. »Vielleicht war sie auch zufällig das Opfer. Die Art von Verbrechen sind am schwersten zu lösen. Wir werden ihn wahrscheinlich nie kriegen.«

»Vielleicht irgendein Kerl, der es auf ihr Geld abgesehen hatte«, schlug Burke vor. »Sie hat sich gewehrt, und das war eben keine so gute Idee.«

»Unsinn. Es wird nirgendwo eine Handtasche erwähnt. Wo zum Teufel sollte sie ihr Geld hingetan haben? Sie trug Jeans und Sweatshirt. Und warum sollte sie überhaupt Geld mit sich herumgetragen haben? Es war alles schon geschlossen.«

»Vielleicht waren es ihre alabasternen Lusthügel«, sagte Zwiddeldei mit einem dümmlichen Grinsen.

Penelope hätte am liebsten Big Mike auf ihn gehetzt, hielt sich jedoch zurück. »Jemand muß doch was gehört oder gesehen haben.«

»Wie ich schon sagte, zu dem Zeitpunkt fand gerade eine große Party statt.«

»Ein *Wet T-Shirt Contest.*«

»Ist das historisch?«

Penelope seufzte. »Das ist also alles?« fragte sie. »Das ist also das ganze Ergebnis eurer Untersuchung?«

»Natürlich nicht, aber es sieht nicht besonders vielversprechend aus.«

»Falls wir ihn nicht auf frischer Tat ertappen.«

Penelope war versucht, einen Vortrag darüber zu halten, daß die Elisabethaner in ihren unruhigen Zeiten das Bedürfnis nach Ordnung gehabt hatten, aber da Mycroft der einzige war, der verstehen würde, wovon sie sprach, hielt sie sich erneut zurück. Außerdem hatte Mycroft ihre Ansicht zu diesem Thema schon einmal gehört und stimmte ihr ohne Zweifel zu, da in seinem Universum ebenfalls ein großes Bedürfnis nach Ordnung herrschte. Von allen Geschöpfen auf Gottes Erden waren Katzen mit ihrer Vorliebe für Intrigen, gelegentliche Gewalt und Essen am elisabethanischsten.

Statt dessen sagte Penelope: »Komm, wir gehen, Mycroft. Wir müssen die Ordnung eben selber wiederherstellen.«

Big Mike kroch aus dem Blecheimer heraus, den er eifrig durchstöbert hatte, und stieß dabei einen Stapel Unterlagen um, der auf den Boden fiel.

»Nicht genug, daß du Königin bist. Nein, jetzt mußt du auch noch diese Verbrechen aufklären«, sagte Zwiddeldei vorwurfsvoll. »Genau wie all die anderen Male.«

»Selbstverständlich.« Penelope erwartete die übliche Misch-dich-nicht-in-die-Ermittlungen-ein-Rede, aber Burke überraschte sie.

»Sei vorsichtig«, sagte er sanft.

Penelope, die fest davon überzeugt war, daß Burke all sein Wissen über Ermittlungen und Polizeitaktik von den Wiederholungen der Serien *Polizeirevier Hill Street, Polizeibericht* und *Perry Mason* hatte, war gerührt. Zwiddeldei wurde sogar rot.

»Mycroft«, sagte Penelope, »gib dem netten Detective einen Kuß.«

»Da ess' ich lieber Würmer«, sagte Burke.

Big Mike schien das gleiche zu empfinden.

Die öffentliche Bücherei von Empty Creek war ein Hort des Wissens, und das in mehr als einer Hinsicht. Zum größten Teil war dies Leigh Kent zu verdanken, der neuen – gemessen am Durchschnitt von Empty Creek – Bibliothekarin, die ihre Stelle vor ein paar Jahren angetreten und sich sofort darangemacht hatte, den Bestand zu verbessern und zu vergrößern. Ihre Anwesenheit hatte außerdem bewirkt, daß sich die Bücherausleihe schlagartig erhöht hatte. Dies lag jedoch nicht am plötzlichen und unerklärlichen Wissensdurst der Einwohner Empty Creeks, sondern daran, daß »unsere Leigh« – wie sie bei der besitzergreifenden Bürgerschaft hieß – ganz einfach die erotischste Bibliothekarin auf Gottes Erden war. Ihr Lächeln hatte wie ein Blitz in die Reihen der männlichen Bevölkerung Empty Creeks eingeschlagen, bei jung und alt gleichermaßen. Ihre vor kurzem stattgefundene Verlobung mit

Burton Maxwell, einem Lehrer für englische Literatur am Community College, über die im *Empty Creek News Journal* gebührlich berichtet worden war, hatte so manches Herz gebrochen.

Leigh, die hinter der Information saß, als Penelope und Mycroft eintraten, stand schnell auf und vollführte einen äußerst gelungenen Knicks. »Euer Majestät«, sagte sie. »Ich fühle mich durch Euren Besuch sehr geehrt.«

Penelope kicherte.

»Du mußt wirklich an deinem königlichen Auftreten arbeiten, Penelope. Königin Elisabeth kichert nicht mädchenhaft.«

»Ich mußte nur gerade an den ehrenwerten Detective Burke denken, der mir noch vor knapp zwanzig Minuten gesagt hat, daß er keinen Knicks vor mir machen würde. Ich habe ihm nicht den Unterschied zwischen einem Knicks und einer Verbeugung erklärt.«

»Dann ist es ja gut. Ich finde, du wirst eine wunderbare Königin abgeben.«

»Ich habe da so meine Zweifel, besonders unter diesen Umständen.«

»Es war schrecklich«, sagte Leigh und kehrte zu ihrem Platz hinter dem Tisch zurück. Mycroft, der wußte, daß »unsere Leigh« nicht gerade ein Katzenliebhaber war, folgte ihr unverzüglich und machte es sich auf ihrem Schoß bequem, um ihr wieder einmal zu zeigen, was für ein feiner, wolliger Bursche er war. »Mikey, du bist die einzige Katze, die ich mag, weißt du das?«

»Es gefällt ihm, daß er allein deine Bewunderung genießt«, sagte Penelope. »Was kannst du mir über den Tod der armen Carolyn sagen?«

»Nichts, was du nicht schon weißt«, antwortete Leigh, die nun beim Frühlingsfest die Celia von Burton alias Ben Jonson spielte. »Wir sind nicht über Nacht geblieben und haben erst am nächsten Tag davon erfahren. Was sagt Dutch dazu?«

»Er ist nicht in der Stadt. Burke und Stoner glauben, es war kein geplantes Verbrechen.«

»Was wissen die schon?«

»Genau«, sagte Penelope. »Mikey, paß du auf Leigh auf, während ich ein paar Sachen über Sir Walter nachschlage.«

»Ich dachte, der wäre nach Dallas gezogen.«

»Ist er auch. Andy nimmt seinen Platz ein. Mit diesem Sir Robert Dudley will ich nichts zu tun haben.«

»Andy wird einen guten Sir Walter abgeben. Ich hoffe, er hat bei jedem deiner Schritte einen Umhang griffbereit.«

»Das hoffe ich auch für ihn. Ich bin sofort wieder zurück.«

Trotz der Bemühungen »unserer Leigh«, den Bestand zu vergrößern, waren nur sehr wenige von Sir Walters Gedichten zu finden, und was da war, handelte hauptsächlich vom Tod statt von der Liebe, wie Penelope gehofft hatte. Penelope wollte nichts von Tod hören, jetzt, da eine Königin ermordet und eine andere kurz davor war, den Thron zu besteigen.

Penelope ging wieder nach vorn und sagte: »Pfui Schande. Dann schreiben wir eben unsere eigenen.«

»Was für eigene, Penelope?«

»Unsere eigenen Liebesgedichte natürlich.«

»Natürlich.«

»›Trink mir zu, nur mit deinen Augen‹«, rezitierte Penelope, »›Und ich werde mit den meinen Treue dir schwören, / Oder laß einen Kuß mir im Becher / Und ich werde nicht nach Wein darin suchen.‹«

Leigh erwiderte sofort: »›Komm, meine Celia, laß uns genießen / Der Liebe Vergnügen, so lange wir können; / Die Zeit wird nicht ewig währen, / Denn er wird am Ende das Beste uns nehmen. / Verschwende daher nicht seine Gaben.‹« Leigh seufzte. »Wer könnte solchen Zeilen widerstehen?« fragte sie. »Als Burton sie mir zum erstenmal ins Ohr flüsterte ...«

»Und ich muß mich mit dem deprimierenden Sir Walter zufriedengeben.«

Als Penelope und Mycroft schließlich in *Mycroft & Co* ankamen, war dort der Teufel los.

»Gott sei Dank, daß Ihr endlich hier seid, Euer Majestät«,

rief Kathy, als Penelope sich ihren Weg durch die Menge neugieriger Zuschauer bahnte. »Jedermann will Euch sehen.«

»Warum denn, um Himmels willen?«

»Eine Delegation der Wahrsager war hier. Sie kommen noch mal wieder. Die Pikten und die Kelten waren hier, um den Treueeid zu schwören. Sie wollen Stormy an Eurem Hof haben – oder an ihrem. Ich bin mir nicht so sicher. Sie waren von ihrer Rolle als Amazonenprinzessin sehr angetan. Der *Lord High Sheriff* war hier – er ist es leid, daß ihn alle wegen seiner Rolle als Steuereintreiber verspotten –, und der *Lord High Mayor* ist der Meinung, daß er eine eigene Parade haben sollte. Und die Narren ... Ich habe vergessen, was die Narren wollten. Ich nehme an, etwas, das für Narren sehr wichtig ist.«

»Mein Gott«, sagte Penelope, als Kathy zum Atemholen eine Pause machte, »man könnte glatt meinen, ich sei die echte Königin.«

»Aber Euer Majestät, das seid Ihr doch auch.«

Die Stille, die nach Kathys ernsthafter Äußerung eintrat, wurde durch ein vogelähnliches Zwitschern unterbrochen. »Nun, Penelope Warren, was haben Sie zu Ihrer Rechtfertigung zu sagen?«

»Ach ja«, sagte Kathy und schnipste mit den Fingern, »und Mrs. Burnham ist hier.«

»Mrs. Burnham ist in der Tat hier«, sagte Mrs. Eleanor Burnham und tauchte hinter einem hohen Stapel von Laneys Romanen auf.

»Eleanor, wie schön, Sie zu sehen.«

»Unsinn, Penelope. Narren und Wahrsager, und Sie werden wohl noch die Maikönigin. Sie müssen mir alles erzählen.«

Penelope wurde langsam wütend, und Mycroft begann, sich anzupirschen. Mrs. Burnham, Empty Creeks ortsansässige Klatschtante, hatte auf die beiden immer diese Wirkung. Sie reizte Penelope, und ihre zwitschernde Stimme weckte stets Mycrofts Jagdinstinkte. »Da gibt es nicht viel zu erzählen«, sagte Penelope. »Ich werde Carolyn Lewis' Rolle als Königin übernehmen.«

»Das habe ich nicht gemeint, und das wissen Sie auch. Wen verdächtigen Sie?«

Penelope war versucht, eine schnodderige Antwort zu geben, aber sie wußte, daß sich alles, was sie sagte, bis spätestens zur Abenddämmerung in der ganzen Stadt herumgesprochen haben würde. Nach dem Motto: »Ich darf ja eigentlich nicht darüber sprechen, also erzähl es niemandem, aber Penelope glaubt, es war der Briefträger.« Statt dessen sagte Penelope: »Jemand mit einem Dolch.«

»Genau!« rief Mrs. Burnham. Sie drehte sich abrupt um und marschierte aus dem Buchladen, sehr zur Enttäuschung von Mycroft, der bei seiner Pirsch noch nicht einmal dazu gekommen war, die Ohren anzulegen und langsam mit dem Schwanz hin und her zu schlagen. Und diese braunen Gesundheitsschuhe waren solch ein verlockendes Angriffsziel.

»Soviel zum Thema Narren ...«

Den restlichen Nachmittag verbrachte Penelope damit, königliche Bekanntmachungen an die verschiedenen Delegationen abzugeben. Sie erklärte jeder einzelnen das elisabethanische Bedürfnis nach einer friedlichen Thronfolge, womit sie rechtfertigen wollte, daß sie keinerlei Änderungen vornahm. Dies schien jedermann zufriedenzustellen, abgesehen von den Narren. Aber wie Narren nun einmal sind, fand Penelope nicht einmal heraus, was sie eigentlich gewollt hatten.

Das Geschäft lief jedoch gut, und das war von Vorteil für die örtliche Konjunktur, ganz zu schweigen von der königlichen Staatskasse. Aber der stete Strom von Delegationen, Neugierigen, Gratulanten und vereinzelten Kunden hielt Penelope davon ab, vor dem Abendessen in die Akte von Carolyn Lewis zu schauen.

Da Andy mittwochs abends Redaktionsschluß hatte und er damit beschäftigt war, sich um die letzten Details der Donnerstagsausgabe des *Empty Creek News Journal* zu kümmern, waren Penelope und Mycroft allein, als sie schließlich die Unterlagen Seite für Seite durchgingen und nichts fanden.

Absolut nichts.

So endete der Tag, wie er begonnen hatte. Penelope lag im Bett. Mycroft schlief auf ihren Beinen, die genauso schnell eingeschlafen waren wie er, und sie blieb hellwach zurück und dachte über die eine besagte Frage nach.

Wer hatte die Königin umgebracht?

Da das *Empty Creek News Journal* nur an Donnerstagen und Samstagen herauskam, war die kleine Lokalzeitung bei der Berichterstattung über das Ableben von Carolyn Lewis ins Hintertreffen geraten. Andy haßte es, wenn ihm die großen Zeitungen zuvorkamen, aber wenn er das *News Journal* in eine Tageszeitung verwandeln wollte, mußte er jede Nachricht veröffentlichen, die auf seinen Tisch kam, um die Zeitung zu füllen. Seiner Meinung nach wurden im ganzen Land schon genug Wälder massakriert, um irgendwelche albernen Sachen breitzutreten, und außerdem würde er dabei sehr wahrscheinlich pleite gehen. Empty Creek produzierte einfach nicht genug Nachrichten und Werbung, um sieben Zeitungsausgaben pro Woche zu füllen. Und Andy gab bereitwillig zu, daß es kaum genug Material gab, um zwei bescheidene Ausgaben pro Woche zu füllen.

Normalerweise.

Carolyn Lewis' Tod mochte zwar für die größeren Zeitungen Schnee von gestern sein, aber in Empty Creek war es immer noch die Neuigkeit des Tages, und Andy mußte seine unersättlichen und neugierigen Leser befriedigen. Und der lange Zeitraum zwischen Ereignis und Veröffentlichung erlaubte es ihm, die Angelegenheit unter verschiedenen Aspekten zu beleuchten und darüber ausführlicher und persönlicher zu berichten.

Als Penelope ihre dritte Tasse Kaffee nach draußen trug, um das *Empty Creek News Journal* hereinzuholen, freute sie sich schon darauf, Andys Bericht über den Mord zu lesen. Sie wußte, daß er der Tragödie eine menschliche Dimension gegeben hatte, und obwohl Andys Story immer noch schrecklich sein würde, war sie besser als der gefühllose und unpersönliche Polizeibericht.

Es war natürlich eine Titelstory, die sich über alle sechs Spalten erstreckte. Es gab Bilder von Carolyn. Eins zeigte sie in ihrer Rolle als Königin Elisabeth, ein anderes stammte wahrscheinlich aus dem *Gila Monster,* dem Jahrbuch der Empty Creek High School, an der Carolyn Geschichte unterrichtet hatte.

Penelope saß im blassen Morgenlicht und las, während sich Mycroft an ihrer Seite niederließ und ungerührt in die Wüste hinausstarrte, wie ein Lehnsherr auf sein Reich.

»Die ersten Feierlichkeiten der alljährlichen *Elisabethanischen Frühlingsfestspiele von Empty Creek* fanden letzte Samstagnacht ein tragisches Ende, als ein Unbekannter Carolyn Lewis das Leben nahm, die schon seit vielen Jahren eine mehr als überzeugende Vorstellung als Königin Elisabeth I. geboten hat. Beliebt bei ihren treuen Untertanen ...«

Penelope überflog den Leitartikel. Er gab alle bekannten Fakten des Falles wieder und enthielt Zitate von Timmy und Kathy und anderen Mitgliedern des königlichen Hofes sowie eine Erklärung von Burke, der stellvertretend für die Polizei von Empty Creek sprach. Dieser Teil endete mit dem üblichen nichtssagenden Satz: »Die Ermittlungen sind noch nicht abgeschlossen.«

Während sich Penelope dem Hintergrundbericht zuwandte, starrte Mycroft weiterhin in die öde, aber dennoch schöne Wüstenlandschaft. Er dachte über Fragen und Antworten nach, die jenseits des menschlichen Verständnisses lagen, über die Geheimnisse des Lebens, wie zum Beispiel die Existenz Gottes, das Geräusch klatschender Hände, Limabohnen ...

Der Bericht handelte von Carolyn Lewis' Karriere als Lehrerin und ihrem Werdegang. Er enthielt tränenreiche Zitate von Studenten, die ihre grenzenlose Bewunderung für die geliebte Geschichtslehrerin bekundeten. Zweimal war sie zur Lehrerin des Jahres gewählt worden. Vor vier Jahren hatte man ihr das *Gila-Monster-Jahrbuch* gewidmet, und nun wurde für ein Denkmal gesammelt, das im Haupteingang neben dem Trophäenschrank der Sportler stehen sollte. *Da ist auf jeden Fall genug Platz für ein Denkmal, dachte Penelope, da die Empty Creek Gila Monsters seit zwei Jahren kein einziges Baseballspiel mehr gewonnen hatten und die anderen Sportarten auch nicht viel besser abschnitten.*

Aber als sie weiterlas, erschien Andys Story irgendwie nicht aufrichtig. Penelope wußte ganz genau, daß die alte Krähe bei ihren Untertanen nicht sehr beliebt gewesen war, und sie bezweifelte, daß das bei ihren Schülern der Fall war. Penelope hatte nicht viele ihrer Lehrer an der High-School gemocht und immer das Gefühl gehabt, daß sie nur dazu da waren, wissensdurstige Schüler zu quälen. Dieser gutaussehende Mr. Wilson, der Amerikanische Literatur unterrichtet hatte, war natürlich eine rühmliche Ausnahme gewesen. Und dennoch erwähnte Andy Judith Setzer, eine Schülerin der Junior High School aus Mrs. Lewis' Geschichtsunterricht, die aufgewühlt erzählte, daß sie »die beste Lehrerin war, die man sich vorstellen konnte«. Penelope schüttelte den Kopf. »Sie war wahrscheinlich eine Dr. Jekyll und Mrs. Hyde«, erklärte sie Mycroft. »Was meinst du, Mikey?«

Da Mikey über den unlösbaren Fragen mal wieder eingenickt war, erhielt sie keine Antwort. Penelope las die Story zu Ende.

Carolyn war geschieden und hatte keine Kinder, und niemand wußte, wo ihr ehemaliger Ehemann zur Zeit lebte. Er war vor Jahren verschwunden, was ihn wahrscheinlich als Verdächtigen ausschloß. Zu schade. Nahe Verwandte und Freunde gaben immer die besten Verdächtigen ab.

Da sie mit der Zeitung nun fertig war, trank Penelope ihren Kaffee aus, stand auf, streckte sich und sagte: »Ich glaube, wir müssen der guten alten Empty Creek High School einen Besuch abstatten, Mikey.«

Big Mike gähnte. Er war ein autodidaktischer Kater, der sich das Wichtigste selbst beigebracht hatte, obwohl er die prägenden Jahre seines Lebens auf dem kleinen College Campus in Äthiopien verbracht hatte, wo Penelope als Freiwillige des Friedenscorps Englisch unterrichtete. Nicht, daß er etwas gegen herkömmliche Bildung hatte. Im Gegenteil, Big Mike liebte Bücher, besonders die ordentlichen Buchreihen auf einem Regal – ob nun zu Hause oder in *Mycroft & Co* –, die so herrliche und dunkle Schlafverstecke abgaben, aus denen man außerdem noch in die Welt hinausschauen konnte, ohne selbst gesehen zu werden. Auf diese Art und Weise konnte man eine ganze Menge lernen. Schließlich war die genaue Beobachtung ein wesentlicher Bestandteil der wissenschaftlichen Methodik. Aber Mycroft war ein Kater von Welt, und er zog Taten dem Klassenzimmer vor. Man konnte auch sagen, daß die Welt Mycrofts Katzenklo war.

Als Penelope und Mycroft etwas später im Buchladen ankamen, fanden sie ein Schild im Fenster. In verschnörkelten altenglischen Buchstaben war darauf zu lesen:

HÖRT, HÖRT.
VORÜBERGEHENDE NEUE ÖFFNUNGSZEITEN
FÜR MYCROFT & CO SIND:
MONTAG BIS FREITAG VON 10.00 BIS 17.00 UHR.
AN WOCHENENDEN GESCHLOSSEN, UM DEN
FRÜHLINGSANFANG ZU FEIERN.
IM AUFTRAG IHRER KÖNIGLICHEN MAJESTÄT
KÖNIGIN ELISABETH I.
E.R.

»Danke schön«, sagte Penelope zu Kathy, als sie den Laden betrat. »Ich hatte völlig vergessen, daß wir die Öffnungszeiten den Festspielen anpassen müssen.« Normalerweise war *Mycroft & Co* an Sonn- und Montagen geschlossen.

»Dafür ist eine Hofdame doch da, Mylady, ich meine, Euer Majestät«, sagte Kathy. »Ich wollte Euer Siegel in rotem Wachs daraufsetzen, aber Ihr habt kein Siegel.«

»Ich darf wohl behaupten, auch kein rotes Wachs.«

»Ich werde welches finden«, sagte Kathy. »Ihr müßt doch ein Siegel haben.«

»Ach, gib dir keine Mühe. Ich werde nur dieses Jahr Königin sein.«

»O nein«, protestierte Kathy. »Euer Majestät werden lange und erfolgreich regieren.«

»Ich danke ab«, sagte Penelope entschlossen. »Am letzten Abend der Festspiele wird diese Königin der Geschichte angehören.«

Hätte in diesem Augenblick nicht das Telefon geklingelt, hätte Kathy die Diskussion wahrscheinlich fortgesetzt. Statt dessen ging sie zum Ladentisch und sagte fröhlich: »Die altehrwürdige Bücherstube *Mycroft & Co,* Hoflieferant Ihrer Majestät, der Königin.« Nach einem Moment hielt Kathy den Hörer zu und flüsterte: »Es ist Dutch. Er klingt wütend.«

Penelope runzelte die Stirn. Worüber sollte Dutch wütend sein, fragte sie sich, wo er sich doch mit Cassie in Kalifornien amüsierte. Sie nahm Kathy den Hörer ab und sagte in ihrem besten britischen Akzent, der täuschend echt klang: »Lesesaal des britischen Museums.«

Kathy kicherte.

»Pen-e-lo-pe«, sagte Dutch.

Penelope wußte, daß wenn Dutch ihren Namen so langzog, sie in Schwierigkeiten steckte.

»Was ist das für ein Unsinn, den ich da höre?« fragte er.

»Wenn es Unsinn ist, dann hast du wahrscheinlich wieder mit deinen Detectives gesprochen.«

»Stimmt es?«

»Stimmt was?«

»Stimmt es, daß du die Rolle der Königin von England übernimmst?«

»Ja, natürlich. Eine äußerst vornehme Delegation hat mich

gefragt. Sir Francis Bacon, Sir Francis Drake sowie Master William Shakespeare. Wie konnte ich da ablehnen?«

»Indem du nein sagst. N-e-i-n. Nein!«

»Warum um Himmels willen sollte ich nein sagen?«

»Weil es gefährlich sein könnte. Ist es dir noch nicht in den Sinn gekommen, daß da vielleicht ein Verrückter herumläuft, der Frauen umbringt, die vorgeben, die Königin von England zu sein?«

»Jemand hat Carolyn Lewis umgebracht, nicht Elisabeth die Erste. Es könnte jemand ihrer Schüler gewesen sein ...«

Penelope hätte die Theorie noch auf Kollegen, die Schulverwaltung, Freunde, abgewiesene Verehrer etc. ausgedehnt, hätte Cassie ihrem Verlobten nicht den Hörer entrissen und ihr laut ins Ohr gekreischt: »Ich finde es ganz toll, Penelope. So eine klasse Rolle. Du kannst genau wie Bette Davis in *Die jungfräuliche Königin* sein.«

Im Hintergrund hörte Penelope Dutch murmeln: »Wieso habe ich mich je mit den Warren-Schwestern eingelassen?« Seine Stimme verriet tiefe Abscheu. Er hätte genausogut sagen können: Wieso habe ich mich je mit Kröten eingelassen?

»Wen kann ich spielen?« fuhr Cassie fort. »Ach, egal. Mir wird schon was einfallen. Ich gehe in die Requisite und leihe mir das beste Kostüm, das ich kriegen kann. Für Dutch besorge ich auch was. Er kann ja als Zauberer gehen. Findest du nicht, er würde einen guten Zauberer abgeben –«

»Ich finde, er wäre der perfekte Hofnarr«, unterbrach Penelope sie.

»Oh, sei nicht böse auf Dutch. Er macht sich nur Sorgen um dich. Aber wir werden dasein und auf dich aufpassen.«

Als Penelope und Mycroft im Büro des Direktors ankamen, sprang Big Mike sofort auf den Empfangsschalter, der den Schulverwaltungsbereich vom Studentenpöbel trennte. Penelope für ihren Teil fiel sofort ein weiterer Grund ein, warum sie ihre eigene High-School-Zeit nicht gemocht hatte.

»Auf dem Schulgelände sind keine Tiere erlaubt«, verkündete eine Frau mit einem auffälligen Schnäuzer und schmalen zusammengepreßten Lippen. Penelope hatte es sich zur Regel gemacht, keine Frauen mit Schnäuzern und Männer mit fliehendem Kinn zu mögen.

Sie las das Namensschild auf dem Schreibtisch. Miss Sophie Wheeler. »Er ist kein Tier«, sagte Penelope, »er ist ein sehr gut erzogener Kater.«

»Keine Katzen, keine Hunde, keine Tiere«, sagte Miss Sophie entschieden.

»Kein Pferd, keine Frau, keinen Schnäuzer«, antwortete Penelope ebenso entschieden.

»Wie bitte?«

»Das haben sie den Kadetten in West Point gesagt«, erklärte Penelope. »Vielleicht tun sie das immer noch. Kein Pferd, keine Frau, keinen Schnäuzer. Es war eine alberne Regel. Genau wie Ihre.«

»Ich werde die Polizei rufen müssen, wenn Sie dieses Biest nicht augenblicklich entfernen.«

»Wir sind die Polizei«, sagte Penelope und riß ihr Lederetui mit der Marke heraus, die sie zum Ehrenmitglied der Polizei von Empty Creek erklärte, »und wir sind hier, um Mr. Van Costen zu sehen.«

Miss Sophie Wheeler beobachtete Big Mike nun vorsichtig, der seinerseits gar nicht vorsichtig den Abstand zwischen sich und Mrs. Wheelers Schreibtisch abschätzte. »Er ist beim Baseballtraining«, sagte sie hastig. »Nehmen Sie also Ihren ... Kater ... und gehen Sie.«

»Komm, Mycroft, wir gehen ein paar Bälle schlagen.«

Big Mike hatte zwar in seiner Jugend nicht sehr häufig Baseball gespielt, aber als er den Platz betrat, wurde er gleich von einem Bodenball abgelenkt, der zwischen das erste Mal und die *Coaching Box* rollte. Er raste ihm hinterher und brachte ihn an der rechten Außenfeldmarkierung zum Stoppen. Da er weder Lust verspürte noch die Möglichkeit hatte, ihn zurückzuwerfen, legte er sich hin und wartete erst einmal ab.

Van Costen trainierte gerade die Schlagleute, als er Penelope sah. Er winkte ihr zu und rief: »Wollen Sie mitmachen?«

Penelope blickte zu Mycroft hinüber, der offensichtlich mit einem von weitem winzig aussehenden Außenfeldspieler darüber stritt, wem nun der Ball gehörte, der zwischen Big Mikes Pfoten lag. »Warum nicht?«

»Nehmen Sie sich einen Schläger.«

Penelope nahm sich gleich drei Schläger und schwang sie zum Aufwärmen hin und her, während sie auf die *Home Plate* zuging. Arnie Wilson, der Baseballcoach, der ein paar Bälle ins Außenfeld drosch, beobachtete sie.

Der stämmige Fänger, der so aussah wie Cecil Field nach einer Big-Mac-Orgie, grinste durch seine Maske zu ihr hoch, als wollte er sagen: Das wird garantiert zum Totlachen.

Penelope legte zwei Schläger zur Seite, trat in die Schlagbox.

»Keine Chance, keine Chance, keine Chance«, summte der Mann am zweiten Mal und rief mit diesem Singsang Erinnerungen an die Baseballspiele ihrer Jugend wach.

»Hau ihn ihr um die Ohren«, rief der Mann am dritten Mal.

»Mann, hast du 'nen süßen Hintern«, sagte der Fänger.

Penelope ließ den Ball in Vans Hand keine Sekunde aus den Augen, als sie sagte: »Danke für das Kompliment.«

»Gern geschehen.«

Der Mann am dritten Mal bewegte sich vorsichtig nach vorn, bis er zwischen dem dritten Mal und der *Home Plate* war. »Hau sie um«, schrie er.

Van Costen holte aus und servierte einen Schleuderball in die Mitte der *Strike Zone.*

Penelope erwischte ihn nicht voll und schlug den Ball haarscharf am Ohr des Manns am dritten Mal vorbei ins linke Außenfeld. Ein einfaches Doppel, dachte Penelope.

»Ich hab' dir doch gesagt, du sollst sie umhauen«, rief der Spieler, als er vorsichtshalber hinter das dritte Mal ging.

»Wahnsinn«, sagte der Fänger mit Respekt in der Stimme.

Einen *Line Drive* in die Mitte. Einen nach rechts. Und wieder nach links. Alles saubere *Singles.* Ein perfekter *Bunt* die dritte und noch einen die erste Linie entlang.

»Time-out«, schrie der Fänger und ging zum Wurfhügel, um sich kurz mit dem Direktor zu beraten.

»Also, jetzt aber richtig«, sagte er, als er zur *Home Plate* zurückging. Er spuckte auf den Boden, bevor er sich die Maske wieder aufsetzte. »Alle Male besetzt. Zweite Hälfte des neunten Innings. Zwei Spieler aus. Drei Bälle geworfen.«

Penelope trat einen Schritt zurück und blickte auf das Spielfeld. Es standen jetzt an allen Malen Läufer. Die Innenfeldspieler redeten auf sie ein, und die vom Außenfeld gingen nach links. Penelope ging zurück in die Schlagbox, spuckte auf den Boden, bevor sie sowohl mit dem Schläger als auch mit dem Hintern wackelte.

»Und da holt er aus ... sie tritt aus der Box ...«

Durch die dröhnende Durchsage erschreckt, ging Penelope tatsächlich aus der Schlagbox und blickte zu dem Studenten hoch, der in der baufälligen hölzernen Stadionsprecherkabine saß.

Sie rieb ein bißchen Dreck auf die Handflächen, bevor sie wieder in die Schlagbox trat.

»Der Schlagmann ist bereit ... der Werfer holt aus .... und hier kommt der Wurf.«

Klonk.

Aber eigentlich war das Klonk nur ein Ping, da sie alle – trotz der ruhmreichen Tradition des Baseballs – heutzutage nur Aluminiumschläger benutzten.

»Es ist ein langer Flugball in das linke Feld ...«

Penelope verschwendete keinen Blick auf den Ball, als sie zum ersten Mal rannte und abbog, als der erste Basecoach sie weiterwinkte. Auf halber Strecke zum zweiten Mal schaute sie hoch und sah den Ball hinter dem Zaun verschwinden. Sie wurde langsamer und verfiel in ihren *Home-run-Trab.*

»Home run«, dröhnte es aus den Lautsprechern. »Die Monsters haben gewonnen! Die Monsters haben gewonnen!«

Als Penelope das dritte Mal umrundete, schüttelte Arnie, der schnell einen Spieler aus der *Coaching Box* geschubst hatte, ihre Hand und klopfte ihr auf die Schulter.

Penelope trat auf die *Home Plate* und streckte Mycroft und dem Fänger die flache Hand hin, damit sie einschlagen konnten. Selbstverständlich mußte sie sich bei dem Fänger nicht so tief bücken.

»Ich bin verliebt«, sagte der Fänger. »Wollen Sie mich heiraten?«

»Wo haben Sie das gelernt?« fragte Van Costen, als sie auf die Tribüne kletterten. Mycroft blieb auf der Reservebank, wo er es sich in einem leeren Ballbeutel bequem machte, aus dem er mit Interesse die Vorgänge beobachtete.

»Ich habe früher ein bißchen gespielt«, antwortete Penelope. »Mit einem Holzschläger hätte es noch besser geklappt. Biff ... Biff ist mein Vater ... hat nichts von Aluminiumschlägern gehalten. Ich bin mit seinem alten Louisville-Sluggers-Schläger aufgewachsen. Mein Lieblingsschläger war ein Al-Kaline-Modell, sehr zu Biffs Enttäuschung. Er war natürlich ein Fan der *Red Sox.*«

»Ich bin Fan der *Cubs*«, sagte Van Costen mit dem Hauch von Trauer in der Stimme, der allen Fans der *Cubs* eigen war.

»Besser als die *Padres.*«

»Aber nur fast.«

»Wie stehen dieses Jahr die Chancen für die *Gila Monsters*?«

»Ungefähr genauso wie letztes Jahr.«

»So schlimm?«

»Ich fürchte ja.«

Sie saßen eine Weile schweigend da und beobachteten die Routine des Innenfeldtrainings, das sich wohl nie ändern würde. Es war schön, so in der warmen Sonne zu sitzen, und Penelope wurde beinah von ihrem Vorhaben abgelenkt.

Beinah.

»Was können Sie mir über Carolyn Lewis erzählen?«

Van Costen seufzte. »Sie war eine ausgezeichnete Lehrerin.

Sehr geduldig und verständnisvoll gegenüber ihren Schülern. Sie hat die Geschichte für sie lebendig gemacht. Wir werden sie vermissen. Die Schüler, die Kollegen, die Verwaltung.«

»Wirklich?«

»Ja, wirklich. Carolyn Lewis war ein wunderbarer Mensch. Niemand konnte einen Grund gehabt haben, sie umzubringen.«

»Scheinbar doch.«

»Jedenfalls niemand von der Empty Creek High School.«

»Mrs. Hyde«, sagte Penelope leise.

»Was?«

»Ach, nichts. Vielen Dank für Ihre Hilfe, Van.«

»Sie sind jederzeit willkommen ... wir könnten einen hartschlagenden Außenfeldspieler gebrauchen ...«

Big Mike lag ausgestreckt auf dem *Oxford English Dictionary*, nicht auf der neunzehnbändigen Ausgabe – so dick war er nun auch wieder nicht –, aber auf dem Schuber mit der zweibändigen, die mit einem Vergrößerungsglas für die kleine Schrift geliefert wurde. Da Penelope das O.E.D. auf dem obersten Bord des Bücherregals aufbewahrte, hatte er von dort oben einen guten Ausblick auf alles, was sich unten abspielte. Dort war man auch vor den ekligen Tieren sicher, die in der endlosen Wüste überall zu finden waren und die manchmal durch die Türe hineinschlüpften, die jemand unachtsam offengelassen hatte.

In der Küche ließ Penelope ein paar Pfefferminzbonbons in die Tasche ihrer Windjacke fallen und füllte dann einen Plastikbeutel mit Möhren und Salatblättern. Penelope schaute ins Wohnzimmer und fragte Big Mike: »Wie wäre es mit einem kleinen Spaziergang, Mikey?«

Big Mike schloß sich Penelope an, und zusammen schlenderten sie den staubigen Weg zum Stall hinunter, wo Chardonnay, die sechsjährige sanftmütige Araberstute, am Ufer des fast immer ausgetrockneten Empty Creek lebte.

Chardonnay wieherte, schnaubte und scharrte zur Begrüßung mit den Hufen im Staub. Penelope knipste die Stallbeleuchtung an, und während Mycroft die Kaninchen begrüßte, die sich schon für ihre allnächtliche Portion versammelt hatten, wickelte sie die Bonbons aus, die Chardonnays Hors d'œuvres darstellten. Sie verfütterte sie nacheinander an die Stute, die jedes anmutig entgegennahm. Da Chardonnay nun abgelenkt war und glücklich das letzte Pfefferminzbonbon kaute, verteilte Penelope Salat und Möhren an die kleinen Kaninchen, die geduldig um den Lichtkegel der Stallaterne herum warteten. Big Mike lag ausgestreckt mit angelegten Ohren und hin und her schlagendem Schwanz auf dem einzigen Grasflecken des fünf Hektar großen Grundstücks. Er war gerade auf der Pirsch. Dieses Spiel fanden sowohl er als auch die Kaninchen sehr amüsant. Big Mike würde sich plötzlich auf sein anvisiertes Opfer stürzen. Das Opfer würde dem Angriff leichtfüßig ausweichen und senkrecht in die Luft springen, danach aber ganz gelassen weiterschmausen, während Big Mike nonchalant seine Pfote leckte und jedermann wissen ließ, daß er es nicht ernst gemeint hatte.

Penelope überließ Big Mike und die Kaninchen – es waren zu viele, um ihnen Namen zu geben, auch wenn sie es versucht hatte – ihren abendlichen Vergnügungen und ging in den Stall, um Chars gesundes Abendessen vorzubereiten. Sie hatte gerade den Eimer an den Haken gehängt, als ein Auto in ihre Auffahrt einbog. *Das wird Andy sein,* dachte sie. Sie drehte sich um und wartete, denn sie wußte, daß er zum Stall kommen würde, sobald er sah, daß das Haus leer war. Einen Moment später, als sie seine schlaksige, unbeholfene Gestalt durch die spätabendlichen Schatten auf sich zueilen sah, ging Penelope an das Ufer des Empty Creek, um die letzten Sonnenstrahlen zu beobachten, wie sie hinter den in der Ferne liegenden Bergen verschwanden.

Seine Hände legten sich von hinten über ihre Augen. »Wer bin ich?«

»J. D. Salinger«, antwortete sie prompt.

»Du hast geguckt.«

»Hab' ich nicht.«

»Hast du doch.«

Sie kuschelte sich in seine Arme und beendete so die Diskussion.

Wie sie so in den Armen ihres Liebhabers dastand und die letzten Strahlen der Abendsonne und die Stille der Wüste genoß, war es einfach für Penelope zu glauben, daß alles in Ordnung war. Aber die Wüste, wie auch das Leben, wiegte die Unvorsichtigen in einem Gefühl der Sicherheit, das jeden Moment zerstört werden konnte. Während sie ihr Phantasiekönigreich durchstreifte, hatte sich Carolyn ohne Zweifel in Sicherheit geglaubt.

Ein Irrtum, dachte Penelope. Was für ein furchtbarer Irrtum.

Der Morgen dämmerte bereits – und noch immer war sie nicht weitergekommen. Falls Penelope sich von ihren Träumen, die oft sehr düster und unheimlich waren und an die sie sich meist am nächsten Morgen noch sehr deutlich erinnern konnte, irgendwelche Eingebungen erhofft hatte, dann mußte sie beim Aufwachen mißmutig feststellen, daß sie sich geirrt hatte. Die Männer in Penelopes Leben schliefen noch und wußten glücklicherweise nichts von ihrer schlechten Laune. Aber Penelope war ein Nachtmensch und daher morgens immer ein bißchen mürrisch. Vielleicht stellte sich Andy deshalb immer schlafend, bis sie eine Tasse Kaffee getrunken hatte.

Big Mike hatte sich – nachdem sie ihm schließlich den Zutritt ins königliche Schlafgemach gestattet hatten, wie gewöhnlich, zwischen Penelope und Andy gedrängt und den Liebhaber der Königin unmißverständlich auf seinen Platz verwiesen. Gäbe es bei den Olympischen Spielen eine Disziplin im Schlafen, würde Mycroft jederzeit eine Medaille gewinnen. So zuckte er nur mit den Ohren, als Penelope sein dichtes graues Fell streichelte, bevor sie aus dem Bett krabbelte.

Und was Andy anging ... nun, er hatte einen ziemlich süßen Hintern, den Penelope äußerst gern tätschelte. Als erste aufzustehen hat auch so seine Vorteile, dachte sie, als sie in ihren Morgenmantel schlüpfte und sich in die Küche begab. Auf dem Weg dorthin rieb sie sich die Augen und prallte ein- oder zweimal gegen eine Wand.

Penelope war recht gut darin, im Halbschlaf Kaffee zu kochen. Seit sie von zu Hause ausgezogen war, hatte sie das schon häufig getan. Da die verdammte Kaffeemaschine – ein Geschenk ihrer Mutter – zu langsam war, hielt Penelope abwechselnd ihre Tasse und die Kanne unter das zischende, blubbernde Gerät. Als ihre Tasse etwa zwei Zentimeter der lebenspendenden Flüssigkeit enthielt, schob sie die Kanne unter den Strahl und nippte genüßlich an ihrem Kaffee. Dann entfernte sie die Kanne und schob die Tasse wieder unter die Maschine. Auf diese Art und Weise bekam Penelope beinah eine ganze Tasse Kaffee, genug jedenfalls, damit sie die lange Prozedur des Kaffeekochens durchstand.

Penelope saß am Tisch und kam langsam zu sich, auch wenn der Dampf ihrer Kaffeetasse sie nicht gerade zu der Lösung des Verbrechens inspirierte. Bei der dritten Tasse Kaffee war sie jedoch beinah bereit, der Welt entgegenzutreten, und sie hörte Mycroft, wie er den Flur herunterkam und sich dabei beschwerte.

Miau. Rrrr. Miau. Rrrr.

Als Mycroft sich verschlafen an ihren Beinen rieb, bückte sich Penelope und kraulte ihn hinter den Ohren. Dabei übersetzte sie seine verschiedenen Äußerungen mit »Warum bist du so früh auf? Warum bist du nicht im Bett und wärmst deinen Kater? Warum bist du gegangen, ohne dich zu verabschieden? Wo sind meine Leber-Crunchies?«

Penelope schüttete das Trockenfutter in seine Schüssel, und während er sich ein bißchen stärkte, um den Kreislauf auf Touren zu bringen, nahm sie sich noch eine Tasse Kaffee und schüttete eine für Andy ein. Sie nahm sie mit ins Schlafzimmer und verkündete fröhlicher, als sie sich eigentlich fühlte: »Liebling! Ein neuer Tag, ein neuer Redaktionsschluß.«

Andy grunzte und tat so, als sei er im Tiefschlaf.

»Begrüßt man so seine ergebene Liebessklavin, die obendrein noch Kaffee bringt?«

»Warum hast du das nicht gleich gesagt?« Er schoß aus den Kissen hoch wie Brot aus einem Toaster. »Du hast mir gefehlt«, sagte er und nahm den Kaffee.

»Du hättest in die Küche kommen können, um mir in der Stunde der Not beizustehen. Mycroft war da. Er hat sich an meinen Beinen gerieben.«

»Ich hätte auf allen vieren sehr wahrscheinlich ein recht albernes Bild abgegeben, vor allem, wenn ich mich an deinen Beinen gerieben und geschnurrt hätte.«

»Ach, ich weiß nicht. Hätte mir vielleicht gefallen.«

Penelope kuschelte sich in seine wartenden Arme. »Das gefällt mir«, sagte sie glücklich und schnurrte selbst ein bißchen. Aufzuwachen war doch nicht so schlecht.

»Was hast du heute vor?« fragte Andy.

»Sehr wahrscheinlich werde ich der Polzei bei ihren Ermittlungen behilflich sein, wie es im Fernsehen so schön heißt.«

Andy nahm das Reporternotizbuch, das er immer für den Fall auf dem Nachttisch aufbewahrte, daß er mitten in der Nacht ein paar gute Einfälle hatte. Es war fast leer. Aber einmal hatte er hineingeschrieben: »Bananen schmecken gut mit Pfirsichen und Sahne.«

Nun fragte er mit gezücktem Stift. »Wie willst du vorgehen?«

»Offiziell?«

»Natürlich. Alles ist offiziell.«

»Sogar letzte Nacht?«

»Na ja, vielleicht nicht alles.«

»Gut, offiziell also. Ich weiß nicht, was ich tun werde. Irgendwas wird mir schon einfallen.«

»Das ist nicht viel. Berühmte Detektivin Penelope Warren sagte heute, daß ihr schon etwas einfallen werde.« Andy legte Stift und Notizbuch zurück auf den Tisch. »Also gut, dann eben inoffiziell«, sagte er.

»Ich dachte, alles sei offiziell?«

»Es gibt auch Ausnahmen.«

»Schön, inoffiziell weiß ich immer noch nicht, was ich tun

werde. Ich hoffe jedoch wirklich, daß mir etwas einfallen wird.«

Es fiel ihr auch tatsächlich etwas ein, als der Barde von Avon hinter dem Steuer eines Wohnmobils bei *Mycroft & Co* vorfuhr. Als er den Buchladen betrat, vollführte Will Shakespeare eine vornehme Handbewegung und fragte: »Gefällt es Euch, Euer Majestät?«

»Ich glaube schon«, antwortete Penelope unsicher, »aber was hat es mit dem Wagen auf sich?«

Shakespeare, der im wirklichen Leben ganz gut damit verdiente, Wohnmobile an Touristen zu vermieten, die darin ihre Ausflüge zu den *Superstition Mountains*, zum *Grand Canyon, Mogollon Rim* und *Old Tombstone* und zu anderen Sehenswürdigkeiten unternahmen, schien verblüfft. »Das ist natürlich Eure königliche Unterkunft. Die arme Carolyn hat ein Zelt bevorzugt, aber irgendwie hatte ich nicht den Eindruck, daß Sie der Typ fürs Zelten sind.«

Penelope lächelte und erwiderte: »Da haben Sie recht.« Nach ihrem Dienst beim *United States Marine Corps* und als Freiwillige des Friedenscorps in Äthiopien verstand Penelope unter dem Motto »Zurück zur Natur«, barfuß über den Wohnzimmerteppich zu laufen; obwohl sie natürlich auch in die Wildnis gelockt werden konnte, wenn die Pflicht rief. »Aber ich wußte ja gar nicht, daß es solche königlichen Vergünstigungen gibt. Ich dachte, ich müßte pendeln.«

Shakespeare war entsetzt. »Und die Parties verpassen?«

Kathy war genauso überrascht. »Aber das könnt Ihr nicht machen, Euer Majestät.«

Shakespeares Brille fiel klirrend zu Boden, als er sich bückte, um den neugierigen Mycroft unter dem Kinn zu kraulen. Er hob sie wieder auf und sagte: »Kommen Sie, Majestät, ich führe Euch herum.«

Die königlichen Gemächer waren sogar recht geräumig. Penelope bemerkte anerkennend das Doppelbett über der Fahrerkabine. Auf dem Weg zur Tür hatte sie befürchtet, daß es für Königin Elisabeth, Sir Walter und den königlichen Kater ein bißchen eng werden würde.

Big Mike sprang sofort die hölzerne Treppe zum königlichen Bett hinauf und thronte dort oben, während Master William Penelope und Kathy die Einrichtung zeigte – einen Eßtisch mit vier Stühlen, einen Herd mit zwei Platten, einen Kühlschrank, Regale, einen Schrank, eine Dusche und ein Badezimmer.

»Es ist sehr hübsch«, sagte Penelope. »Danke.«

»Es ist das mindeste, was ich für unsere neue Königin tun kann. Ich fahre den Wagen raus und baue ihn gleich auf.«

Penelope schnippte mit den Fingern. »Ist das Zelt der alten Königin immer noch da?«

Shakespeares Miene verfinsterte sich. »Ich fürchte, ja. Die Polizei hat gesagt, wir könnten es nicht abbauen, bis sie mit den Ermittlungen weiter sind. Es ist sehr deprimierend.«

Im Bericht stand, daß Burke und Stoner das Zelt zwar durchsucht, aber keine Hinweise auf die Identität des Mörders gefunden hatten. Das gleiche galt für Carolyn Lewis' Eigentumswohnung. »Hm«, sagte Penelope. Es konnte nicht schaden, sich alles noch mal anzusehen ... vielleicht würde ein unvoreingenommener Blick ... und eine kalte Nase ... es wäre nicht das erste Mal, das Big Mike über einen entscheidenden Hinweis stolperte. Nach dieser Entscheidung sagte Penelope: »Ich fahre Ihnen hinterher und schaue mich in Carolyns Zelt um.«

»Aber was ist mit der Polizei?« fragte Shakespeare. »Sie erlauben es vielleicht nicht –«

»Ach, Unsinn. Natürlich wollen sie unsere Hilfe.«

Das stimmte zwar nicht so ganz, aber nach einigem Gemurre und mehreren Warnungen, keine Beweise zu zerstören, gaben Burke und Stoner nach und händigten Penelope sogar den Schlüssel für Carolyns Eigentumswohnung aus. Als sie ohne Mycroft, der sich geweigert hatte, das Bett im Wohnwagen zu verlassen, von der Polizeistation wegfuhr, fühlte sie sich endlich nicht mehr so nutzlos. *Zumindest tue ich etwas,* dachte sie.

Penelope war in den letzten Jahren schon ein paarmal bei den Festspielen gewesen, aber sie hatte das elisabethanische Dorf noch nie menschenleer erlebt. Es herrschte eine unheimliche und bedrückende Stille. Sogar im hellen Sonnenlicht des Nachmittags hatte Penelope das Gefühl, als würden sie Geister aus der Vergangenheit beobachten.

Penelope blickte sich mehrmals um, während sie durch das Dorf eilte, vorbei an verschlossenen Imbißständen, Spielplätzen und dem Schießplatz der Bogenschützen, vorbei an der Jongleurschule, mehreren Pubs, dem Tauchstuhl für Frauenzimmer, dem Militärcamp und dem Paradeplatz.

Sie machte am Dorfanger eine Pause, um sich den Pranger genauer anzusehen. Er war nur durch einen Haken verschlossen, so daß Penelope den Querbalken hochheben konnte. Er war schwerer, als sie vermutet hatte. Obwohl sie den Rahmen gesäubert hatten, klebten immer noch getrocknete Tomatenkerne am Holz. Sie waren der Beweis dafür, wie knapp die Leute an den armen, eingesperrten Frauenzimmern vorbeigeworfen hatten. Als Penelope den Querbalken fallen ließ, fragte sie sich, ob es die Tomaten waren, die sie auf Kathy geworfen hatten. Das dumpfe Geräusch durchbrach die Stille.

Beim Überqueren der *Kissing Bridge* dachte Penelope: *Ich muß Sir Walter an einem schönen Abend mal herbringen.* Dann blieb sie stehen. Am anderen Ende der Brücke bezeichneten vier Holzpfosten, die mit einem gelben Band verbunden waren, ein Viereck. Sie ging vorsichtig näher und starrte auf die Stelle, an der Carolyn Lewis gestorben war.

Als Penelope zurückblickte, konnte sie das obere Ende des Prangers sehen.

Hm.

Penelope ging zurück, legte ihre Handtasche auf den Boden, hob noch mal den Querbalken hoch und steckte ihren Hals und ihre Handgelenke in die dafür vorgesehenen Halbkreise. Sie stand zwar in gebückter Haltung, aber wenn sie sich reckte und sich dabei vorstellte, sie sei tatsächlich eingesperrt, dann konnte sie gerade so den Tatort sehen. Aber es war natürlich dunkel gewesen, und der lärmende Trubel hatte bestimmt alles übertönt. Selbst wenn Kathy erwartet hätte, daß etwas passiert, dann hätte sie wahrscheinlich weder etwas gesehen noch etwas gehört.

Na ja.

Penelope war so vertieft in ihr Experiment, daß sie den Mann nicht bemerkte, der sich von hinten anschlich. Das Quietschen der Scharniere, als er hastig den Querbalken herunterließ, hätte sie warnen müssen, aber da war es schon zu spät.

O nein!

»Na, was haben wir denn hier?« rief eine fröhliche Stimme.

Penelope beschloß, nicht in Panik zu geraten, obwohl ihr das Herz in dem Moment bis zum Hals schlug. Sie drückte vergeblich gegen den schweren Balken. Er – wer immer er auch war – hielt ihn fest nach unten gedrückt.

Mist. So ein verdammter Mist.

»Lassen Sie mich los«, sagte Penelope, und sofort stufte sie ihre Bemerkung als das Dümmste ein, was sie unter diesen Umständen hätte sagen können. So wie die Leute, die in Ohnmacht fallen, beim Aufwachen als erstes fragen: »Wo bin ich?«

»Erst wenn Sie mir Ihre Telefonnummer geben.«

Penelope verrenkte sich beim Hochblicken beinah den Hals. Sie sah einen gutaussehenden jungen Mann vor sich, der auf sie herunterlächelte. Sie fand es merkwürdig, daß sein blondes Haar so kurz geschnitten war. »Auf gar keinen Fall. Wer sind Sie?«

»Nur ein armer, erfolgloser Schauspieler, der von Ihren Reizen ganz verzaubert ist.«

»Oh, laissez-moi in Ruhe«, sagte Penelope angewidert, fügte aber höflich hinzu, »s'il vous plaît.«

»Was?«

»Ich sagte, lassen Sie mich in Ruhe. Auf Französisch. Verzaubert? Was Sie nicht sagen.«

»Ich habe Deutsch gelernt.«

Das war eine Erklärung für das kurzgeschnittene Haar. »Wo spielen Sie mit?«

»Oh, nur in ein paar Szenen hier bei den Festspielen. Ich lasse Sie gehen, wenn Sie mir einen Kuß geben.«

»Daß ich nicht lache!«

»Ich fürchte, wir befinden uns in einer Sackgasse.«

»Ich werde schreien.«

»Hier kann sie keiner hören«, sagte er, womit er nicht ganz unrecht hatte.

Will Shakespeare und Big Mike waren am anderen Ende des Geländes, und Mycroft schlief wahrscheinlich immer noch. Er war ihr ja eine schöne Hilfe. »Ich tue es trotzdem.«

»Gehen Sie mit mir aus?«

Penelope war seit der Pubertät schon von vielen Verehrern angesprochen worden. Andy hatte wie ein Idiot gestammelt und war dabei knallrot geworden, bis Penelope eingewilligt hatte, mit ihm auszugehen, gewissermaßen als lebensrettender Akt der Gnade, da sie befürchtet hatte, er würde vor lauter Verlegenheit tot umfallen. Aber es hatte sie noch niemand um eine Verabredung gebeten, indem er sie am Pranger einsperrte. Und zu allem Überfluß machte sich in ihrer Nasenspitze auch noch ein gigantischer Juckreiz bemerkbar.

Er fing in der Sohle ihres linken Fußes an, raste wie ein Waldbrand durch ihren Körper und ließ sich schließlich genau am Ende ihrer Nase nieder. Vergeblich rümpfte sie die Nase. Sie schielte und konnte so den ärgerniserregenden Teil ihres Körpers unscharf erkennen. Sie würde wirklich schreien, wenn ...

»Würden Sie mich bitte an der Nase kratzen?«

»Es wäre mir ein Vergnügen.«

Penelope seufzte. *Wie hielt Kathy das bloß aus, so lange eingesperrt zu sein?* Aber sie hatte natürlich Timmy, der vorbeikam, um ihre Nase zu kratzen – und auch alles andere. »Danke.«

»Gern geschehen. Nun, wie sieht es mit einer Verabredung aus?«

»Ich gehe nie mit Schauspielern aus. Meine Schwester ist

eine Schauspielerin. Ihr seid alle etwas labil.« Obwohl Penelope Cassie sehr liebte, neigte ihre Schwester gelegentlich zu ... zu seltsamen Künstlermarotten.

»Sie sind Penelope Warren. Storm Williams Schwester.«

»Woher wissen Sie das?«

»Ich muß jetzt gehen.« Er trat hastig einen Schritt zurück, drehte sich um und rannte los.

Penelope kam gerade rechtzeitig frei, um den Rücken ihres Möchtegernverehrers zu sehen, der zwischen dem Eisenwarenhandel und dem Kerzenstand verschwand.

Also, was sollte das nun wieder?

Penelope erreichte das Zeltlager und traf Master Shakespeare an, der nervös vor dem Wohnmobil auf und ab marschierte. Er hatte das Vorzelt vom Dach heruntergelassen, das einen schattigen Patio bildete. Rote Wimpel flatterten fröhlich von den Streben. Mycroft tauchte in der Türe auf, streckte sich und gähnte.

»Da sind Sie ja. Ich habe schon angefangen, mir Sorgen zu machen. Ich dachte, sie hätten sich verlaufen.«

»Ich bin durch das Dorf gegangen und dabei jemandem begegnet.« Penelope beschrieb ihren Lothario, ließ aber die Details ihrer Begegnung aus.

»Bei den Festspielen gibt es niemanden, auf den diese Beschreibung paßt«, sagte Shakespeare.

»Aber er hat gesagt, er sei ein Schauspieler, der bei dem Frühlingsfest mitwirkt.«

»Ich kenne alle Schauspieler und Schauspielerinnen, sogar die von Marlowe, diesem Emporkömmling, aber so einen kenne ich nicht.«

»Das ist ja merkwürdig.«

»Ja, das ist es. Er ist ein Betrüger. Glauben Sie ...?«

Penelope bekam plötzlich eine Gänsehaut. Aber er war so anziehend gewesen mit seinem netten Lächeln und seiner tiefen Stimme. Wie konnte er ein Mörder sein? Na ja, das hatten sie über Ted Bundy auch gesagt. Wie konnte er ...?

»Ich weiß es nicht«, sagte Penelope. »Ich hätte ihn nach *seiner* Telefonnummer fragen sollen.«

Erfrischt von seinem Nickerchen, kroch Big Mike eifrig in die verschiedensten Ecken von Carolyns königlichem Zelt, während Penelope und Master Shakespeare die Seitenbahnen hochhoben und befestigten, um Licht hineinzulassen.

Penelope sah sich im Inneren um. Die Leute von der Spurensicherung hatten nach Fingerabdrücken gesucht, und auf allem, was möglicherweise einen brauchbaren Abdruck hergab, lag eine dünne Restschicht Pulver.

Auf einer hölzernen Kiste neben dem spartanischen Feldbett, auf dem Carolyn Lewis offensichtlich geschlafen hatte, stand ein gerahmtes Foto, was Penelope äußerst unelisabethanisch fand. Es zeigte Carolyn als Königin und Sir Robert Dudley, und beide trugen ihre prächtigen Kostüme und lächelten glücklich in die Kamera. Penelope blies den Staub weg, löste die Rückwand und schaute hinter das Bild. Nichts.

Als sie es wieder zurückstellte, sagte Master Shakespeare: »Bevor Carolyn ... bevor sie umgebracht wurde, hatte sich ein ziemlicher Skandal angebahnt. Man hat Sir Robert mit einer irischen Schauspielerin erwischt, und Carolyn war darüber ziemlich wütend.«

»Ich werde morgen mit Sir Robert darüber sprechen«, sagte Penelope und blickte sich im Zelt um. Es war ziemlich groß und geräumig, groß genug, um einen Schrank, zwei Kühlboxen, einen Campingkocher, ein kleines Bücherregal mit Büchern über das elisabethanische England und ein tragbares Radio unterzubringen.

Penelope schaltete das Radio an. Laute Heavy-metal-Musik plärrte durch das Zelt. Eilig drehte sie die Lautstärke herunter und drückte eine andere Taste. Diese war auf einen Sender mit klassischer Musik eingestellt. Die unvergeßliche sanfte Melodie von Tschaikowskys Schwanensee erklang, und die Schönheit der Musik erfüllte Penelopes Herz mit Melancholie.

Penelope drückte die anderen, auf bestimmte Sender eingestellten Tasten. Radiosender verrieten, genau wie Bücher, sehr viel über einen Menschen. Rush Limbaugh schimpfte über Liberale. Igitt! Carolyn war doch sicherlich keine Rush-Anhängerin. Danach kam Soft Rock, Unterhaltungsmusik, Oldies und Country-Western.

Kein Heavy metal. *Das ist ja seltsam, dachte Penelope, jemand anders als Carolyn hat diesen Sender gehört.* Sie schaltete zurück zu Schwanensee. »Tut mir leid, Mikey«, sagte sie und drehte sich zum Schrank um, »kein Jimmy.«

Jimmy Buffett war Mycrofts Lieblingssänger. Aber wie sagte Penelope immer so schön: »Natürlich mag er jeden, der nach Katzenfutter benannt ist.« Als treuer Fan trug Big Mike manchmal, wenn ihm danach war, sogar die Haifischflosse, die Penelope ihm gemacht hatte.

Penelope riß die Türen des Schranks auf und untersuchte die königlichen Kleider und Mieder, die darin hingen. Mycroft beschloß, sich die untere Etage vorzunehmen, und wühlte in den königlichen Schuhen herum, die achtlos durcheinandergeworfen waren.

Als er wieder auftauchte, fragte Penelope: »Hast du was gefunden, Mikey?« Penelope wertete sein Schweigen als verneinende Antwort, und als sie sich umdrehte, sah sie, wie Master Will sie belustigt anstarrte. »Er ist sehr gut, wirklich«, erklärte sie. »Er hat schon früher wichtige Hinweise gefunden.«

Master Will nickte nur.

»Im Ernst«, insistierte Penelope.

»Ich schließe besser das Wohnmobil zu«, sagte Will. »Das Zelt können wir offenlassen. Es muß mal ordentlich durchlüften.« Er brauchte erst gar nicht hinzuzufügen, daß er der Meinung war, daß das königliche Hirn auch ein bißchen frische Luft gebrauchen konnte.

Obwohl Mycroft pflichtschuldig – Penelope fand sogar, etwas lustlos – im Zelt herumschnüffelte, konnte seine Nase jedoch nichts Interessantes entdecken, wenn man von der Eidechse absah, die unter dem Feldbett hervorkrabbelte und die Zeltwand hochkletterte, um sich aus der Gefahrenzone zu begeben.

Nachdem sie Will Shakespeare an seinem Laden abgesetzt hatten, wiederholten Penelope und Mycroft das Vorgehen in Carolyns Eigentumswohnung. Klein, freundlich und hell sah sie genau so aus, wie Penelope sie sich vorgestellt hatte. Die Bücherregale standen voller Geschichtsbücher. Carolyn hatte sich ein kleines Büro eingerichtet, wo sie wahrscheinlich Schülerarbeiten korrigierte, ihren Unterricht vorbereitete und ihre persönlichen Angelegenheiten erledigte.

Kein Heavy metal. Sie besaß überwiegend Klassik-CDs, und das Radio war genau so eingestellt wie das tragbare in ihrem Zelt, Rush Limbaugh eingeschlossen.

Doppeligitt!

Es gab keine Geheimverstecke, keine Phantasiekleider ganz hinten in ihren Schränken, kein Tagebuch, das einen Verdächtigen preisgab, und Carolyns Adreßbuch hatten schon Burke und Stoner durchgearbeitet. Sie hatte auch nichts unter den Kasten der Wasserspülung oder die Kommodenschubladen geklebt.

Das Jahrbuch, das Carolyn gewidmet war, hatte seinen Ehrenplatz auf dem Couchtisch. Während sich Mycroft, den die Anstrengungen des Nachmittags ziemlich geschlaucht hatten, neben ihr auf dem Sofa zusammenrollte, blätterte Penelope durch das Jahrbuch und las die Beiträge von Carolyns ehemaligen Schülern. Sie klangen eher schwärmerisch und besagten, was für eine wunderbare Lehrerin Mrs. Lewis war, wieviel sie bei ihr gelernt hatten und daß sie sie nie vergessen würden.

Schließlich klappte Penelope das Buch zu und sah sich noch mal in der Wohnung um. Es war alles ekelerregend normal. Soviel zum Thema, der Polizei bei ihren Ermittlungen behilflich zu sein.

Was für ein verschwendeter Tag.

»Komm, Mikey, wir gehen zurück zum Laden. Vielleicht

können wir endlich ein paar Bücher verkaufen und auf bescheidene Weise einen Beitrag zur Literaturwissenschaft leisten.«

Als Penelope die lange weiße Limousine sah, die vor *Mycroft & Co* geparkt war, wußte sie, daß die Literatur noch ein bißchen warten mußte.

Storm Williams, Empty Creeks Lieblingskönigin der B-Movies, war von ihrem letzten Erfolg in der Traumfabrik zurückgekehrt. Ihren Künstlernamen hatte sie bei einem Essen in der Polo Lounge von ihrem Agenten erhalten. Es war ein Tribut an die zahlreichen Varietéköniginnen seiner Jugend.

Es gab einiges Gekreische, Gekichere und Miaue – Mycroft betete Stormy an, die im wirklichen Leben Tante Cassie hieß –, als Penelope und Big Mike Stormy und ihr Gefolge begrüßten, das aus Dutch Fowler und John, dem Chauffeur, bestand.

»Wir haben uns dazu entschlossen, die Abschiedsparty ausfallen zu lassen«, sagte Cassie, als wieder Ruhe eingekehrt war. »Dutch hat sich Sorgen um dich gemacht, und ich wollte dein königliches Debüt nicht verpassen.«

»Ich bin sehr gut in der Lage, auf mich selbst aufzupassen, Dutch.«

»Genau wie Weihnachten?«

»Wir hatten ihn.«

»Er hatte dich.«

»Wie auch immer. Mir wäre schon was eingefallen.«

»Nicht schon wieder«, stöhnte John. »Der Tod folgt Penelope Warren.«

»Fang du jetzt nicht auch noch damit an, John.«

»Ich mach' mir eben auch Sorgen um dich, Schätzchen.«

»Nun, was hast du so unternommen, seit wir das letzte Mal miteinander gesprochen haben?« fragte Dutch. Er konnte seiner zukünftigen Schwägerin nicht lange böse sein. Und außerdem mußte er zugeben, daß Penelope und Big Mike verdammt gute Detektive abgaben.

»Also ...« Penelope berichtete dem Polizeichef in knappen

Worten vom Reinfall des Tages und sparte sich ihre kurze Gefangennahme am Pranger für den Schluß auf.

»Beschreibe ihn«, verlangte Dutch. Seine Miene verfinsterte sich, während er zuhörte.

»Kennst du ihn?«

»Nein«, antwortete Dutch. »Ist dir nicht in den Sinn gekommen, daß er der Mörder sein könnte?«

»Natürlich ist es das«, sagte Penelope, »aber so wie es aussah, wollte er wohl nur eine Verabredung.«

»Um warum ist er dann weggerannt?« fragte Dutch.

Genau das hatte sich Penelope den ganzen Nachmittag auch schon gefragt.

Warum war er weggerannt?

»Vielleicht aus Angst vor einer Abfuhr?« antwortete Penelope lahm.

Die kleine Gemeinde von Empty Creek, Arizona, mit ihrer Ansammlung von seltsamen Persönlichkeiten, zahlreichen Freigeistern, alten Wüstenratten, Zugvögeln, alternden Flüchtlingen aus den 60ern und einer Vielzahl von äußerst unabhängigen Individuen, wirkt mehr als nur ein bißchen schrullig.

Die Gesellschaft Empty Creeks läßt sich nach den unterschiedlichen Freizeitbeschäftigungen und Aktivitäten unterteilen.

Neben all den normalen Gruppen, die in jeder Gemeinde anzutreffen sind – zum Beispiel die Gruppe der Handelskammer, die Gruppe, die sich mit gesellschaftlichen Fragen beschäftigt, und die Wohltäter –, gibt es dort den Kreis der Pferdenarren. Diese Männer, Frauen und Kinder leben – und sterben manchmal auch – für alles, was mit dem Reitsport zu tun hat. Dies gilt besonders für die Freunde der Araberpferde. Ihre Aktivitäten gipfeln jedes Jahr in der *Empty Creek Arabian Horse Show,* eine inoffizielle Vorrunde der *Great Arabian Horse Show* von Scottsdale.

Die Cowboy-und-Cowgirl-Fraktion feiert hingegen mit Begeisterung die *Old Western Days,* an denen am langen Labour-Day -Wochenende die kleine Stadt den Revolverhelden gehört, die begeistert Empty Creeks weniger bekannte und völlig überbewertete Version der Schießerei am *O.K.Corral* von 1892 nachspielen. In Wirklichkeit ging es um eine Schießerei in *Miller's Feed Store*, in der es, trotz reichlich verbrauchter Munition, nur einen Verletzten gegeben hatte. Bad Bart Brown war vom Dach in einen Pferdetrog gerollt und hatte sich dabei ein Bein gebrochen. Die meisten Augenzeugen waren sich einig, daß Bad Bart zu dem Zeitpunkt betrunken war und keine Gefahr für die Allgemeinheit darstellte. Und, wie Nora Pryor, die bekannte Historikerin in ihrem ausgezeichneten kleinen Buch *Empty Creek: A History and Guide* schrieb, hatte der Trog der Öffentlichkeit noch einen Dienst erwiesen, da Bad Bart dringend ein Bad nötig gehabt hatte.

Sie hängten ihn trotzdem, nachdem sie ihm einen behelfsmäßigen Gips verpaßt hatten, und alle amüsierten sich prächtig. Das schloß Bad Bart mit ein, der, wieder einmal betrunken, zum Galgen ging und dabei eine derbe Version des Liedes »The girl I left behind« zum besten gab. Anfangs wollten sie es ebenfalls hängen – das Mädchen, das er zurückließ –, aber der Sheriff fand Gefallen an Milly und heiratete die kleine Schlampe schließlich, die ihm im heiligen Stand der Ehe zehn Kinder schenkte und einen Kirchenchor gründete. *Milly Street, Milly Lane* und *Milly Park* zeugen heute noch von der Stärke ihrer Bekehrung.

Zumindest haben die *Arabian Horse Show* und die *Western Days* etwas mit Empty Creeks Pionierzeiten zu tun. Das kann man jedoch nicht von den Frühlingsfestspielen und all denjenigen behaupten, die die meiste Zeit des Jahres damit verbringen, sich hingebungsvoll mit allem Elisabethanischen zu beschäftigen und die Frühlingsriten des guten alten Englands vorzubereiten. Kulisse für diese Feierlichkeiten ist die öde, aber dennoch schöne Wüstenlandschaft und ein nachgebautes englisches Dorf, das von stattlichen Saguaro-Kakteen umgeben ist.

Nun, das ist, wie Zwiddeldei schon richtig bemerkt hatte, ein verrückter Haufen.

Als Penelope zum erstenmal zum Festspielplatz fuhr, kam ihr alles sehr eigenartig vor. Zum einen war es noch viel zu früh am Morgen. Hier war sie nun, um sieben Uhr, also praktisch mitten in der Nacht, und fuhr zum Festspielgelände.

Zum anderen war das zwanzigste Jahrhundert viel zu sichtbar. Die Kondensstreifen eines Flugzeugs durchzogen den blauen Himmel, und in der Ferne bahnte sich ein Zug schnaufend seinen Weg durch die Wüste.

Und obendrein war Penelopes Jeep kaum das richtige Gefährt für Königin Elisabeth. Gott schütze die Königin. *Hipp, hipp, hurra! Hipp, hipp, hurra! Hipp, hipp, kotz!*

Abgesehen davon war dieses verdammte Mieder viel zu eng.

»Wie sind wir nur da reingeraten, Mikey?«

Obwohl es noch so früh am Morgen war und er diese entwürdigende Halskrause und diesen albernen Umhang trug, schien es Mycroft jedoch gar nicht abwarten zu können. Wahrscheinlich hatte er von den gebratenen Truthahnkeulen gehört, die es dort umsonst gab.

Die Straße war in Abständen mit Schildern markiert.

1995

Natürlich ist es 1995. Was denn sonst?

1895

Also ehrlich.

1795

Penelope fuhr an den Rand der Straße und hielt an. Die Wüste schuf wohl kaum die richtige Atmosphäre für ein elisabethanisches Dorf, das inmitten der grünen Felder des guten alten Englands lag. Saguaro-Kakteen hielten einsam Wache, die Arme zum Himmel emporgestreckt. Penelope schüttelte den Kopf und fuhr weiter.

1695

Wieder hielt Penelope an. Sie schloß die Augen und versuchte, das zwanzigste Jahrhundert zu vertreiben. Der in der Ferne pfeifende Zug zerstörte die Stimmung. Penelope kniff die Augen fest zusammen. *Ich bin die Königin. Ich bin die Königin.*

Penelope fuhr weiter, und hinter einer Kurve näherten sie sich dem letzten Schild.

1595

Die grünen Felder des guten alten Englands!
Hurra!
Mein Gott! Ich fühle mich wirklich wie Königin Elisabeth.

Als Penelope den Jeep in der Nähe des Wohnmobils parkte und über den Zaun vom zwanzigsten Jahrhundert ins sechzehnte starrte, stieg in ihr jedoch Panik hoch. Sie seufzte und kletterte aus dem Jeep. In Begleitung des königlichen Katers, bewaffnet mit einer Flasche Sonnenmilch mit Schutzfaktor 15 und ziemlich eingeschüchtert, schürzte Penelope ihre voluminösen Röcke und ging über die Fußgängerbrücke. Big Mike, den selten irgend etwas einschüchterte, rannte voraus und starrte in den ruhigen, von Menschenhand geschaffenen Fluß, in dem ein paar fette Fische im klaren Wasser herumschwammen. Trotz seiner Abneigung gegen Wasser zuckte Mycrofts Schwanz vor Begeisterung, und er schien über eine Methode nachzudenken, wie er fischen konnte, ohne sich die Pfoten naß zu machen. Erst nach einigem Drängen ließ der königliche Kater von den Fischen ab und folgte der Königin.

Dieselbe Delegation, die Penelope dazu überredet hatte, den Thron Englands zu besteigen, wartete nun am Tor zum Festspielgelände. »Euer Majestät«, sagten Sir Francis Drake, Sir Francis Bacon und Master William Shakespeare gleichzeitig und zogen die Hüte. Eine viel zu fröhliche Lady Kathleen Allen machte mit strahlenden Augen einen tiefen Knicks.

»Oh, kommt wieder hoch«, sagte Penelope.

»Das können wir nicht, Euer Majestät.«

»Nicht bis Ihr ›Guten Morgen‹ gesagt habt.«

Penelope lächelte huldvoll, neigte in einer höchst majestätischen Art und Weise den Kopf und sagte: »Guten Morgen.«

»Perfekt, Euer Majestät«, sagte Lady Kathleen und erhob sich.

»Ja, das fand ich auch.«

»Kommen wir nun zu den königlichen Pflichten«, sagte Bacon.

»Es gibt eine Menge zu erledigen«, sagte Drake. »Ihr müßt

jeden empfangen, und dann wäre da noch der königliche Festzug um zehn und die Turniere um zwei. Außerdem müssen noch einige Staatsgeschäfte und Hofangelegenheiten erledigt werden ...«

Die nächste Stunde verging in hektischem Treiben. Die neue Königin empfing eine Reihe von bedeutenden Persönlichkeiten, Höflingen, Hofdamen, den *Lord High Mayor*, den *Lord High Sheriff*, Sir Philip Sydney und Sir Robert Dudley.

»Euer Majestät«, sagte Sir Dudley, machte eine tiefe Verbeugung und küßte Penelopes Hand, die er viel länger festhielt, als es der Anstand erlaubte. »Es wird mir eine Ehre sein, Euch zu dienen. Ich werde Euer ständiger Begleiter sein.«

»Aber was ist mit Rosalind, Sir Robert?« fragte Lady Kathleen lieblich.

»Eine Bagatelle, Euer Majestät. Ich werde jetzt nur noch an Eurer Seite sein. Schließlich«, sagte Sir Robert und schielte lüstern auf Penelopes sonnenmilchgeschützte Brüste, »waren Sir Robert und Königin Elisabeth Liebende.« Er lächelte, machte eine Verbeugung, ging einen Schritt zurück und stolperte über den königlichen Kater, der laut aufschrie. Er hatte ihm nicht wirklich weh getan, aber Mycroft wollte gleich von Anfang an die Regeln klarstellen.

»Verdammt noch mal«, schrie Sir Robert, als er auf den Hintern fiel.

Sir Francis Drake brach in schallendes Gelächter aus. Bacon und Shakespeare ließen sich ihre Belustigung nicht ganz so offensichtlich anmerken.

Ihre Majestät hob warnend einen Finger. »Sir Robert«, sagte sie ernst. »Ich möchte an meinem Hof keine Kraftausdrücke hören.«

»Natürlich, Euer Majestät«, sagte er, stand hastig auf und versuchte, seine Würde wiederzuerlangen.

Penelope kicherte und entließ ihn dann mit einem übertrieben majestätischen Kopfnicken. »Was sollte das denn?« fragte sie, als Sir Robert geflüchtet war.

»Nun«, sagte Kathy, »Sir Roberts richtiger Name ist –«

»Mir ist egal, wie sein richtiger Name ist. Ich habe schon genug damit zu tun, mir all die einzelnen Rollen zu merken. Das Ganze hier ist ein Paradies für Schizophrene.«

»Jedenfalls ist Sir Robert ein alter Lüstling«, sagte Kathy. »Er ist aus Scottsdale«, fügte sie hinzu, als ob das alles erklärte.

»Das weiß ich alles. Shakespeare hat es mir gesagt. Und jetzt glaubt er, er könnte seine Affäre mit der Königin fortsetzen, nur weil es historisch korrekt ist. Ich glaube, ich werde ihn in die Kolonien verbannen. Da kann er dann Bataten entdecken, oder was auch immer.«

»Aber Euer Majestät, wir sind in den Kolonien.«

»Stimmt ja. Na, dann soll er eben der Königin aus dem Weg gehen. Ich werde mir meinen eigenen Liebhaber für die Festspiele aussuchen.«

»Wo ist Sir Walter überhaupt?«

»Oh, er kommt später. Jedenfalls ist Sir Walter dabei und Sir Robert nicht.«

Bevor die Tore geöffnet wurden, schlenderte Penelope über das Gelände und begrüßte ihre Untertanen. Dabei mußte sie an den Anfang von Laurence Oliviers großartigen Film *Henry V.* denken, als die Schauspieler hektisch hinter der Bühne hin und her eilten, in ihre Kostüme schlüpften, Make-up auftrugen, schwierige Passagen probten und nervös darauf warteten, daß das Stück anfing. Dann sprach der Chor die ersten Sätze, und das Globe verwandelte sich von einer Bühne in die weiten Felder Englands und Frankreichs, ohne daß es die Zuschauer richtig bemerkten.

So war es auch bei den Festspielen. Überall bereiteten sich die königlichen Gefolgsleute und die Schauspieler des Theaterstücks, das an diesem Tag gespielt werden würde, auf ihre Rollen vor. Die Jongleure jonglierten, die Narren machten sich zum Narren, die Bogenschützen spannten ihre Bögen, die Trompeter trompeteten, die Sänger sangen, die Fiedler fiedelten, die Ausrufer riefen, und die Herumtreiber trieben sich herum. All das ergab ein hektisches und lautes Treiben.

Penelope freute es zu sehen, daß ein paar ihrer Untertanen nur mit Mühe die Augen aufbekamen, Kaffee tranken und Rosinenbrötchen aßen, die von einer fröhlichen jungen Schankmaid verteilt wurden, die »Alive, alive-o« sang, während sie Big Mike unter dem Kinn kraulte. Der saß auf der Theke und konnte sich wahrscheinlich nicht entscheiden, ob er ein Rosinenbrötchen essen oder auf die gebratenen Truthahnkeulen warten sollte. Drake, Bacon und Shakespeare entschuldigten sich und schlossen sich dem königlichen Kater an.

Eine Mannschaft von Landsknechten exerzierte auf dem Dorfanger, wo sie ziemlich dilettantisch herummarschierten. Penelope spielte mit dem Gedanken, sich ihnen irgendwann einmal anzuschließen und sie auf Vordermann zu bringen. Nach ein paar Tagen mit einem fluchenden, schreienden Ausbilder auf Parris Island hatte noch jeder Trupp gelerntzu marschieren.

Drakes Männer waren damit beschäftigt, das *Golden Hind*, oder besser gesagt, eine nicht gerade seetüchtige Kopie auf dem flachen See zu Wasser zu lassen.

Penelope blieb abrupt stehen, als die Fensterläden am Stand von Master Edwards, dem königlichen Hoflieferant für Eisenwaren, klappernd aufflogen. Offensichtlich stellten Eisenwarenhändler eine Vielzahl von Waren her, darunter auch Geräte, die die Verworfenheit der königlichen Untertanen in Schach halten sollten. Im hellen Morgenlicht lagen dort gute englische Breitschwerter, Lanzen, Florette, Dolche und Messer sämtlicher Art aus, daneben Bein- und Handfesseln, Ketten – und Keuschheitsgürtel.

Lady Kathleen, die diskret drei Schritte hinter ihrer Königin ging, wurde einen Moment von dem Jongleur ihrer Träume abgelenkt und rammte beinah Ihre Majestät.

»Sachte, mein Kind«, sagte Penelope sanft.

»Tut mit leid, Euer Majestät, ich war –«

»Ich weiß, du hast Timmy schmachtende Blicke zugeworfen«, sagte Penelope. »Wieder einmal. Denkt ihr zwei auch mal an etwas anderes als an das eine?«

Lady Kathleen errötete. »Manchmal –«

»Schon gut.« Penelope wandte ihre Aufmerksamkeit Master Edwards zu, einem stämmigen Mann mit einem angegrauten Vollbart. Er trug Kniebundhosen und eine Lederschürze über der nackten Brust.

»Willkommen bei unseren bescheidenen Festspielen, Euer Majestät.«

»Guten Morgen«, antwortete die Königin. »Ich sehe, Ihr habt eine interessante Auswahl an Waffen.«

»Die beste im ganzen Land, Majestät.«

»Verkauft Ihr neben den Festspielbesuchern auch an meine treuen Untertanen?« fragte Penelope.

»Sie sind meine besten Kunden, Majestät. Erst letzte Woche hat Sir Robert Dudley einen neuen Dolch gekauft. Er hat eine umfangreiche Sammlung, wißt Ihr.«

»Das ist ja interessant. Führt Ihr Buch?«

Master Edward nickte. »Seit ich bei den Festspielen angefangen habe, Euer Majestät. Das war vor zehn Jahren.«

»Wer hat in letzter Zeit sonst noch etwas gekauft?«

»Oh, eine ganze Menge, Euer Majestät. Ein paar Mitglieder von *Captain Sneddon's Companie of Foote* waren letztes Wochenende hier, um sich auszurüsten. Außerdem noch« – Master Edwards zählte einige treue Untertanen und Mitglieder des Hofes auf – »und wenn wir die Tölpel mitzählen –«

»Tölpel?« fragte Penelope.

»So nennen wir die Besucher der Festspiele. Tölpel.«

»Wie unfreundlich.«

»Sie benehmen sich manchmal unmöglich«, sagte Lady Kathleen hilfsbereit. »So wie Mrs. Burnham.«

»Ich verstehe«, sagte Penelope gedankenverloren und spielte mit einem Dolch herum.

»Was hattet Ihr Euch denn so vorgestellt, Majestät? Ein königliches Stiletto?«

»Nein, ich glaube nicht.« Penelope drehte sich zu Kathleen

um und lächelte unheilvoll. »Ich hatte eher an einen Keuschheitsgürtel gedacht.«

»Soll ich ihn einpacken, oder ziehen Euer Majestät ihn gleich an?«

Ihre Majestät sagte: »Seid nicht impertinent. Liefert Ihr auch ins Haus?«

»Für Euer Majestät ist das kein ...«

»Gut. Schickt ihn nach ... nach ...« Penelope wußte nicht weiter. Unter den gegebenen Umständen erschien es ihr nicht gerade angemessen, darum zu bitten, einen Keuschheitsgürtel in ihr Wohnmobil liefern zu lassen. Dann schnipste sie sehr unköniglich mit den Fingern. »Schickt es nach Windsor. Ich werde dort residieren. Nehmt Ihr auch Kreditkarten?«

»Natürlich, Euer Majestät.«

»Gut. Und wenn Ihr schon mal dabei seid, dann schickt mir doch bitte auch gleich die Kopien Eurer Bücher der letzten fünf Jahre.«

Master Edwards stöhnte. »Aber, Euer Majestät ...«

»Fünf Jahre, Master Edwards.« Penelope warf einen Blick auf den *Lord High Sheriff.* »Falls nicht, nun, dann ist vielleicht eine Unterredung mit dem königlichen Steuereintreiber fällig.«

»Wie Ihr wünscht, Euer Majestät«, sagte Master Edwards und seufzte tief.

»Kommt, Lady Kathleen, wir müssen den königlichen Kater einsammeln und uns auf den Weg machen.«

Eine zurückhaltende Kathy wartete, bis sie sich vom Eisenwarenhändler entfernt hatten, und fragte: »Du wirst mich doch nicht dazu zwingen, dieses fürchterliche Ding zu tragen?«

»Das wäre keine schlechte Idee«, sagte Penelope lächelnd, »aber nein, ich habe mir gedacht, es wäre ein witziges Geschenk für unsere Freundin, den verführerischen Rotschopf.«

Ein Kanonenschuß böllerte, und am Haupttor ertönten Fanfarenstöße.

»Wir müssen uns beeilen, Euer Majestät«, sagte Sir Francis Bacon. »Die Tore sind geöffnet, und wir müssen uns für den königlichen Festzug fertigmachen. Der Inspizient sieht es nicht gern, wenn wir zu spät kommen. Er hat dauernd damit gedroht, Carolyn umzu...« Bacon blieben die Worte beinah im Hals stecken.

»Fahrt doch fort, Sir Francis«, sagte Penelope. »Umzuwas?«

Sir Francis Bacon schluckte, bevor er antwortete. »Umzubringen. Sie war immer zu spät.«

»Wirklich? Dann werden wir uns wohl mal mit dem Inspizienten unterhalten müssen.«

Falls Penelope mit dem Gedanken gespielt hatte, mit dem Inspizienten zu reden, bevor der Festzug anfing, dann wurde dieser Gedanke von einem schweren Anfall von Lampenfieber verdrängt. Big Mike, in königliche Gewänder gehüllt, schien sich bei dem chaotischen Trubel sehr wohl zu fühlen. Er hockte hoch oben auf dem Gatter einer Einfriedung, die nur Teilnehmern der Festspiele zugänglich war, und sah dem Inspizienten interessiert zu, der hektisch hin und her lief und versuchte, seine Schützlinge in der richtigen Reihenfolge zu postieren.

Ihre Majestät jedoch schloß die Augen und zwang sich, an Zitronen zu denken, weil sie hoffte, daß der Gedanke an den sauren Geschmack das Schwindelgefühl vertreiben würde. Das tat es auch. Aber dann fingen ihre Hände an zu zittern, und sie bekam weiche Knie. *Wie bin ich da bloß reingeraten?*

Eine Pike fiel klirrend zu Boden.

Du wirst mit dieser Pike heute nacht schlafen, dachte Penelope automatisch, trotz des flauen Gefühls in ihrem Magen. Die Erinnerung an Parris Island und das Ausbildungslager würde nie verblassen. *Deine Pike ist dein bester Freund. Deine Pike wird dir das Leben retten. Du mußt dich um deine Pike kümmern.* Eine Marine ließ ihr Gewehr nur einmal fallen. Die darauf folgende Lektion würde sie nie wieder vergessen.

Der Inspizient – er trug die bunte Aufmachung eines Hofnarren und die dreieckige, glöckchenverzierte Narrenkappe – klingelte vor sich hin, als er hin und her rannte. Er brüllte abwechselnd Befehle an die Teilnehmer des königlichen Festzuges und flüsterte in sein Walkie-talkie, das in seinem Pappstab versteckt war.

»Formiert euch!« schrie der Inspizient. »Die Tölpel warten! Die Tölpel warten!«

»Mit wem flüstert er denn?« fragte Penelope.

»Mit den Sicherheitsleuten«, antwortete Kathy. »Sie halten ihn auf dem laufenden.«

Penelope stöhnte.

»Geht es Euch gut, Euer Majestät?«

»Ich glaub', ich muß gleich kotzen.«

Als sie in die Sänfte kletterte, ihre Röcke um sich drapierte und den königlichen Kater von Lady Kathleen entgegennahm, brachte Penelope trotz ihres Lampenfiebers ein Lächeln zustande, das jedoch ziemlich kläglich und verzerrt ausfiel.

Zwei kräftige Pagen hoben die Sänfte auf die Schultern. »Dieser verdammte Kater ist zu fett«, murmelte einer.

Falls Big Mike die Bemerkung gehört hatte, so entschied er sich, Gnade walten zu lassen und den unhöflichen Pagen das Leben zu schenken.

Fanfarenstöße ertönten, und der königliche Festzug begann seine Runde durch das Dorf.

Ein Page ging forsch voran und trug das Banner der Königin mit den verwobenen Initialen ER.

Als nächstes kam der Ausrufer. »Hört, hört, Ihre Huldvolle Majestät Königin Elisabeth, Herrscherin von ganz England, Hüterin des Glaubens et cetera, et cetera.«

Fanfaren untermalten jede einzelne Ankündigung.

Der *Lord High Mayor* und der *Lord High Sheriff* waren die nächsten.

»Haltet Abstand«, zischte der Inspizient, als die Königin und der königliche Kater durch das Tor kamen.

Der Hofstaat folgte in respektvollem Abstand.

Die Truppe der Landsknechte bildete die Nachhut.

»Hurra!« ertönte es sowohl von den treuen Untertanen als auch von den Tölpeln. »Hurra!«

Penelope wurde blaß. *Mein Gott,* dachte sie. *Ganz Empty Creek ist hier.*

»Hurra!«

Penelope fing gerade an, sich zu entspannen und ihre neue Rolle zu genießen, als sich Ärger zusammenbraute. Königin Elisabeth lächelte nun ganz natürlich, neigte ihren Kopf und winkte äußerst majestätisch.

Debbie und Sam Connors winkten ihr zu. Alyce Smith machte einen tiefen Hofknicks. Sie trug ein Kleid, das mit den Zeichen des Zodiakus geschmückt war. *Ich werde sie zur Hofastrologin ernennen,* dachte Penelope, als sie Alyce' Knicks mit einem Nicken zur Kenntnis nahm.

Am Wegrand standen Männer, Frauen und Kinder, die sich verbeugten oder knicksten und ihr zujubelten.

Stormy trug ein elegantes blaues Brokatkleid. Sie winkte und hüpfte auf und ab, machte einen Knicks und sprang wieder auf und ab. Ein mürrischer Dutch in Cowboystiefeln und passendem Hut, Jeans und Westernhemd stand neben Stormy. Offensichtlich war das Zaubererkostüm auf wenig Begeisterung gestoßen.

Penelope tat etwas, das Königin Elisabeth nie machen würde. Sie streckte Dutch die Zunge raus und brachte ihn zum Lachen. *Das ist schon besser,* dachte sie.

Der königliche Kater wanderte auf dem Schoß der Königin auf und ab, um seine Bewunderer zu begrüßen – und es waren viele da, die Big Mike zujubelten.

Wally grinste und winkte schüchtern. Laney stand neben ihrem Lebensgefährten und hielt Alexander hoch, damit er seinen Freund sehen konnte. Alex bellte aufgeregt. Er war winzig, aber das gleiche konnte nicht von seinem Herzen oder seinem Bellen gesagt werden.

Und das war das Problem.

Ein Deutscher Schäferhund, der offensichtlich einem Bauern gehörte, schloß sich Alexanders Gebell an, und ein Collie, zwei Shih Tzus und ein Mops stimmten ebenfalls mit ein.

Die Sänfte schwankte bedrohlich, als die aufgeregten Hunde bellten, kläfften, auf und ab sprangen und allen zwischen den Beinen herumrannten.

Big Mike, der nie vor einem guten Kampf zurückschreckte, sträubte die Nackenhaare, legte die Ohren an, fauchte laut und forderte sie mit einem Geheul heraus, das einem das Blut in den Adern gefrieren ließ.

Für einen kurzen Moment war Penelope versucht, Mycroft zu packen, aber ihr gesunder Menschenverstand hielt sie gleich wieder davon ab. Sie hatte sich einmal zwischen Big Mike und einen anderen Kater gestellt, als diese eine weniger freundliche Diskussion über Murphy Brown, Mikes schlanke, wenn auch manchmal launische Geliebte, geführt hatten. Big Mike hatte Penelope sofort klargemacht, daß ein Kater nun mal nicht aus seiner Haut kann. Nachdem er den Eindringling in die Flucht geschlagen hatte, hatte sich Mycroft natürlich sofort bei Penelope entschuldigt, als sie gerade dabei war, die blutende Wunde auf ihrer Wange zu behandeln. Sie betrachtete diese Narbe heute mit Stolz, war jedoch nicht gewillt, sich eine zweite einzufangen. Die Hunde mußten selber klarkommen.

Big Mike schrie und stieß ein weiteres furchterregendes Heulen aus. Dann schien er zu dem Schluß zu gelangen, daß ein bißchen Sport in Maßen nicht schaden konnte.

Big Mike suchte sich sein Ziel aus und sprang auf den Rücken des Deutschen Schäferhundes, wo er sich festkrallte. Die Mutter des Schäferhundes hatte es offensichtlich versäumt, ihren Wurf vor Abessinerkatern aus Afrika zu warnen, die Halskrausen trugen. Mycroft war eifrig damit beschäftigt, dieses Versäumnis nachzuholen, bis es dem großen Hund gelang, sich von dem Kater zu befreien und ihn zu Boden zu schleudern, wo er durch den Dreck rutschte. Der jaulende Schäferhund flüchtete vom Schlachtfeld, um seine Wunden zu lecken.

»Setzt mich ab!« schrie die Königin über das Chaos hinweg.

Die Pagen warfen die Königin beinah genau in das Gewühl, schafften es aber irgendwie, die Sänfte aufzurichten und auf den Boden zu setzen.

Trotz Laneys Bemühungen machte Alexander sich los und stürzte sich ins Getümmel, um seinem Freund zu helfen.

Es ging noch heißer her, als Big Mike den Mops mit einem rechten Cross zu Boden schickte. Der Mops heulte laut auf, und auf seiner Nase erschienen rote, blutige Kratzer.

Mit einem wütenden Alexander auf den Fersen raste der Shih Tzus aus der Stadt. Kreischend jagte Laney ihm hinterher.

Der Collie knurrte und ließ sich nicht unterkriegen.

Penelope mußte seinen Mut bewundern, jedoch nicht seinen Verstand. Big Mike begann mit seiner Bärenimitationsnummer, stellte sich auf die Hinterbeine, schrie laut und schlitterte seitlich auf den Hund zu, der verzweifelt und alleine versuchte, die Hundeehre zu retten.

Diesmal verließ den Collie aller Mut. Er drehte sich um, rannte davon und überließ Big Mike das Feld der Ehre.

»Tretet zurück«, rief Penelope. »Macht ihm Platz.«

Big Mike setzte sich und begann, seine Pfoten zu lecken. Seine Halskrause hing schief, aber es schien ihm nicht viel auszumachen. Für seinen Geschmack hatte sie sowieso zu viele Rüschen.

Nachdem Mycroft sich beruhigt hatte und wieder Ruhe eingekehrt war, überlegte Penelope kurz, ob sie einen königlichen Erlaß verfügen sollte, daß alle Hunde an der Leine zu halten waren, zumindest in Mycrofts Anwesenheit, aber sie hielt nichts davon, Hunde anzubinden. Sie hatten ein Recht auf ihre Freiheit, und so mußten sie eben alleine mit Big Mike klarkommen.

»So einen gottverdammten Kater hat die Welt noch nicht gesehen«, sagte ein Mann.

Diesen Kommentar hatte Penelope in den letzten Jahren schon oft zu hören bekommen. Sie schüttelte traurig den Kopf. Soviel zu ihrem ersten königlichen Festzug.

Dann sah sie Lothario am Rand der Menge herumlungern.

»Fürwahr, Euer Majestät, was für ein Kater.«

»Die, die mit Katzen spielen, müssen damit rechnen, gekratzt zu werden«, antwortete Penelope.

»Wie weise, Euer Majestät.«

»Cervantes hat das geschrieben«, sagte Penelope.

»Oh, aber *Don Quijote* ist noch nicht geschrieben worden.«

»Wie schade.«

Andere Ansichten über Katzen, Hunde und das Wesen des Menschen schwirrten durch die Menge, aber Ihre Majestät war abgelenkt. Es war eindeutig ihr Lothario vom Nachmittag zuvor. Er trug nun ein Kostüm, ein Wams und eine schwarze langhaarige Perücke. Trotzdem war sich Penelope bei der Identifizierung sicher. Sie ignorierte den Inspizienten und seine Versuche, wieder Ordnung in den Festzug zu bringen, und wandte sich dem *Lord High Sheriff* zu.

»Verhaftet ihn!« befahl Penelope und zeigte in die Menge.

»Wen, Euer Majestät?« Der *Lord High Sheriff* war bereit, jeden zu verhaften, den die Königin in Gewahrsam haben wollte. Schließlich hatte er dem *Lord High Mayor*, kurz bevor das Tohuwabohu angefangen hatte, gesagt, wie niedlich er die neue Königin fand, und er war nun darauf bedacht, einen guten Eindruck zu machen. Aber angesichts der wogenden Menge von Darstellern und Gästen war er sich nicht sicher, auf wen sich das *ihn* der Königin bezog.

»Schnell! Er entkommt!« rief Penelope, als Lothario aus dem Blickfeld verschwand.

»Schnappt ihn!« befahl der Sheriff seinen Männern, die genauso ratlos waren.

»Ach, schon gut«, sagte Penelope. »Er ist weg.«

Da er die Königin nicht noch mehr verärgern wollte, als er es schon getan hatte, fragte der *Lord High Sheriff*: »Gibt es sonst noch jemanden, den Ihr gerne verhaftet haben möchtet, Euer Majestät?«

Wenn sie es sich recht überlegte ...

Der königliche Blick heftete sich auf den Inspizienten. Penelope hatte sein Herumgerenne, sein Zischen, das wie eine geisteskranke Eidechse klang, und sein Herumgeschubse der Leute langsam satt. Für einen niederen Hofnarren, oder was immer er auch war, hatte er seine Befugnisse schon ziemlich weit überschritten. Er hätte eventuell noch vom königlichen Zögern profitiert, hätte die Königin nicht seine gemurmelte Bemerkung gehört: »Dieser dämliche, blöde Kater.«

»Verhaftet ihn. Werft ihn in den königlichen Knast.«

»Mit Freuden, Euer Majestät«, sagte der *Lord High Sheriff*.

Nachdem sie den Inspizienten unter lautem Jubel des Hofes weggeschleppt hatten, verlief der königliche Festzug ohne weitere Vorfälle. Scheinbar hatte es sich in der Hundegemeinde schnell herumgesprochen, sich nicht mit dem königlichen Kater anzulegen. Genauso schnell hatte sich unter den Beteiligten der Festspiele herumgesprochen, sich nicht mit der neuen Königin anzulegen.

Der Festzug schaffte es sogar, pünktlich um elf Uhr am königlichen Pavillon zu sein, wo die Königin unter lautem Jubel der versammelten Menschenmenge, die auf den Tribünen um den Turnierplatz herum saßen, den Thron bestieg. Big Mike – ohne Halskrause und Umhang – kuschelte sich in ihren Schoß und schlief prompt ein, während eine Reihe von Proklamationen verlesen wurde, die die Festspiele und deren zahlreiche Vergnügungen für eröffnet erklärten und alle dazu aufforderten, zu essen, zu trinken und für die Dauer des Frühlingsfestes fröhlich zu sein.

Captain Sneddon's Companie of Foote marschierte herein und jubelte Ihrer Gütigen Majestät zu.

»Hipp, hipp, hurra!«

Nachdem sich Captain Sneddon und seine Truppe zurückgezogen hatten, klapperten gepanzerte Ritter auf Pferden herein, die den Treueeid leisteten und für die Dauer des Nachmittagsturniers einen kühnen Kampf versprachen.

Der spanische Botschafter präsentierte seine Empfehlungsschreiben.

Während all dem lächelte die Königin geduldig und gab allem ihren königlichen Segen. Dabei war sie sich glücklicherweise nicht bewußt, daß es in ihrem königlichen Hof vor machiavellistischen Intrigen nur so brodelte. Einige Mitglieder des Hofes schmiedeten Pläne, die Gunst der neuen Königin zu erlangen und alte und neue Rechnungen zu begleichen.

Ganz zu schweigen von den Ehrengästen im königlichen Pavillon.

Andy eilte in der Verkleidung Sir Walter Raleighs – Penelope hatte vergeblich darum gebeten, daß die korrekte Schreibweise in die Programme aufgenommen wurde – in den königlichen Pavillon und blieb abrupt stehen. Er blinzelte erstaunt, als er die Versammlung von Gestalten sah, die mit Alekrügen herumstanden und sangen: »Gott schütze die Königin.«

Als das Lied vorbei war, näherte er sich der Königin und verbeugte sich ungelenk. Dabei nahm er seine Kappe ab und ließ diese und seinen Umhang prompt fallen. Die Mitglieder des Hofes zogen sich höflich zurück, um die Königin und ihren Gefährten einen Moment allein zu lassen. Dabei nutzten sie die Gelegenheit, sich an die Theke zu drängen und ihre Krüge zu füllen.

Sir Walter küßte die ihm dargebotene königliche Hand, bevor er sich wieder erhob. »Tut mir leid, daß ich so spät bin, aber ich habe meine Wäsche gewaschen, und meine Unterwäsche war zu heiß, als ich sie aus dem Trockner holte, und da habe ich sie ins Gefrierfach getan, damit sie ein bißchen abkühlen konnte.«

Penelope starrte ihn an.

»Dreißig Minuten war ein bißchen zu lang«, fügte er ernst hinzu.

»Mein Gott«, sagte Penelope, »ich habe einen Freund, der seine Unterwäsche einfriert. Warte, bis Laney das hört.«

»Du wirst doch nicht!«

»Doch werde ich! Bei der erstbesten Gelegenheit. Ich hoffe, es hat sich nichts Wichtiges erkältet.«

»Ich glaube nicht. Es schien mir in dem Moment eine gute Idee zu sein.«

Sie wurden vom *Lord High Mayor* unterbrochen, der jedem von ihnen einen Krug reichte.

»Danke«, sagten Penelope und Andy.

»Ein Weltreich zu regieren macht durstig, Euer Majestät«, sagte der *Lord High Mayor.* »Und denkt daran, daß Ihr später noch Recht sprechen müßt.«

»Na gut«, sagte Penelope. »Was habe ich zu tun?«

»Die Fälle werden Euch vorgestellt, und Ihr müßt einen Schiedsspruch fällen. Eure Entscheidung basiert auf den Fakten und den Plädoyers der einzelnen. Es ist alles improvisiert, und Eure Untertanen werden versuchen, Euch zu blamieren und aus der Reserve zu locken. Es kann recht amüsant sein. Zumindest war es das in den alten Tagen. Carolyn war sehr prüde und hatte keinen Sinn für Humor.«

»Ich werde mein Bestes tun«, versprach Penelope. Wenn die restliche Regierungsperiode so verläuft wie der erste Morgen, entschied Penelope, dann werde ich auch keinen Sinn für Humor mehr haben.

Ihre Freunde drängten sich um sie.

Stormy gab ihr einen schwesterlichen Kuß auf die Wange. »Du warst toll«, sagte sie stolz. »Ich hätte es selbst nicht besser machen können.«

»Nicht schlecht«, sagte Dutch. Das war sein höchstes Lob.

»War Alexander nicht mutig?« fragte Laney. »Wie er sofort dazugesprungen ist, um Mikey zu helfen? Er hat diese zwei Shih Tzus bis nach Schottland gejagt. Ich finde, du solltest ihn zum Geheimen Rat ernennen oder so was.«

Der lakonische Wally zwinkerte anerkennend mit den Augen.

»Echt gut, Penelope, echt gut«, sagte Debbie.

»Ja, wirklich«, sagte Sam Connors.

»Vielen Dank euch allen«, sagte Penelope. »Dutch, kann ich dich einen Moment sprechen?«

Wie es sich für einen Kater seines königlichen Rangs, seiner Intelligenz, Neugier und Größe und seines Appetits gehörte, erkundete Big Mike den königlichen Pavillon. Er begann mit den Hors d'œuvres, die an einem Ende der langen Theke aufgestellt waren, an der sich die Mitglieder des Hofes zusammendrängten und tatkräftig ihren Durst löschten. Mycroft schnüffelte verächtlich an der Obstplatte, den verschiedenen Käsesorten und Cräckern und an den Schüsseln mit gemischten Nüssen herum. Jemand sollte mal mit dem königlichen Partyservice sprechen. Scheinbar war in ganz England keine einzige Hühnchenleber oder Grillplatte zu finden.

Glücklicherweise jedoch begriff die muntere Schankmaid hinter der Theke ziemlich schnell, daß es dem königlichen Pavillon erheblich an Katzendelikatessen mangelte. Daher klaute sie dem Barmann die gebratene Truthahnkeule, die sie ihm gerade erst zum Mittagessen gebracht hatte.

»Hey, das ist meine«, protestierte er und klang dabei nicht gerade wie ein elisabethanischer Wirt.

»Bestell dir einfach eine neue«, antwortete die Schankmaid, nahm ein Messer und schnitt das dunkle Fleisch in katzengerechte Stückchen. Dadurch machte sie sich einen Freund fürs Leben, auch wenn sie den Wirt des königlichen Pavillons vorübergehend etwas verärgert hatte.

Big Mike verleibte sich das Mahl mit sichtbarem Gusto ein und knurrte dabei zufrieden. Er ließ sich nicht stören, bis er den letzten Bissen Fleisch verschlungen und die leere Schüssel ausgeleckt hatte, bis sie glänzte. Dann blickte er mit glücklichen Augen zu der Maid hoch und schnurrte sie dankbar an, bevor er sich aufsetzte und seine Schnauze putzte.

Nachdem er seine Körperpflege beendet hatte, machte es sich Big Mike auf der Theke bequem. Von dort aus hatte er einen tollen Überblick und sah in allen Einzelheiten, wie der spanische Botschafter eine abbekam. Dieser Tag sollte später »Der Tag, an dem der Botschafter sein Fett abkriegte« heißen.

»Ich habe ihn wiedergesehen«, sagte Penelope. »Kurz nachdem Mikey von den Hunden angegriffen wurde, lungerte er am Rand der Menge herum.«

»Ich dachte, es war umgekehrt«, sagte Dutch. »Big Mike hat die Hunde angegriffen.«

»Er ist provoziert worden. Wie auch immer, ich habe ihn gesehen.«

»Wen?«

»Lothario.«

»Wen?«

»Also wirklich, Dutch, wenn du ein Mitglied unserer Familie werden willst, mußt du bei Unterhaltungen besser zuhören«, sagte Penelope ungeduldig. »Lothario. Der Mann, der mich nicht eher aus dem Pranger lassen wollte, bis ich ihm meine Telefonnummer gebe. Er war verkleidet, aber ich habe ihn wiedererkannt. Der Sheriff wollte ihn verhaften, aber er ist entwischt.«

»Um ihn würde ich mir wirklich keine Sorgen machen, Penelope.«

»Keine Sorgen machen!« rief Penelope. »Du warst derjenige, der mir gesagt hat, er könnte der Mörder sein.«

»Das war damals.« Dutch zuckte die Achseln.

»Wirst du nicht deine zwei Spürhunde auf die Fährte ansetzen?«

»Ich glaube nicht, daß sich die Mühe lohnt.«

»Na, dann muß ich ihn eben selber finden.«

»Besser nicht«, murmelte Dutch.

Penelope bekam diese letzten Worte nicht mit, da sie sich gerade in dem Moment umdrehte, als Sir Robert Dudley ausholte und dem spanischen Botschafter eine aufs Kinn gab.

Was war denn nun schon wieder?

Sir Robert entfernte sich hastig aus dem königlichen Pavillon und massierte sich die rechte Hand. Dabei murmelte er: »Au, au, au.« Hinter ihm kauerte der spanische Botschafter benommen im Sägemehl, rieb sich das Kinn und sagte ziemlich undiplomatisch: »Der Schweinehund hat mich geschlagen.«

»Warum?« fragte Penelope.

»Ich weiß es nicht.«

»Ihr müßt doch etwas gesagt oder getan haben.«

»Ich habe nur gesagt, daß Heavy metal eine Beleidigung für das menschliche Ohr ist.«

Penelope war der gleichen Meinung. Man konnte diesen Radau wirklich nicht als Musik bezeichnen, aber er schien eine dubiose Rolle beim Mord der Königin zu spielen. »Ich ... Ich meine, wir ... werden mit Sir Robert sprechen. Derweil übersendet bitte unsere Entschuldigung an Hispanien, und nehmt ein Bier auf Rechnung des Hauses Tudor.« Sie lächelte huldvoll und half dem spanischen Botschafter auf die Beine.

Nun, wo zum Teufel war Sir Robert? Schließlich gab es da ja noch die Sache mit Amy Robsart.

Während des kurzen Festzuges aus dem königlichen Pavillon bekam die Königin Mitleid mit dem Inspizienten und ordnete seine frühzeitige Befreiung vom Pranger an.

»Das werden Sie mir büßen«, sagte der Inspizient, als er sich die Reste der wohlplazierten Tomaten aus dem Gesicht und von den Händen abwusch. Seine Narrenkappe saß schief.

»Genau wie Carolyn Lewis?« fragte Penelope.

Der Inspizient wurde blaß. »Damit hatte ich nichts zu tun.«

»Man hat mir aber gesagt, daß Sie bei mehreren Gelegenheiten damit gedroht haben, sie umzubringen.«

»Das war doch nur Gerede. Mehr nicht. Sie war immer zu spät. Ich versuche nur, meinen Job zu erledigen, aber niemand kümmert das. Alle rennen nur herum und trinken, die Männer jagen den Frauen nach, und die Frauen interessieren sich mehr für die Parties als für ihren Auftritt. Ich kriege hier überhaupt keine Unterstützung. Ich frage mich, wie wir die Show überhaupt auf die Beine gestellt haben.«

»Vielleicht sollten Sie weniger verlangen ...« Penelope rückte seine Kappe zurecht.

»Danke.«

»Gern geschehen.«

»Ohne mich würde hier gar nichts funktionieren.«

Als sie den Inspizienten dabei beobachtete, wie er davonschlurfte, tat Penelope ihre übereilte Anweisung leid. Lord Acton hatte wirklich recht. »Macht macht schlecht, und absolute Macht macht absolut schlecht.«

Recht wurde im Schatten einer dichtbelaubten Eiche gesprochen. Ein thronähnlicher Stuhl wurde für die Königin bereitgestellt. Sir Walter Raleigh stand an der einen Seite; der *Lord High Sheriff* nahm seinen Platz auf der anderen Seite ein.

»Sheriff, tut Eure Pflicht.«

Ein Bauer wurde aus der Menge gezerrt. Er fiel vor der Königin auf die Knie und rang flehend die lose gefesselten Hände. »Habt Gnade, Euer Majestät«, rief er.

»Wie lautet die Anklage?« fragte der *Lord High Mayor.*

»Er ist angeklagt, die königlichen Melonen Ihrer Majestät begehrt zu haben«, verkündete der Sheriff lauthals.

Die Tölpel kicherten.

Penelope spürte, wie sie bis in die *königlichen Melonen* errötete. Ein erneutes Auftragen der Sonnenmilch war scheinbar unerläßlich.

»Aber sie waren zum Greifen nah, so rund und groß und füllig und warm von der Sonne, ich konnte mich nicht beherrschen, Euer Majestät. Sie waren so schön und saftig. Bereit, gepflückt zu werden.«

Saftig, soso. Was war das überhaupt für ein Bauer?

Penelopes Frage wurde von dem schlauen Grinsen auf dem Gesicht des Bauern beantwortet. Der gutaussehende junge Schurke wußte genau, daß er seine Königin in Verlegenheit gebracht hatte.

»Übergriffe auf die königlichen Melonen sind ein schweres Verbrechen«, setzte Penelope an. Sie hatte es eilig, den Fall des Bauern und der königlichen Melonen zu Ende zu bringen.

Die Menge brach in Gelächter aus.

Die Königin errötete heftig und begann erneut. »Du mußt deine Finger von den königlichen Melonen lassen ...«

Die Menge schrie vor Begeisterung.

Die Königin gab auf. »Oh, führt ihn ab, und stellt ihn an den Pranger.«

»Bringt Mistress Lockwood vor.«

Der *Lord High Mayor* beugte sich vor und flüsterte der Königin zu: »Mistress Lockwood ist bekannt für eine Vielzahl von Missetaten und für ihre scharfe Zunge. Sie ist recht temperamentvoll.«

»Und haltet eure Hände bei euch«, ertönte eine schrille Stimme. Eine gutaussehende Frau an die Vierzig wurde von den Männern des Sheriffs aus der Menge geholt. Sie steckte in einer sogenannten *Shrew's Fiddle,* einem hölzernen Gerät mit drei Ringen. Einer davon war um den Hals der Frau gelegt, die anderen zwei Ringe, in denen die Hände steckten, befanden sich an einer Holzstange.

Penelope bemerkte, daß die Gehilfen des Sheriffs einen respektvollen Abstand zu der Frau einhielten, die nach den Männern des Gesetzes trat.

»Ich habe nichts getan, Euer Majestät, es ist alles die Schuld dieses elenden Wurms von Ehemann.«

»Tretet vor, Master Lockwood«, befahl der Sheriff.

Ein dümmlich dreinblickender Master Lockwood, der ein Stück rohes Fleisch an sein rechtes Auge hielt, gesellte sich zu seiner Frau. Wie die königlichen Beamten hielt er sich von Mistress Lockwood fern. Scheinbar hatte Master Lockwood den Zorn seines geliebten Weibes an diesem Tag schon zu spüren bekommen. Zumindest war die Diskussion von den königlichen Melonen abgelenkt worden.

»Eine Furie, Euer Majestät, eine richtige Furie, seht, was sie mit mir gemacht hat.« Er nahm das Fleisch vom Auge weg, das veilchenblau war. Penelope hoffte, daß das alles Make-up war.

»Sag Ihrer Majestät, warum ich dir ein blaues Auge geschlagen habe«, höhnte Mistress Lockwood. »Du Wurm.«

»Sag's ihr!« rief die Menge. »Sag's ihr!«

Master Lockwood ließ den Kopf sinken und murmelte etwas vor sich hin.

»Sprich lauter, Mann«, befahl der Sheriff.

»Ich war nicht fähig, meinen ehelichen Pflichten nachzukommen.«

Die Menge johlte.

»Taucht ihn«, schrien die Frauen in der Menge.

»Taucht ihn.«

»Taucht sie«, riefen die Männer im Chor. »Taucht sie.«

»Is' so üblich bei einer Furie«, beriet der *Lord High Mayor* die Königin. »Das Tauchbecken ist momentan frei.«

»Taucht sie beide«, sagte die Königin und hielt das für ein sehr salomonisches Urteil.

Scheinbar schien das Publikum der gleichen Meinung zu sein, da Jubel ausbrach. »Hurra!«

Die Lockwoods wurden abgeführt, damit sie ihre Stunde im Tauchtank absaßen. Währenddessen kauften die Tölpel Lederbälle, mit denen sie auf das Ziel werfen konnten, das einen von beiden von dem hohen Sitz in das darunter befindliche Wasser plumpsen lassen würde. Es war eine harmlose Strafe. Jeder der Teilnehmer mußte irgendwann einmal eine Strafe im Tauchtank, am Pranger oder in der *Scold's Bridle,* einem zaumzeugartigen Strafinstrument für zänkische Weiber, verbüßen.

»Der letzte Fall ist ein Disput zwischen zwei Dramatikern,

die beide danach streben, Euer Majestät mit ihren Werken zu erfreuen.«

Ein Raunen ging durch die Menge. »Der größte Schriftsteller in ganz England kommt.«

Das niedere Volk rief: »Ben Jonson kommt. Ben Jonson kommt.«

»Nein, nicht Jonson.«

»Christopher Marlowe?«

»Marlowe ist tot, du dummes Stück Krötenscheiße, erstochen bei einer Kneipenschlägerei im Jahre 1591!«

»Marlowe ist nicht tot. Er ist zurückgekommen.«

»Ich schwöre bei Gott, das sollte er aber sein. Dieser verdammte Atheist.«

»Wenn nicht Marlowe, wer dann?«

»Es ist Master Shakespeare.«

»Wer?«

»Dieser Schreiberling!«

»Aus dem wird nie was werden.«

Einige der treuen Untertanen johlten weiter, als Master William Shakespeare sich tief vor der Königin verbeugte.

Offensichtlich war der Atheist doch nicht tot, da sich ein junger und affektiert grinsender Christopher Marlowe, ganz in Schwarz gekleidet, ebenfalls verbeugte und es irgendwie schaffte, daß die Geste anmaßend wirkte. Sein Haar war lang und hing ihm bis auf die Schultern. Er trug einen dünnen Schnäuzer.

»Tragt Euren Fall vor.«

»Majestät«, sagte Shakespeare, »dieser Emporkömmling stört unsere Vorstellungen und verlangt, ebenfalls unsere bescheidene Bühne benutzen zu dürfen. Außerdem sollte er schon längst tot sein. Schließlich haben wir bereits fünfzehnhundertfünfundneunzig.«

»Emporkömmling, was er nicht sagt, Majestät. Der Name Marlowes ist dem Shakespeares ebenbürtig, jetzt und für immer. Wir, meine armen Schauspieler und ich, möchten einfach nur ab und zu die Bühne benutzen, so daß die Leute ein richtiges Drama sehen können, Szenen aus *Die tragische Historie Doktor Faustus* und *Tamerlan der Große.*«

»Die Bühne ist für uns reserviert«, rief Shakespeare. Er zitterte. »Laßt ihn auf dem Dorfanger aufführen. Er verdient nichts Besseres.«

Marlowe zog sein Florett und wedelte damit drohend herum. »Bewaffnet Euch«, rief er und bestätigte damit seinen Ruf als Raufbold. »Wir werden das wahrhaftig auf dem Dorfanger entscheiden.«

»Hört auf«, rief die Königin und weckte Mycroft, der sich gleich umblickte, um die Quelle der Gefahr auszumachen. »Genug von diesem Disput.« Sie zeigte auf Marlowe. »Zieht niemals mehr Eure Waffe in unserer Gegenwart.« Penelope wartete, bis das Florett wieder an seinem Platz war. »Und Ihr«, sagte sie und zeigte mit einem königlichen Finger auf Shakespeare, »es ist genug Platz für beide da. Marlowe wird nicht Eure Bühne benutzen, aber er mag seine eigene Plattform am anderen Ende des Dorfes errichten. Es ist mir egal, welches Jahr wir haben. Wir möchten nichts mehr von diesem Geplapper hören. Haben wir uns verstanden?«

»Euer Majestät ist zu gütig«, sagte Marlowe und machte wieder eine tiefe Verbeugung.

»Idiot«, murmelte Shakespeare, als er sich verbeugte.

»Was sollte denn das alles?« fragte Penelope, als sich Shakespeares und Marlowes Schauspieler um sie versammelten und die Menge zu den unterschiedlichen Vergnügungen zurückkehrte.

»Sie hassen sich«, sagte der *Lord High Mayor.* »Die Rivalität ist sehr stark.«

»Aber ... aber«, sagte Penelope und zeigte auf die Kulisse des vergangenen Englands um sie herum, »es ist doch nur ein Spiel.«

»Nicht für alle, Euer Majestät.«

Wie Carolyn zuvor fand Penelope schnell heraus, daß die Arbeit einer Königin nie getan war. Nachdem sie Recht gesprochen hatte, ging es zurück zum königlichen Pavillon, um den Nachmittagskämpfen beizuwohnen. Die Tribünen waren voll, und die Menge jubelte, als sich die Ritter auf ihren temperamentvollen Rössern der Königin näherten.

Penelope gab ihrem Günstling ein Halstuch, das er während des Lanzenstechens am Handgelenk tragen konnte. Im Austausch dafür gelobte der weiße Ritter ewige Treue und versprach, den Sieg zu erringen.

Der schwarze Ritter tat denselben Schwur vor der Königin und seiner schönen Herzensdame. Er senkte seine Lanze und erhielt ebenfalls ein Pfand von der strahlend schönen Lady Allison.

Eiserne Visiere schlossen sich mit einem Klappern zum letzten Salut, und die beiden Ritter galoppierten zu ihren Knappen.

Die Ritter donnerten aufeinander zu, Schilde schepperten, und hölzerne Lanzen splitterten.

»Ein Punkt für den Günstling der Königin«, rief der *Lord High Mayor*. Der weiße Ritter erhielt drei Punkte, als er den schwarzen Ritter aus dem Sattel holte, der wiederum zwei Punkte bekam.

Der Kampf wurde zu Fuß weitergeführt. Sie fochten heftig mit dem Schild, dem Breitschwert und der Keule, bis der weiße Ritter dem schwarzen Ritter ein Beinchen stellte – eine Vorgehensweise, der es, wie die Königin fand, an sportlicher Fairneß mangelte – und mit seinem Schwert am Hals des Gegners dastand.

Die Königin rief daraufhin das Stichwort: »Gut gekämpft, tapfere Ritter!«

Sogleich eilte ein Schwarm junger draller Maiden herbei, um sowohl dem Sieger als auch dem Besiegten Erfrischungen zu bringen und Beistand zu leisten.

»Mich dünkt, mein Günstling verliert absichtlich, um die Aufmerksamkeit dieser lüsternen Frauenzimmer auf sich zu ziehen«, sagte Lady Allison.

»Macht Ihr Euch Sorgen?«

»Nein, Euer Majestät. Es ist harmlos, dieses Treiben«, sagte Lady Allison. »Und außerdem«, fügte sie lächelnd hinzu, »wenn er klug ist, dann weiß er, wo seine Lanze ihren Platz hat.«

Da nun das Turnier für den heutigen Tag beendet war und ihre königlichen Pflichten erledigt waren, hatte Penelope nun Zeit für die richtige Arbeit. »Wo ist Sir Robert?« fragte sie.

»Er ist huren gegangen, Majestät.«

»Huren?«

»Huren, Euer Majestät. Er ist bei der Königin der Dirnen.«

Nachdem sie die königlichen Gewänder abgelegt hatte, kehrte die Königin verkleidet als niederes, aber schönes Frauenzimmer zum Festspielgelände zurück. Es blieben ihr immer noch ein oder zwei Stunden, Sir Robert Dudley aufzuspüren und die verschiedenen Freizeitbeschäftigungen zu genießen, bevor die Tore geschlossen wurden und die wackeren Elisabethaner anfingen zu feiern.

Penelope hatte Sir Walter und seinen Umhang auf dem Bett des Wohnmobils zurückgelassen, während Big Mike in einem Liegestuhl die wandernden Sonnenstrahlen des späten Winternachmittags genoß. Beide hatten sich vor den abendlichen Festivitäten ein Nickerchen erbeten.

Ihr Kleid hatte sie sich aus Kathys Garderobe ausgeliehen, die während der letzten Jahre eine Schankmaid gespielt hatte. Es war mit Sicherheit bequemer als das verzierte Gewand der Königin, aber es enthüllte immer noch mehr von den königlichen Melonen, als Penelope lieb war. Kein Wunder, daß die Elisabethaner so ein verdorbener Haufen waren und gelegentlich einen Keuschheitsgürtel brauchten. Trotzdem war es im alten Rom und im alten England ...

Es war angenehm, beinah unbemerkt durch das nachgebaute Dorf zu spazieren – Penelope zog einige bewundernde Blicke auf sich –, an den verschiedenen Händlerbuden stehenzubleiben, um Zinnkrüge und Pokale, zierlichen handgearbeiteten Schmuck oder Karten der Grafschaft oder des alten Londons zu betrachten.

In der Ferne braute sich ein Unwetter zusammen. Über den Bergen zogen dunkle dicke Wolken auf. Gezackte Blitze tanzten am Himmel, aber die Donnerschläge klangen dumpf, als ihr Grollen die Festspiele erreichte. *Vielleicht zieht es an uns vorbei,* dachte Penelope, obwohl sie wußte, wie unvorhersehbar Wüstenstürme waren.

In den länger werdenden Schatten unterhielten fahrende Musikanten mit Lauten, Leiern und Tonbändern. Hübsche junge Mädchen gaben mit Sopranstimmen schwungvolleMadrigale zum besten. Jongleure zogen kleine Jungen und Mädchen in ihren Bann. Andere Kinder lachten und spielten auf der Riesenschaukel. Einige tanzten immer noch unter Anleitung der Dorfmaiden um den Maibaum, während sich die Eltern von dem Streß erholten, auf ihre quirligen Kinder aufzupassen.

Ein Puritaner, die Bibel leidenschaftlich an die Brust gepreßt, predigte vor einer Gruppe spottender Bauern, drohte ihnen mit ewiger Verdammnis und wetterte gegen Alkohol, Freuden des Fleisches, Vergnügungen aller Art und zügelloses Benehmen. Scheinbar hatte dies keine Wirkung, da die Bauern eifrig damit beschäftigt waren, ebendiesen Dingen nachzugehen.

Penelope wanderte weiter. Ein paar ihrer flegelhaften Untertanen gingen an ihr vorbei und erzählten sich Papistenwitze. »Warum hat der Papist die Straße gekreuzt?«

Penelope konnte die Antwort nicht verstehen. *Warum hat denn der Papist die Straße gekreuzt?*

Ein Blumenmädchen befestigte eine Blüte an der Bluse einer Frau und fragte: »Was ist ein Herzblatt? Habt Ihr Euch nie gefragt, was ein Herzblatt ist?«

»Nein, eigentlich nicht«, antwortete die Frau.

»Und Ihr, verehrter Herr, wißt Ihr, was ein Herzblatt ist?«

Er gestand seine Unwissenheit.

Was ist ein Herzblatt? fragte sich Penelope. Es war eines dieser Wörter, das man einfach kannte. Aber was bedeutete es wirklich?

Andere Fragen schwirrten ihr durch den Kopf. Warum? Was? Wer? Wann? Nein. Das konnte nicht die journalistische Reihenfolge sein. *Ich werde Andy fragen müssen,* dachte Penelope. *Wer hat die Königin umgebracht und warum?* Wann, das war einfach. Letzte Samstagnacht. Wie? Mit einem Dolch natürlich. *Und wo bleibt Master Edwards mit seinen Büchern? Und mein Keuschheitsgürtel?* Beantworte das Warum, und du hast eine bessere Chance, das Wer zu beantworten. Benommen und schwindelig angesichts all dieser unbeantworteten Fragen, taumelte Penelope zu einem Erfrischungsstand und kaufte sich eine Cola.

Auf dem Weg zur Königin der Dirnen verlief sich Penelope hoffnungslos. Hatte man sich einmal vom weitläufigen Dorfanger und dem königlichen Pavillon entfernt, war es leicht, sich in den engen und verworrenen Nebenstraßen des Dorfes zu verirren.

»Unedle Metalle zu Gold. Die Geheimnisse des Universums. Unedle Metalle zu Gold.« Der Gesang kam von einem kleinen Jungen, der sein Rufen mit dem kräftigen Läuten einer Handglocke untermalte.

Es war das zweite Mal, daß Penelope am Stand des Alchemisten vorbeikam. Verärgert nahm sie diesmal den entgegengesetzten Weg und fand sich mitten im Viertel der Hellseherzunft wieder, wo die Astrologen und Wahrsager residierten.

»Penelope«, rief eine vertraute Stimme. »Hierher.« Empty Creeks Madame Astoria lag auf Kissen vor dem offenen Zelt, in dem sie ihre astrologischen Beratungen abhielt.

Hätte Alyce nicht ein Kleid und Mieder getragen, das mit den Zeichen des Zodiakus verziert war, hätte man sie für die Lieblingsdame eines Harems halten können, die sich auf den Kissen räkelte und darauf wartete, zu ihrem Sultan gerufen zu werden. Jung, hübsch und lebhaft, war Madame Astoria als einzige der Astrologen und Wahrsager in Empty Creek ansässig, ganz im Gegensatz zu den anderen aus der Wahrsagergasse, die für die Dauer der Festspiele angereist kamen.

»Ich habe mich verlaufen.«

»Ich weiß. Ich weiß auch, daß du Sir Robert suchst, daß du einen Keuschheitsgürtel gekauft hast, der noch nicht geliefert worden ist, und daß du jedermann verdächtigst.« Alyce lächelte und spielte mit einer Strähne ihres geflochtenen blonden Haares.

»Das ist großartig. Deine übersinnlichen Kräfte erstaunen mich immer wieder.«

»Ach was. Ich habe dich vor dem Stand des Alchemisten stehen sehen, und du schienst verwirrt. Eine ganze Menge Leute suchen nach Sir Robert, und Master Edwards hat gefragt, wo du wohnst. Er will deinen Keuschheitsgürtel liefern. Und du verdächtigst eigentlich immer jeden.«

»Er ist nicht für mich«, antwortete Penelope hastig.

»Was ist nicht für dich?«

»Der Keuschheitsgürtel. Ich habe ihn für Laney bestellt. Als Gag.«

»Das wußte ich schon. Ich habe schließlich übersinnliche Kräfte.«

»Du warst in besagter Nacht bei Kathy am Pranger. Hast du ... hast du etwas gespürt?« Es gab einige, die an Astrologie und parapsychologischen Kräften zweifelten und diese verspotteten, aber Penelope zählte nicht zu ihnen. Sie hatte in Afrika zu viele Dinge gesehen, die mit Hexerei und überlieferter Heilkunst zu tun hatten, als daß sie irgendeinen Glauben leichtfertig abtat. Und Alyce hatte unheimliche Sinneswahrnehmungen, so wie Mycroft, der zum Beispiel immer vorher spürte, wenn Stormy zu Besuch kam.

Alyce zögerte. »Nein. Wir waren in einer albernen Stimmung. Ich habe ihr den Rücken massiert, und dann mußte ich gehen.« Sie lächelte Penelope schüchtern an. »Ich habe mich mit jemandem getroffen.«

»Ist er nett?«

»Sehr sogar.«

»Gut«, sagte Penelope, die wußte, daß Alyce in letzter Zeit nicht viel Glück mit Männern gehabt hatte. Die Unfähigkeit, ihre eigene Zukunft vorherzusehen, erschien merkwürdig, wenn man sich ihre hellseherischen Kräfte vor Augen hielt. »Ich freue mich für dich.«

»Danke. Ich möchte, daß du ihn kennenlernst.«

»Ich freu' mich schon darauf. Sag mal, verraten dir deine Kräfte, wo ich vielleicht Sir Robert finden kann?«

Alyce schloß für einen Moment die Augen und runzelte konzentriert die Stirn. »Ich fürchte, nein«, sagte sie verlegen und schaute zu Penelope hoch, »obwohl er wahrscheinlich bei den Dirnen ist oder bei dieser Schauspielerin, nach der er so verrückt ist.«

»Ja, das sagt jeder. Ich muß los und sie finden.«

»Sei vorsichtig, Penelope.«

»Ja, das sagt auch jeder.«

»Nein, Penelope, ich meine es ernst. Hüte dich vor den Iden des März.«

»Also, wo hast du das denn her? Aus *Julius Caesar?*«

»Ich weiß es nicht. Es ist mir gerade einfach so durch den Kopf geschossen.«

Penelope folgte Alyce' Beschreibung – »Bieg am Würstchenstand links ab, geh über die *Kissing Bridge,* dann rechts an der Jongleurschule vorbei« – und war sofort bei den Dirnen.

Die Dirnen machten sich über die Tölpel lustig, die an ihrem Haus vorbeikamen. Eine hübsche junge Hure bot einer errötenden Ehefrau ein geknotetes Seil an. »Gib ihm ein paar ordentliche Schläge. Zeig ihm, wie sehr du ihn liebst.« Das Paar flüchtete eiligst.

»Es wird ihm gefallen«, rief die Hure hinter ihnen her.

Die Königin der Dirnen lehnte aus einem Fenster im zweiten Stock und neckte freundlich die Männer, die sich trauten, einen Moment stehenzubleiben. »Komm hoch, aber bring Sixpence mit.«

»Ich habe keine Sixpence.«

Die Dirnen lachten. »Ach Gottchen, Maud, er hat nicht genug für dich.«

»Für dich gibt's heute abend keine Liebe.«

»Für dich gibt's heute abend keine Liebe«, stimmten die anderen Huren mit ein.

»Willst du dich den Dirnen anschließen, Süße?« fragte Maud, als Penelope winkte, um auf sich aufmerksam zu machen.

Penelope schüttelte den Kopf. »Ich suche Sir Robert Dudley.«

Die Königin der Dirnen runzelte die Stirn, zögerte einen Moment und verschwand aus dem Blickfeld. Als sie hinter der Pappfront der Hütte auftauchte, forderte sie Penelope auf: »Kommen Sie, gehen wir ein Stück.«

Sie folgten dem gewundenen Weg durch die engen Dorfstraßen zum *Queen's Own Public House,* das für die Teilnehmer der Festspiele reserviert war. Als sie an einem kleinen Holztisch abseits des Lärms Platz genommen hatten, streckte die Königin der Dirnen die Hand aus und sagte: »Ich bin Allison McKenzie. Das ist mein richtiger Name.«

»Ich bin Penelope Warren. Das ist auch mein richtiger Name.«

»Wie gefällt es Ihnen, Königin von England zu sein?«

»Ich glaube, ich wäre lieber Königin der Dirnen. Da hat man weniger Verantwortung.«

Allison lächelte. »Wir können tatsächlich sagen, was wir wollen.«

»Was haben Sie zu Sir Robert gesagt?«

»Er war ziemlich gefühlsduselig. Wir haben ein Pint Ale miteinander getrunken, und ich habe versucht, ihn aufzuheitern, aber er war völlig durcheinander wegen Carolyns Tod. Hat sich selbst die Schuld gegeben.«

»Wissen Sie, wo er jetzt ist?«

»Ich nehme an, er ist zu der Schauspielerin gegangen, die an allem schuld ist.«

»Wie meinen Sie das?«

»Sie hat Sir Robert den Kopf verdreht. Es ist seltsam, aber die Königin und Sir Robert waren ziemlich glücklich miteinander, bevor sie aufgetaucht ist.«

Penelope verließ Maud und ging zur Bühne Shakespeares, aber die letzte Vorstellung von *Wie es euch gefällt* war schon längst vorbei, und die Schauspieler hatten sich getrennt, um ihren eigenen Vergnügungen nachzugehen. Rosalind würde bis später warten müssen. Penelope hatte nicht die Absicht, ein Rendezvous zu stören. Sir Robert und seine Rosalind würden früher oder später schon noch auftauchen.

Als in den verschiedenen Pubs die Glocke zum *Last Call* ertönte, kehrte Penelope zum Zeltlager zurück und traf Andy und Mycroft an, die sich mit den Riemen und Laschen eines Keuschheitsgürtels beschäftigten.

»Was ist das?« fragte Andy.

»Das ist ein Keuschheitsgürtel, was sonst.«

»Das weiß ich auch, aber wofür ist das?«

»Also wirklich, Andy ...«

»Ich meine ... Ich weiß, wofür es ist ... aber ... aber ... für wen ist es?«

»Du stotterst ja, Liebling.«

»Penelope ...«

»Und rot wirst du auch noch.«

»Du bist manchmal unmöglich.«

»Ja, ich weiß«, sagte Penelope und lächelte verrucht. »Hättest du gern den einzigen Schlüssel?«

»Das will ich doch schwer hoffen.«

»Wenn er für mich wäre, wärst du der einzige Hüter des Schlüssels, aber er ist nicht für mich. Ich habe ihn als Gag für Laney gekauft, obwohl ich mir sicher bin, daß ihrem erfindungsreichen Verstand ein passendes Spiel einfallen wird. So etwas wie *Drache und einsame Maid.*«

»Na, Gott sei Dank.«

»Du klingst enttäuscht.«

»Na, ich könnte der Ritter sein, der die einsame Maid rettet, und Mycroft könnte den Drachen spielen.«

»Also wirklich, Andy, manchmal glaube ich, du bist genauso verrückt wie Laney.«

»War ja nur so ein Gedanke«, sagte Andy und schaute sie hoffnungsvoll an.

»Mikey wäre bestimmt ein ganz toller Drache ...« Sie zerwuschelte Andys Haar und beugte sich zu ihm rüber, um ihn zu küssen. Gerade als sie in Stimmung kam, fiel Penelope einer von Stormys früheren und weniger erwähnenswerten Filmen ein. Sie hatte in dem Fantasy-Streifen eine Prinzessin gespielt, die die meiste Zeit irgendwelche kalten reißenden Flüsse durchschwommen hatte, die ihr fast die dürftigen Kleider vom Leib rissen. Die Erinnerung an das kalte Wasser kühlte Penelopes Leidenschaft ab.

»Hm«, sagte Andy und streckte die Hand aus, um Penelope auf seinen Schoß zu ziehen.

»Später, Liebling, ich habe was zu erledigen.«

»Aber... aber... es wurde doch gerade erst richtig interessant.«

»Das hast du Stormy zu verdanken.«

»Ich weiß nie, was los ist«, beschwerte sich Andy.

»Was ist ein Herzblatt?«

»Also, das weiß ich.«

»Wirklich?«

»Natürlich.«

Penelope fand, daß er ziemlich selbstgefällig klang.

»Laut Lexikon ist ein Herzblatt ein ›inneres junges, nicht voll entwickeltes Blatt einer Pflanze‹. Es kann aber auch eine ›geliebte Person‹ bezeichnen. Du bist zum Beispiel mein Herzblatt.«

Penelope beschloß, ihm seine Selbstgefälligkeit zu verzeihen.

Die Bücher von Master Edwards grenzte die Liste der Verdächtigen auf schlappe drei- bis vierhundert Mitwirkende der Festspiele ein, ganz zu schweigen von den Tölpeln, die verschiedenes Besteckzubehör als Souvenirs erstanden hatten.

Die Angehörigen der Militärzunft waren gute Kunden des Eisenwarenhändlers, so wie auch die königlichen Ritter, die Mitglieder des Hofes, der Händlerzunft und der Mittelschicht, die verschiedenen Pagen und Hofgecken. Shakespeare und Marlowe und die meisten Schauspieler ihrer jeweiligen Truppe hatten während der Jahre Schwerter, Florette und unzählige Stilettos und Dolche erworben. Sogar Kathy wurde in den Rechnungen erwähnt, da sie einen sogenannten Damendolch erstanden hatte.

Penelope seufzte und stapelte Master Edwards Bücher ordentlich aufeinander, bevor sie sie zur Seite schob.

»Hast du etwas herausgefunden?«

»Nur, daß die Elisabethaner scheinbar bis an die Zähne bewaffnet sind. Zu schade, daß der kalte Krieg vorbei ist. Eine russische Invasion in Empty Creek könnten wir ganz leicht zurückschlagen.«

»Es gibt ja immer noch Saddam Hussein.«

»Mit dem würde Mycroft spielend fertig werden.«

Das schien ja eine schöne *Fin-de-Ciècle*-Party zu werden.

Laut Kathy war es Tradition, daß die Königin und ihr Begleiter bei jeder Party vorbeischauten, die Samstag nacht stattfand. Carolyn hatte diese Pflicht jedoch häufig ignoriert.

Aber die Festspiele standen immer noch unter dem Einfluß der Tragödie, die sich am Wochenende zuvor abgespielt hatte. Als Penelope, Andy und Mycroft von einer Zusammenkunft zur anderen zogen, war die Stimmung gedämpfter, als sie es vermutet hatten. Es schien, als trauerte die ganze Nation um ihre Königin, obwohl nur wenige Carolyn Lewis wirklich gemocht hatten.

Sogar der berühmte *Wet T-Shirt Contest* der Bauernzunft war aus Respekt für die ehemalige Königin abgesagt worden, sehr zu Andys offensichtlicher Enttäuschung. Penelope hatte nichts dagegen, daß er sich anderswo umsah, solange sein Blick zu ihr zurückkehrte. Schließlich war es nicht Andys Schuld, daß er an wildgewordenen Hormonen litt, was auf die meisten Männer und Frauen in Empty Creek zutraf. Penelope war fest davon überzeugt, daß es am Wasser lag. Und die Bauernzunft setzte sich aus den lüsternsten jungen Männern und Frauen der Festspielteilnehmer zusammen. Dazu zählten auch die drallen Schankmaiden und die angemalten Dirnen – mitunter die hübschesten Frauen bei den Festspielen.

Dennoch drängten sich die Bauern, die für ihr Erscheinen dankbar waren, um die neue Königin, um ihr alles Gute und Glück zu wünschen. Sie hielten Penelope und Andy Krüge mit Ale hin und jubelten sogar Big Mike zu, als sie herausfanden, daß er sich hin und wieder ein Schlückchen genehmigte.

Eine hübsche junge Frau löste sich aus der Menge und stellte sich Penelope vor. »Ich bin Sally«, sagte sie, »aber Sie können mich auch Butch nennen. Das tut jeder. Mein Mann hat damit angefangen, als ich mir die Haare abgeschnitten habe. Ich hatte einfach mal Lust auf kurze Haare, aber er war enttäuscht, als sie ab waren. Bei den Festspielen trage ich eine Perücke.« Sie schüttelte den Kopf. »Männer. Na, jedenfalls ist der Spitzname hängengeblieben.«

»Männer«, pflichtete Penelope ihr bei. Als sie Andys ehrfürchtigen Blick bemerkte, mit dem er die zahlreich versammelten Schönheiten betrachtete, überlegte Penelope, daß sich der arme Andy später mit einer erregenden Runde *Jag' die Königin* begnügen mußte, oder vielleicht mit dem Drachenspiel.

Butch bemerkte, wie Penelope Andy beobachtete, der wiederum die Frauen betrachtete. Sie lächelte und sagte: »Die königlichen Melonen reichen völlig, Euer Majestät.«

Penelope errötete. »Haben Sie davon gehört?«

»Das war mein Mann.«

»Er ist ein Bauernlümmel, daß er mir das antut, und auch noch an meinem ersten Tag.«

»Da stimme ich Euch völlig zu.«

In der Händlerzunft redeten sie nur über Verkaufszahlen, Zuschauerzahlen, Profite und Verluste. Die Königin und ihr

Hofstaat blieben nicht lange. Im wirklichen Leben hatte Penelope selbst genug Sorgen mit ihrem kleinen Krimibuchladen. Sie verspürte keine Lust, sich an einem Samstagabend mit diesem Thema zu beschäftigen.

Sie nahm sich einen Moment Zeit, sich bei Master Edwards für die schnelle Lieferung der Bücher zu bedanken.

»Habt Ihr etwas herausgefunden, Majestät?«

»Nur, daß Euer Geschäft offensichtlich gut läuft.«

Master Edwards strahlte. »Das tut es tatsächlich. Und was ist mit dem anderen?« fragte er mit einem schlauen Grinsen.

»Ich bin sicher, es wird für viel Gesprächsstoff sorgen.«

Kathy und Timmy waren bei der Darstellerzunft, wo die Jongleure, fahrenden Musikanten, Blumenmädchen und deren Begleiter mit dem lebhaften Spiel *Stemm das Frauenzimmer* beschäftigt waren. Zwei kreischende junge Frauen wurden hochgehoben und so rasch wie möglich über die Köpfe der Männer gereicht, die sich in Zweierreihen aufgestellt hatten. Die Gewinner bekamen scheinbar ein freies Pint Ale, genau wie die Verlierer auch. *Wozu also das Ganze?* fragte der vernünftige Teil Penelopes. *Ist doch egal,* antwortete der unvernünftige Teil prompt. *Sie amüsieren sich.*

Ach, die Widerstandskraft der Jugend. Der Tod berührte ihr Herz nur kurz, ging vorbei und wurde vergessen, bis zu jener dunklen Stunde vor dem Morgengrauen, wenn es tröstlich war, nach einem Alptraum aufzuwachen und sich der warmen, sicheren Anwesenheit einer geliebten Person zu versichern.

»Möchtet Ihr es auch einmal ausprobieren, Euer Majestät?« fragte Timmy.

»Vielleicht ein anderes Mal.«

»Wohin nun, Euer Majestät?« fragte Kathy.

»Ich glaube, zum Militärcamp.«

»Die sind alle in der analen Phase steckengeblieben«, sagte Kathy. »Sie glauben wirklich, sie seien in der Armee oder bei der Marine.«

In der Militärzunft salutierten die Truppen und brachten einen Hochruf auf die Königin aus. Sie drängten ihr Krüge mit Ale auf und wandten sich wieder der Diskussion über eine neue Strategie zu, wie sie die spanische Armada besiegen konnten, wenn sie das nächste Mal auftauchte.

Die Shakespeare-Schauspieler waren ebenfalls etwas niedergeschlagen. *Man könnte glatt meinen, sie spielen Hamlet und nicht Wie es euch gefällt,* dachte Penelope. Genau in diesem Augenblick stellte Master Will ihr Richard Burbage vor, einen untersetzten bärtigen Mann, der den berühmten Schauspieler der elisabethanischen Bühne spielte.

»Ich habe *Hamlet* für ihn geschrieben, wißt Ihr.«

»Ja«, sagte Penelope und zitierte Gertrude aus der Duellszene. »›Mich dünkt, unser Sohn ist zu fett und außer Atem.‹«

Burbage lachte und tätschelte seinen fülligen Bauch. »Es muß am Ale liegen. Es hat sich in vierhundert Jahren nichts geändert. Das Ale schmeckt mir immer noch.«

»Hat jemand von euch Rosalind gesehen?« fragte Penelope.

»Seit der Vorstellung hat sie niemand gesehen«, sagte Shakespeare. »Das sieht ihr gar nicht ähnlich. Ich fange an, mir ein bißchen Sorgen zu machen.«

»Sie ist wahrscheinlich bei Sir Robert.«

»Dieser Schuft.«

Christopher Marlowes Schauspieler hauten kräftig auf den Putz, ganz nach Tradition der Festspiele. Falls sie die Ermordung der Königin in irgendeiner Weise bedrückte, dann gab es kein Anzeichen dafür, als sie ihre Humpen zu einem Trinkspruch erhoben.

»Auf die königlichen Melonen«, schrie Marlowe über den Lärm hinweg.

Penelope errötete heftig und wünschte, sie hätte ihn mit einem ordentlichen Tritt in den atheistischen Hintern von den Festspielen ausgeschlossen, statt ihm einen Kompromiß anzubieten.

»Die königlichen Melonen«, schallte es durch den Raum. Jemand schrie bittend: »Zeigt uns die königlichen Melonen!«

»Auf gar keinen Fall«, sagte Penelope. Ihre Wangen brannten vor Scham und Wut.

»Schenkt ihnen keine Beachtung«, sagte Marlowe mit dem Grinsen, das Penelope langsam, aber sicher unsympathisch wurde. »Sie amüsieren sich nur.«

»Auf meine Kosten.«

»Sie meinen es nicht böse. Es is' das Ale, das Eure Untertanen so sprechen läßt.«

»Sie können das elisabethanische Gewäsch lassen«, sagte Penelope, die langsam sauer wurde. »Das nächste Mal werde ich Kleinholz aus Ihnen machen.« Sie stürmte nach draußen.

»Was war denn das?« fragte Andy vorsichtig. Sowohl er als auch Mycroft hatten ihre schlechte Laune schon ein paarmal mitbekommen und wollten nicht unbedingt Ziel ihres Zorns werden.

»Ich kann diesen widerlichen Mann nicht ausstehen.«

Ein Blitz zuckte durch die Dunkelheit. Ihm folgte kurz darauf ein Donnerschlag. Die Götter des Sturms hatten sich scheinbar dazu entschlossen, die Festspiele heimzusuchen.

Die Mitglieder des königlichen Hofes warteten schweigend, als die Königin mit ihrem Gefolge eintraf. Sie erhoben ihr Glas zu einem höflichen Trinkspruch auf Ihre Huldvolle Majestät, den Penelope lächelnd mit einem königlichem Nicken in Richtung aller Anwesenden entgegennahm.

Penelope versuchte es ein letztes Mal. »Hat jemand Sir Robert gesehen?«

»Er ist nicht mehr zurückgekommen, Euer Majestät.«

Ein kalter Wind rappelte am königlichen Pavillon und kündigte an, daß sich der Sturm über ihnen befand.

»Wir sollten uns besser zurückziehen, Euer Majestät.«

»Ich glaube, das wäre klug.«

Der Hof zog sich eilig in die Unterkünfte zurück.

Penelope liebte die heftigen Wüstenstürme, die plötzlich mit ihren gewaltigen Windböen, dem trommelnden Regen, den wütenden Blitzen und lauten Donnerschlägen auf die Erde niedergingen. Sie waren typisch für England und die Vorzeichen großer Geschehen, wie es schon in der *Angelsächsischen Chronik* und den elisabethanischen Tragödien verzeichnet war.

Mycroft teilte Penelopes Begeisterung für die sich entladenden Naturgewalten nicht. Blitze machten ihm nichts aus, solange sie sich nicht in seinen Limabohnenvorrat im Regal verirrten. Er tolerierte den lautesten Donner, da er ihn meistens sowieso verschlief, und der Wind war auch nur halb so schlimm, aber ...

Big Mike hatte eine Aversion gegen jegliche äußerliche Anwendung von Wasser. Einmal, während einer langen Dürre in Äthiopien, hatte Penelope die Badewanne für Notfälle mit Wasser gefüllt. Da die Badewanne in der fünften Kurve der Rennstrecke lag, die der junge, energische Mycroft sich ausgedacht hatte, wußte Penelope, daß es nur eine Frage der Zeit war, bis das junge Kätzchen auf die altmodische Art getauft wurde, nämlich durch vollständiges Untertauchen. Und als sich Mycroft mit ein paar Runden durch das Wohnzimmer aufwärmte, nahm Penelope ihre Stellung an der Badezimmertür ein, bereit, ihn sofort zu retten. Penelope duckte sich, als Mycroft in die Zielgerade, sprich den Flur, kam, an Geschwindigkeit zulegte und hoch über die mit Wasser gefüllte Wanne sprang. Bis zu dieser Nacht schwor Penelope, daß Mycroft mitten in der Luft angehalten, der Schwerkraft getrotzt, sich um 180 Grad gedreht und dann den Nachbrenner zum Beschleunigen eingeschaltet hatte. Dann war er an der Tür gelandet, durch die sechste Kurve geschlittert und anschließend durchs Schlafzimmer gerast. Dabei hatte er keinen einzigen Wassertropfen abbekommen.

Als Penelope und Andy also einen Moment auf der *Kissing Bridge* hielten, rannte Mycroft nach Hause, wobei er geschickt den ersten fetten Regentropfen auswich und gerade noch rechtzeitig ankam, um den Schatten einer dunkelgekleideten Gestalt zu sehen, die um die Ecke des Wohnmobils verschwand. Während Mycroft auf den Stufen wartete, auf denen er vor dem Sturm geschützt war, grübelte er über das Stück Papier nach, das an der Tür klebte.

Penelope und Andy schafften es gerade noch, sich vor dem Wolkenbruch unterzustellen, und standen lachend und keuchend da, während Big Mike miauend versuchte, ihnen zu sagen, was er gesehen hatte. Aber, ach, o weh, Menschen waren gelegentlich etwas schwer von Begriff – eigentlich meistens. Um genau zu sein, würden sich die meisten Katzen erst gar nicht mit der menschlichen Rasse abgeben, wäre da nicht ihre Geschicklichkeit beim Bedienen des elektrischen Dosenöffners.

Na, jedenfalls kam es noch zu einem Kuß, einem ziemlich langen sogar, bevor Penelope und Andy sich schließlich umdrehten und das Schreiben an der Tür entdeckten. Blitze erhellten die Nacht lange genug, daß Penelope den blutigen Dolch auf dem Papier und die undeutlich geschriebenen Worte »Hüte dich vor den Iden des März« sehen konnte.

Und dann war es wieder dunkel.

Nach dem Sturm hatte sich der Himmel aufgeklärt, und der Tag war hell und klar. Als die Sonne am Himmel aufstieg und Wärme und Frohsinn über das kleine Feld verbreitete, das für eine weitere kurze Zeitspanne das alte England sein würde, wurden glückliche Festspielbesucher an den Toren mit Begrüßungsreden des *Lord High Mayors,* des *Lord High Sheriffs* und von Master Will Shakespeare empfangen.

Der Festzug der Königin bahnte sich ohne weitere Zwischenfälle seinen Weg durch das von Feiernden überfüllte Dorf bis zum königlichen Pavillon. Weitere Reden wurden gehalten. Die Truppen hielten Paraden ab. Die Ritter salutierten. Die Königin wurde unter lautem Jubel empfangen. Ihre Königliche Hoheit erteilte den Versammelten und den Feierlichkeiten ihren Segen, während sie sich die ganze Zeit fragte, welcher ihrer weniger treuen Untertanen für die unmißverständliche Warnung verantwortlich war.

Penelope wußte, daß unter der Menge glücklicher Gesichter ein Mörder sein konnte. Vielleicht war, welch schrecklicher Gedanke, der Mörder sogar ganz in ihrer Nähe – als ein vertrauenswürdiges Mitglied des Hofes. Und wo war der nicht auffindbare Sir Robert Dudley? War er irgendwo da draußen und lebte in einer düsteren Phantasiewelt, die von den geschichtlichen Fakten noch genährt wurde? Schließlich war die Frau des echten Sir Robert, Amy Robsart, unter sehr mysteriösen Umständen gestorben. Zur damaligen Zeit, vor einigen Jahrhunderten, hatten viele geglaubt, daß die arme Amy ein Opfer ihres Ehemanns geworden war, der sie umgebracht hatte, damit er Königin Elisabeth heiraten konnte. Aber dazu war es nicht gekommen. Dennoch ... vielleicht hatte der gegenwärtige Sir Robert die Königin umgebracht, um seine neue Liebe zu besitzen, die süße Rosalind aus *Wie es euch gefällt.*

Penelope schüttelte den Kopf. Wenn sie nicht einmal den aktuellen Mord lösen konnte, wie sollte sie dann einen rätselhaften Vorfall lösen, der sich vor mehr als vier Jahrhunderten ereignet hatte? Außerdem war es bei all dem Lärm um sie herum viel zu schwer, sich zu konzentrieren.

»Wo ist der königliche Kater?« fragte Ihre Majestät zwischen den ohrenbetäubenden Fanfarenstößen.

»Ich habe ihn gesehen, wie er unter das Zelt gekrochen ist, Majestät«, antwortete Lady Kathleen. »Er schien auf dem Weg zum Stand mit den gebratenen Truthahnkeulen zu sein.«

»Schon wieder?«

»Ich fürchte, ja, Euer Majestät.«

Mycroft entwickelte langsam eine Leidenschaft für Truthahnkeulen. Penelope machte sich keine Sorgen darüber, daß Mycroft allein über das Gelände spazierte. Er konnte auf sich selbst aufpassen, was auch die unglücklichen Hunde am Tag zuvor gemerkt hatten. Sie hatte auch keine Angst, daß er sich überfressen würde. Obwohl er Fressen genauso genoß wie Schlafen, war Big Mike eher ein Gourmet als ein Vielfraß. Selbst wenn ein Festmahl mit seinen geliebten Limabohnen vor ihm stand, aß er nur soviel, bis er seine Energiereserven aufgefüllt hatte. Dann wandte er sich für gewöhnlich von der Delikatesse ab, um sich ein paar Bohnen für die nächste Mahlzeit aufzubewahren. Penelope war fest davon überzeugt, daß er eine plötzliche und unerklärliche Zerstörung der Limabohnenernte befürchtete und sich daher ein paar in Reserve zurückbehalten wollte.

Einige Höflinge, die die kurze Unterhaltung zwischen der

Königin und Lady Kathleen hörten, tauschten Blicke und zogen die Augenbrauen hoch. Vielleicht war es an der Zeit, die Königin aus der Sonne zu holen, ihre Stirn mit einem feuchten Tuch zu kühlen und ihr Mieder zu lockern. *Das wäre die Erfüllung meiner kühnsten Träume,* dachte Sir Francis Drake, während er den wohlgeformten, wenn auch fiebernden Körper Ihrer Majestät bewunderte. Er spielte kurz mit dem Gedanken, den schlaksigen und ungelenken Sir Walter herauszufordern – mitsamt seinem dämlichen Umhang –, um mit ihm auf dem Feld der Ehre ein Duell auf Leben und Tod um die Hand Englands schöner Königin auszutragen.

Ähnliche Gedanken jagten durch die Köpfe anderer Höflinge und Ritter. Der Günstling der Königin, der weiße Ritter, war der Meinung, daß die Königin ziemlich umwerfend in einer eigenen Rüstung aussehen würde, ähnlich wie Ingrid Bergman in *Johanna von Orleans.* Der schwarze Ritter dagegen fand, daß Penelope am besten in gar nichts aussehen würde. Sir Francis Bacon wiederum, der ein Reinlichkeitsfanatiker war und gute Weine zu schätzen wußte, tagträumte davon, der Königin bei einem Weinbad behilflich zu sein. Maria, Königin der Schotten, hatte dies, so sagt man, sehr genossen. Vielleicht ein guter Cabernet zum Anfang und dann ein frischer Chardonnay zum Abspülen.

Der *Lord High Mayor* und der *Lord High Sheriff* waren ganz zufrieden mit ihren eigenen Phantasien. Der erste hätte die Königin am liebsten als bodenständiges Bauernmädchen gesehen, das er durch die grünen Felder jagte, um dann ausgiebigst mit ihr auf einem Bett aus Gänseblümchen herumzutollen. Den Sheriff, bedingt durch seinen Beruf, gelüstete es danach, die Königin in Eisen zu legen und sie in eine einsame Zelle des Towers von London zu führen, wo er sie dann ohne Hast beglücken konnte.

In den ersten vierundzwanzig Stunden ihrer Regentschaft hatten die Männer am Hof Penelope scheinbar in ihr Herz geschlossen und wetteiferten um ihre Gunst, sehr zum Mißfallen der Hofdamen. Oh, sie hatten nichts gegen die Königin, da sie wußten, daß Penelope und Andy ein unzertrennliches Paar waren. Nein, es waren ihre eigenen Männer, die sich auf so törichte Weise von Penelopes Grazie, Schönheit, ja auch Macht angezogen fühlten.

Sir Walter Raleigh, der tatsächlich in der Gunst der Königin stand, war derzeit von einer Hofdame angetan, die zu Pferde einige Ritter bei Geschicklichkeitsübungen mit der Lanze übertraf. Eine starke und athletische Frau hatte etwas, das die Phantasie anregte, besonders da die Hofdame Sir Walter anlächelte, während sie als Geste der Ehrerbietung vor der Königin die Lanze senkte.

Hätte die Königin gewußt, daß sie der Gegenstand von so vielen verschiedenen und interessanten Phantasien war, wäre sie wahrscheinlich bis in die Fußspitzen errötet und hätte den ganzen Haufen zu kalten Duschen verdonnert. Aber die Königin war abgelenkt und verrichtete ihre Pflichten mechanisch, während sie versuchte, dem Chaos, das in ihrem Kop herrschte, einen Anschein von Ordnung aufzuerlegen.

Ihre erste königliche Amtshandlung an diesem Morgen war es gewesen, einen Dime, vielmehr zwei Dime in einen Münzfernsprecher zu werfen und die Nummer von *Discreet Investigations* anzurufen. Diese Detektei war so vorsichtig, daß auf dem Anrufbeantworter keine Ansage ertönte, sondern nur ein Piepsen, das anzeigte, daß er aufnahmebereit war. »Hier spricht Penelope«, sagte sie. »Ruft mich an.«

Nachdem sie das erledigt hatte, konnte sie endlich versuchen, das Unlösbare zu lösen.

Wer hatte die Nachricht hinterlassen? Die Iden des März fielen auf den letzten Samstag der Festspiele. Aber was hatte es zu bedeuten?

Wo war Sir Robert?

Wer hatte die Königin umgebracht?

Wer war Lothario?

Wer, verdammt noch mal, wer?

Zu viele Fragen ohne Antworten. Penelope zwang sich, ihre Gedanken angenehmeren Dingen zuzuwenden, und mußte innerlich lächeln. Trotz der bedrückenden Wirkung der Warnung und des blutigen Dolches hatten Penelope und Andy es geschafft, sich mit einer einfachen und unkomplizierten Runde *Ich liebe dich* zu trösten. Dennoch fühlte sie sich besser, nachdem sie *Discreet Investigations* angerufen hatte.

Imperien aufzubauen fiel Big Mike leicht.

Als junger und furchtloser Kater in Äthiopien hatte er mit beachtlichem Selbstbewußtsein den College Campus regiert. Dabei hatte er wie ein Lehnsherr über Katzen, wilde Hunde, Schakale, Hyänen und andere Viecher regiert. Und dann, als sie ihn nach einer Reise von Diredaua über Addis Abeba, Zypern, London, Washington bis nach Phoenix mitten in die Wüste von Empty-bei-Gott-Creek, Arizona, verfrachtet hatten, hatte er nur ein- oder zweimal geblinzelt, sich lauthals über die Würdelosigkeit modernen Fliegens beschwert und sich darangemacht, eine neue Domäne rund um die kleine Ranch aufzubauen, wo er glücklich mit Penelope und Chardonnay lebte. *Mycroft & Co,* das *Double B* und zahlreiche andere Etablissements in und um die Stadt herum zählten ebenfalls dazu.

Nun meldete Big Mike Ansprüche auf die grünen Felder Englands an und betrachtete diese neue Welt als sein persönliches Territorium. Er akzeptierte Tribute in Form von Truthahnkeulen und genoß die Bewunderung der schönen jungen Maiden, was nicht mehr als recht und billig war. Aber er war ein höflicher Kater und zeigte seine Dankbarkeit durch leises Miauen, Schnurren und Beinereiben.

Dennoch konnte Mycroft nur ein gewisses Maß an Aufmerksamkeit ertragen. Es gab Momente, in denen er allein sein wollte. Daher beanspruchte Mycroft einige Verstecke, in die er sich zurückziehen konnte, je nachdem, wie er gelaunt war. Sein Lieblingsversteck war wahrscheinlich das Regal unter der Theke des Truthahnkeulenstands, wo er sich inmitten des köstlichen Duftes ins Schlummerland begeben konnte. Ein weiteres war auf einer dichtbelaubten Eiche in der Nähe des Dorfangers, von wo aus er in Ruhe die verschiedenen Aktivitäten der Festspiele beobachten konnte, ohne befürchten zu müssen, daß ihn eine Parade von Narren oder das Begehen obskurer Frühlingsriten störte.

Aber wenn er richtig schlafen wollte, wählte Big Mike eine Abstellkammer hinter der Bühne eines der weniger bekannten Theater. Eintritt veschaffte er sich, indem er auf einen sechs Fuß hohen Fenstersims sprang, sich durch ein kaputtes Fenster quetschte, über eine Anzahl gestapelter Kisten kletterte und auf einen großen hölzernen Schrank sprang, auf dem er es sich in dunkler Abgeschiedenheit bequem machen konnte.

Also, *das* war wirklich ein richtiges Versteck.

Als Penelope, die sich gerade eine Pause von ihren königlichen Pflichten gönnte, am Theater Shakespeares ankam, bereiteten sich die Schauspieler gerade auf die Aufführung von *Wie es euch gefällt* vor.

Es war nicht schwer, Rosalind hinter der Bühne ausfindig zu machen. Die Schauspielerin umgab eine Star-Aura, und sie strahlte Selbstbewußtsein aus. Genau wie Stormy, auch wenn diese immer noch in diesen scheußlichen Abenteuerstreifen mitwirkte und nur auf ihren großen Durchbruch wartete. »Hi«, sagte Penelope und lächelte die junge Schauspielerin an.

»Ich weiß es nicht«, sagte Rosalind und versuchte, sich an ihr vorbeizuschieben.

Penelope versperrte ihr den Weg. »Ich habe die Frage noch gar nicht gestellt.«

»Ich weiß es trotzdem nicht.«

»Vielleicht sollten wir noch mal von vorn anfangen«, sagte Penelope. »Hi.«

Rosalinds Aura löste sich in Wohlgefallen auf, als sie in Tränen ausbrach. »Ich weiß es nicht«, heulte sie.

Penelope wußte nicht, was sie tun sollte.

Master Shakespeare kam herbeigerannt. »Was haben Sie zu ihr gesagt?« rief er.

»Hi.«

»Hi«, sagte Master Will, dem scheinbar seine Manieren wieder einfielen. »Was haben Sie zu ihr gesagt?« wiederholte er.

»Hi«, sagte Penelope wütend. »Das habe ich gesagt. Hi.«

»Ist das alles?«

»Und dann hat sie angefangen zu weinen.«

»Sie ist sehr nervös.«

»Das sehe ich auch.«

»Ich weiß nicht, wo er ist«, schluchzte Rosalind. »Er hat mich verlassen. Er hat gesagt, ich sei in Gefahr.«

»Wer hat Sie verlassen?«

»Was für eine Gefahr?«

»Bobby! Ich weiß nicht, welche Gefahr.«

»Mit Bobby meinen Sie doch Sir Robert?« fragte Penelope und klopfte der jungen Frau auf die Schulter.

»Jaaa.«

»Die Vorstellung fängt in zehn Minuten an. Wir müssen sie beruhigen.«

»Lassen Sie mich mal«, sagte Penelope und legte der Schauspielerin den Arm um die Schultern. Sie führte sie durch die Menge von Schaupielern, die über den plötzlichen Zusammenbruch ihrer Heldin völlig entsetzt waren.

Shakespeare schüttelte den Kopf, rang die Hände und sah ihnen unschlüssig hinterher.

Penelope führte die aufgebrachte Schauspielerin zu einer abgeschiedenen Bank hinter dem Freilichttheater. Rosalind schluchzte leise an Penelopes Schulter. Penelope selbst hatte nicht mehr so fürchterlich geweint, seit ihr Mathematiklehrer in der 8. Klasse die Mathematiklehrerin der 7. Klasse geheiratet und ihr damit für ein ganzes Wochenende das Herz gebrochen hatte.

»Na, na«, sagte Penelope so besänftigend wie möglich und klopfte Rosalind dabei sanft auf die Schulter. »Es ist nicht so schlimm, wie es scheint. Es wird alles wieder gut.«

»Ich weiß nicht ...«

Penelope bereitete sich auf einen erneuten Tränenausbruch vor, aber Rosalind überraschte sie, indem sie den Kopf hob, schnüffelte und sich die Tränen abwischte.

»O Gott, ich muß in einer Minute auf die Bühne. Sie haben nicht zufälligerweise ein Taschentuch dabei, oder? Bobby sagt, ich kann Ihnen vertrauen.«

Penelope, die zwar nicht so ganz wußte, was das eine mit dem anderen zu tun hatte, antwortete: »Doch, habe ich.« In dem Kleid, das sie sich von Kathy ausgeborgt hatte, waren riesige verborgene Taschen, in die Penelope all das aus ihrer Handtasche stecken konnte, was sie vielleicht brauchen würde. Dazu zählten neben einem Paket Taschentücher ihr Geldbeutel, ein Lippenstift, ein Schweizer Armeemesser, einige Büroklammern (nützlich, wenn man ein Schloß knacken wollte), eine Karte des Festspielgeländes (sie hatte es satt, sich zu verlaufen), ein Beutel mit Katzenleckerbissen, ein Notizblock und ein Kugelschreiber, ein Nähtäschchen, eine Uhr mit einem kaputten Armband und zwei Kaugummis.

»Danke«, sagte Rosalind. Nachdem sie den Schaden behoben hatte, den die Tränen angerichtet hatten, seufzte sie mehrmals, schnüffelte ein letztes Mal und fragte: »Wie sehe ich aus?«

»Wunderschön.«

»Wirklich?«

Penelope nickte. »Bereit für die Vorstellung Ihres Lebens.«

Es war Applaus zu hören, als das Stück begann. »O Gott, es ist Zeit«, sagte Rosalind. »Ich sehe Sie hinterher. Werden Sie zurückkommen?«

»Ich treffe Sie hinter der Bühne«, sagte Penelope.

Penelope sah, wie Rosalind sich zu Celia gesellte, um ihren Einsatz abzuwarten. Rosalind schloß die Augen, atmete tief ein, flüsterte etwas zu sich selbst und drehte sich dann um, um Penelope anzulächeln. »Danke«, sagte sie.

»Hals- und Beinbruch«, sagte Penelope.

Dann war Rosalind auch schon ruhig und gefaßt auf der Bühne und antwortete auf Celias Bitte, lustig zu sein.

»›Liebe Celia, ich zeige mehr Fröhlichkeit, als ich in meiner Gewalt habe, und du wolltest dennoch, daß ich noch lustiger wäre? Kannst du mich nicht lehren, einen verbannten Vater zu vergessen, so mußt du nicht verlangen, daß mir eine ungewöhnliche Lust in den Sinn kommen soll.‹«*

Oder ein verbannter Liebhaber, dachte Penelope, als sie sich umdrehte, um sich wieder den Pflichten einer Königin zu widmen. *Ich frage mich, was aus den Mathematiklehrern geworden ist.*

Die Königin hatte gerade noch Zeit genug, sich auf einen Happen zu Andy an den Truthahnkeulenstand zu gesellen, bevor sie sich wieder ihren königlichen Pflichten und den Nachmittagskämpfen zuwandte. Andy hatte nach dem königlichen Kater gesucht.

»Hast du ihn gefunden?«

Andy schüttelte den Kopf. »Ich dachte, er wäre vielleicht hier, aber er ist vor einiger Zeit weggelaufen. Seitdem hat ihn niemand gesehen. Ich mache mir Sorgen.«

»Brauchst du nicht, Liebling, du weißt doch, wie Mycroft ist. Er widmet sich bestimmt wieder irgendwelchen Katzendingen.«

»Das hoffe ich.«

Penelope nahm einen Bissen von Andys Truthahnkeule. »Das schmeckt gut«, sagte sie. »Kein Wunder, daß es Mikey hier gefällt.«

Der königliche Nachmittagsfestzug schloß die Pikten mit ein, die laut Plan Königin Elisabeth ihre ewige Treue schwören sollten. Als die Königin und ihr Begleiter die Reihen der wilden Gestalten entlangschritten, standen sie plötzlich einer wohlproportionierten Frau gegenüber, die eine Katze auf dem Arm hielt und die eine Krone, bis zu den Knien reichende Fell-

* William Shakespeare: Wie es euch gefällt. In: Shakespeare's Dramatische Werke, Band 4, übersetzt von A. W. von Schlegel, Grote'sche Verlagsbuchhandlung, Berlin 1899.

stiefel und ein wunderschönes, wenn auch knappes Kleid trug.

»Was machst du denn hier, Schwesterherz?«

»Ich bin die ehrenamtliche Königin der Pikten. Ist das nicht nett? Sie haben all meine Filme gesehen, und sie werden ein Storm-Williams-Film-Festival abhalten, wenn die Festspiele vorbei sind. Und Mikey hat nach dir gesucht. Er war ziemlich verärgert, daß du nicht hier warst.«

»Hat Dutch die Verkleidung schon gesehen?« fragte Penelope und kraulte Mikey zur Begrüßung unter dem Kinn.

»Er findet es niedlich.«

»Ich auch«, sagte Andy.

Niedlich? Gott, gib mir die Kraft, diesen Tag durchzustehen.

Penelope überstand die Parade der Pikten und deren ehrenamtliche Königin, die für ihren großen Auftritt donnernden Applaus bekam. Cassie alias Stormy war darin schon immer gut gewesen. Große Auftritte waren ihre Spezialität. Penelope überstand außerdem die Fanfarenstöße, das Klappern von Rüstungen, mehrere königliche Proklamationen und Mikey, der ein Haarbüschel auf ihrem Schoß aushustete.

Als die Kämpfe sich gnädigerweise dem Ende näherten, erteilte die Königin der Menge einen letzten, sogar huldvollen Segen, überließ Andy die Aufsicht über Mycroft und eilte davon, um sich mit Rosalind zu treffen.

»Wir kommen schon klar«, sagte Andy. »Wir treffen dich im Zeltlager.«

Als Penelope zur Shakespeare-Bühne zurückkehrte, kam sie an Marlowes Truppe vorbei, die gerade lautstark ihre Texte vor magerem Publikum vortrug. Sie eilte weiter zum Konkurrenztheater, das mit hingerissenen und aufmerksamen Zuschauern überfüllt war. Das Stück war gerade an seiner Auflösung angelangt, und die Schauspieler verließen die Bühne, damit Rosalind ihren Epilog vortragen konnte.

Penelope hörte zu und war zufrieden, daß der Epilog der

Tatsache angepaßt worden war, daß Rosalind von einer Frau gespielt wurde, nicht von einem Jungen, wie es in Shakespeares eigenem England üblich gewesen war. Das nannte sie Fortschritt.

»›Ich fordere euch auf, meine Damen, bei der Liebe, die ihr für Männer hegt, laßt euch das Stück so weit gefallen, wie es euch gefällt! Und euch, ihr Männer, fordere ich auf bei der Liebe, die ihr für Frauen hegt – und an eurem Schmunzeln seh ich, daß keiner von euch sie haßt – laßt euch zwischen euch und den Damen das Spiel gefallen! ... So küßte ich so viele von euch, wie Bärte haben, die mir gefielen, Gesichter, die mir zusagten, und Athem, der mich nicht anwiderte; und ich bin gewiß, alle welche hübsche Bärte oder hübsche Gesichter oder süßen Athem haben, werden mir, wenn ich meinen Knix mache, für mein freundliches Anerbieten ihr Lebewohl nachrufen.‹«*

Als Rosalind ihren Knicks machte, folgte das Publikum ihrer Aufforderung und brach in Jubel aus. Während der Ovationen eilte Penelope hinter die Bühne und wartete auf Rosalind, als diese nach einem letzten Vorhang von der Bühne kam.

»Nach dem bißchen zu urteilen, das ich gesehen habe, waren Sie umwerfend«, sagte Penelope.

Rosalind lächelte schüchtern. »Danke.«

»Fühlen Sie sich besser?«

»Ein bißchen.«

»Kommen Sie«, sagte Penelope, »ich gebe Ihnen einen aus. Sie sind doch alt genug, oder?«

»Ich bin zweiundzwanzig«, sagte Rosalind. »Ich studiere an der *Arizona State University.*«

»Ich habe auf der *Arizona State* meinen Abschluß gemacht. Es kommt mir so vor, als liegt es Ewigkeiten zurück.«

»Haben Sie einen Schauspielabschluß gemacht?«

* William Shakespeare: Wie es euch gefällt. In: Shakespeare's Dramatische Werke, Band 4, übersetzt von A. W. von Schlegel, Grote'sche Verlagsbuchhandlung, Berlin 1899.

»Gott, nein, einen in englischer Literatur. Wie kommen Sie darauf?«

»Es scheint, als seien die meisten Teilnehmer der Festspiele Schauspieler oder frustrierte Schauspieler.«

»Ja, scheint fast so. Ich nehme an, Sie studieren Schauspiel.«

Rosalind nickte. »Bobby ist mein Lehrer und Mentor. Das ist sein richtiger Name.«

»Wie heißen Sie?«

»Sharon O'Bannon.«

»Dann werde ich Sie Sharon nennen. Ich finde den Namen viel hübscher als Rosalind.«

Während sie zum *Public House* schlenderten, lichtete sich die Menge, obwohl die Festspiele offizell nicht vor sechs Uhr schlossen. Am Pranger, wo ein paar Bauern einen Puritaner bewarfen, ging es jedoch immer noch hoch her.

»Die Königin hat letzte Woche einen Haftbefehl gegen mich erlassen. Sie wollte mich Sonntag da hineinstecken, aber dann ... sie müssen es vergessen haben, aber ich nehme an, daß der Haftbefehl noch gültig ist. Ich rechne jede Minute damit, daß mich die Männer des Sheriffs abholen.«

»Ich werde eine königliche Begnadigung erlassen.«

»Danke, aber es macht mir nichts aus. Das gehört alles dazu. Letztes Jahr ...« Ihre Stimme verstummte.

»Letztes Jahr?« wiederholte Penelope.

»Oh«, sagte Sharon und wurde rot. »Bobby und ich haben eine Nacht ein bißchen rumgealbert und ... nun, ich bin irgendwie am Pranger gelandet. Es war Vollmond, und er schien nur für uns zu scheinen. Da hat er mich zum erstenmal geküßt.«

Penelope hatte den Pranger nie als Aphrodisiakum betrachtet. Ihre eigene kurze Erfahrung damit – und mit Lothario – hatte nicht dazu beigetragen, sie vom Gegenteil zu überzeugen. Aber Kathy war ganz entzückt und kriegte jedesmal Kuhaugen, wenn sie sich an Timmys Zärtlichkeiten am Pranger erinnerte. »Vielleicht sollte ich es mal mit jemandem ausprobieren, den ich mag«, sagte Penelope.

»Aber Sie sind die Königin. Man hat Sie doch bestimmt noch nicht darin eingesperrt?«

Penelope erzählte ihr von ihrer kurzen Bekanntschaft mit dem Pranger und beschrieb Lothario. »Kennen Sie ihn? Er sagte, er sei ein Schauspieler.«

»Nicht bei uns. Vielleicht in einer der anderen Truppen.«

Sie spazierten weiter und betraten das *Public House,* wo sie in einer Ecke einen abgelegenen Tisch, abseits der starrenden Tölpel, fanden.

»Lieben Sie ihn?«

»Oh, ja, aber ... es ist schwierig. Er wollte Carolyn nicht weh tun ... also ... er wollte es ihr sagen, aber dann wurde sie umgebracht.«

Sicher war es einfacher, Carolyn zu sagen, daß ihre Beziehung zu Ende war, dachte Penelope. Es würde viel weniger weh tun als Mord. Es ergab alles keinen Sinn, aber der menschliche Verstand tat das selten. Vielleicht hatten sie gestritten, und Carolyn hatte Sir Robert angegriffen.

»Ich hoffe, das trifft Sie nicht zu sehr, aber Ihr Bobby scheint mir ein ziemlicher Frauenheld zu sein. Carolyn, die Dirnen. Er hat sogar mir gestern schöne Augen gemacht.«

»Ich weiß, aber das ist nur vorübergehend. Er hat eine Midlife-crisis. Außerdem sind alle seine besten Freunde Frauen. Er denkt sich nichts dabei.« Sharon schaute sich im *Public House* um. Die anderen Gäste schenkten ihnen keine Beachtung. Sie griff zwischen ihre Brüste, holte ein gefaltetes Stück Papier hervor und reichte es über den Tisch. »Bobby hat das bekommen. Er wollte, daß ich es Ihnen gebe.«

Penelope nahm es, öffnete es aber nicht. »Hüte dich vor den Iden des März.«

»Woher wissen Sie das?«

»Ich habe auch so etwas bekommen.«

Auf dem Weg zum Zeltlager versuchte sie, das erste Wochenende ihrer Regentschaft zu bewerten. Was die Ermittlungen im Mordfall von Carolyn Lewis anging, konnte man es nicht besonders produktiv nennen. Im Grunde waren die ganzen zwei Tage in Sachen Wahrheitsfindung völlig vertan gewesen. Die ganze Situation war sogar noch konfuser als vorher. Sir Robert war immer noch verschwunden. Seine neue Freundin war nichts weiter als ein hilfloses Tränenbündel. Alyce hatte eine düstere Vorahnung, die scheinbar wahr zu werden schien. Jemand hatte einen Drohbrief an das königliche Wohnmobil geklebt. Mycroft hatte einen Büschel Haare ausgehustet.

Was kann sonst noch schiefgehen? fragte sich Penelope, als sie auf das Wohnmobil zuging. Es war verschlossen und sah verlassen aus. *Hm. Sie müssen doch längst hier sein,* dachte Penelope. Sie war sich sicher, daß Andy und Mycroft keinen mehr trinken gegangen waren. Sie hatte gerade den Schlüssel ins Schloß gesteckt, als sich eine Hand fest um ihren Knöchel legte.

»Verhalten Sie sich ganz normal«, sagte eine heisere Stimme unter dem Wagen hervor.

Das tat Penelope auch. Sie benutzte ihren freien Fuß und trat auf den Arm, der zu der Hand gehörte.

»Aua! Verdammt, das tut weh!« schrie Sir Dudley.

»Was haben Sie unter meinem Wohnmobil zu suchen?« fragte Penelope, als Bobby langsam und vor Schmerzen wimmernd hervorgekrochen kam. Mit seiner heilen Hand umklammerte er eine Flasche Chardonnay. Zumindest war er ein höflicher Gast.

»Das ist meine romantische Natur«, sagte er. »Ich habe Burt Lancaster schon immer in *Der rote Korsar* bewundert.«

Penelope hatte nicht gedacht, daß jemand seine romantische Ader dadurch zum Ausdruck brachte, daß er wie ein Automechaniker unter einem Gefährt herumkroch. »Burt Lancaster würde sich von einem Mast herunterschwingen, nicht unter einem umgebauten Pick-up-Truck herumkriechen.«

»Ich wollte nicht, daß mich jemand sieht.«

»Das habe ich mir auch schon gedacht.«

Bobby war gerade dabei, eine wirre Erklärung abzugeben, wie er unter das Wohnmobil gekommen war, als Andy und Mycroft zu ihnen stießen. Kurz darauf folgte Sharon, die Bobby fest packte und sich weigerte, ihn wieder freizulassen. Penelope gab auf und lud alle einfach zum Abendessen ein.

Die letzten Streifen Rot des Wüstensonnenuntergangs verschwanden, als Penelope die kleine Karawane in ihre Auffahrt dirigierte. Andy, den sie vorgeschickt hatten, um beim Chinesen etwas zum Abendessen zu holen, hatte sich ihnen in der Stadt angeschlossen und bildete nun das Schlußlicht. Bobby und Sharon fuhren in der Mitte.

Als Penelope die Türe aufschloß und die Lichter anschaltete, ging Mycroft seiner üblichen Routine nach und begann eine genaue Inspektion des Hauses. Er wollte sichergehen, daß in seiner Abwesenheit nichts durcheinandergebracht worden war.

»Warum haben Sie Pennies an Ihrer Tür kleben?« fragte Sharon. »Bringt das Glück?«

»Das ist eine lange Geschichte«, sagte Penelope und deponierte den nun verpackten Keuschheitsgürtel auf dem Sofa.

»Der Tod folgt Penelope Warren«, sagte Andy hilfsbereit. »Ein Mörder hat sie dorthin geklebt.«

»Fang nicht schon wieder damit an«, sagte Penelope. »Du jagst unseren Gästen Angst ein.«

»Sie haben schon Angst«, führte Andy an.

»Ja, aber mach es nicht noch schlimmer.«

»Der Wein wird warm«, sagte Bobby.

»Ich werde ihn in die Kühltruhe stecken, aber erinnert mich daran, ihn wieder rauszuholen. Ich muß noch Chardonnay füttern«, sagte Penelope und fügte schnell hinzu: »Mein Pferd, nicht den Wein.«

»Kann ich helfen?« fragte Sharon.

Obwohl Penelope sich langsam vorkam wie die Titelfigur *Miss Lonelyhearts* in Nathaniel Wests Roman, der jeder das Herz ausschüttete, willigte sie ein und sagte zu Andy und Bobby: »Ihr kümmert euch um das Essen und den Wein. Wir sind gleich zurück.«

Chardonnay, die übers Wochenende von Laney und Wally gefüttert worden war, wieherte glücklich, als Penelope in den Stall kam. Sie beschäftigte sich mit dem Pferd, fütterte es mit Pfefferminzbonbons, streichelte ihm den Hals und strich ihm die Mähne aus den Augen.

»Sie ist hübsch«, sagte Sharon wehmütig. »Eines Tages möchte ich auch ein Pferd, wenn Bobby ... nun, wenn Bobby und ich alles geklärt haben.«

»Was ist passiert, nachdem ich weg war? Ich dachte, Sie wüßten nicht, wo Bobby ist?«

»Wußte ich auch nicht, und ich habe mir richtig Sorgen gemacht, bis der kleine Junge, der am Pranger die Tomaten verkauft, mir eine Nachricht von Bobby brachte, auf der stand, daß ich ihn bei Ihnen im Zeltlager treffen soll. Da ging es mir besser.«

»Ich wünschte, mir ginge es auch so.«

Andy und Bobby hatten den Tisch gedeckt und waren eifrig dabei, die erste Flasche Wein niederzumachen, als Penelope und Sharon zurückkamen.

»Wir hatten gerade eine äußerst interessante Unterhaltung über die Königin«, sagte Andy. »Wußtest du, daß sie eine Reihe Liebhaber hatte?«

»Ja«, antwortete Penelope, »es hatte mit der damaligen Politik zu tun. Elisabeth fand es einfacher, Liebhaber statt Ehemänner zu haben.«

»Nein, ich meine Carolyn. Sie hatte eine Reihe von Affären. Sie hatte das letzte Wort beim Vorsprechen für die verschiedenen Rollen am Hof. Das war ihre eigene, ganz persönliche Besetzungscouch. Sie suchte Dudley aus, und er mußte ... nun ... du weißt schon.«

»Warum hat mir das niemand gesagt?« fragte Penelope. »Warum hat das niemand der Polizei gesagt?«

»Der Hof ist immer sehr diskret und beschützt die Königin«, sagte Bobby. »Was immer man auch über Carolyn sagen mochte, sie war schließlich die Königin.«

»Laßt uns essen«, sagte Penelope.

Bis zu einer unglücklichen Begegnung mit einer roten Pfefferschote, die Big Mike und Penelope erst bemerkten, als er sie schon heruntergeschluckt hatte, war Big Mike ein großer Fan von chinesischem Essen gewesen. Als er damals plötzlich ein Brennen verspürte, hatte er kurz innegehalten und dann eine Reihe äußerst würdeloser Grimassen und Verrenkungen vollführt, bis er den ärgerniserregenden Bissen entfernt hatte.

Seitdem gab sich Mycroft mit seiner Schüssel Leber-Crunchies zufrieden, die er nun mit Behagen knurpste.

Es gab Momente, in denen sich Penelope wünschte, daß sich ihr Leben auch nur um eine Schüssel Leber-Crunchies und ein warmes Bett drehte. Dies war solch ein Moment. Nach einer seltsamen Woche, in der sie jemand am Pranger angemacht hatte, sie in einer Phantasiewelt gelebt hatte, einer Reihe merkwürdiger Wesen begegnet war – eines von ihnen saß nun an ihrem Küchentisch – und bei ihren Ermittlungen keinen Schritt weitergekommen war, sehnte sich Penelope nach einem einfachen Leben. Außerdem konnte sie sich kaum zurückhalten, nach Carolyns ehemaligen Liebhabern zu fragen, aber sexuelle Affären waren bei Tisch nicht ganz das passende Thema. Muffy und Biff, ihre Eltern, die sich schon lange an die Eskapaden ihrer Töchter gewöhnt hatten, würden das nicht billigen, und das zu Recht.

Penelope betrachtete die kleine Gruppe, die um ihren Küchentisch saß. So ohne Kostüme und losgelöst von ihren Rollen, hätte man sie glatt für zwei Paare halten können, die sich zu einem ganz normalen Treffen und einem ruhigen Abend zusammengefunden hatten. Sharon saß dicht neben Bobby, und ihre Augen strahlten, während sie ihn immer wieder ansah und sein trauriges Lächeln erwiderte. Mit seinem angegrauten Bart und dem längeren Haar, lässig mit Jeans und Pullover bekleidet, sah Bobby genau so aus, wie man sich einen Schauspiellehrer vorstellte. Andy war, wie immer, einfach lieb, auch wenn er sich beschwerte, es sei ihm zu kalt, und er sich daher weigerte, den Umhang abzulegen.

Als Andy nach dem Essen die Weingläser auffüllte, sagte Penelope schließlich: »Also gut, was hat es mit Carolyns Besetzungscouch auf sich?«

»Es stimmt. Ich war der letzte in der Reihe der Sir Robert Dudleys.«

»Wer waren Ihre Vorgänger?«

»Der *Lord High Mayor* und der *Lord High Sheriff*, um nur zwei zu nennen.«

»Und es gab noch andere?«

»Praktisch jeder am Hof. Wenn sie einen satt hatte, degradierte Carolyn ihn und wandte sich dem nächsten zu. Ich dachte, das würde dieses Jahr auch mit mir passieren, aber Carolyn wollte nichts davon wissen. Dabei wollte ich doch nur ein armer Schauspieler sein, der ein bißchen angibt, und meiner Stunde mit Sharon auf der Bühne entgegenfiebern –«

»Ja, ja«, unterbrach Penelope, »erzählen Sie mir mehr über sich und Carolyn.«

»Ich habe sie nicht umgebracht.«

Penelope nickte. »Das habe ich auch nicht geglaubt, obwohl Sie sich ziemlich verdächtig benommen haben.«

»Ich wollte Carolyn sagen, daß es aus zwischen uns ist, aber dann wurde sie ermordet, und jeder hielt mich für den Täter.«

»Aber er war bei mir«, unterbrach Sharon hastig.

»Trotzdem gab es Gerede, Gerüchte, versteckte Andeutungen.«

»Von wem?« fragte Penelope.

»Dem spanischen Botschafter. Deshalb habe ich ihm auch eine reingehauen. Drake, Bacon, Marlowe, Shakespeare. Ich habe zufällig mitgehört, was sie sagten.«

»Der spanische Botschafter sagte etwas über Heavy metal.«

»Die Musik?«

Penelope nickte.

»Keine Ahnung, was er damit gemeint hat«, sagte Bobby und schüttelte den Kopf. »Und dann habe ich die Iden-des-März-Botschaft bekommen, und ich hatte Angst, daß Sharon vielleicht in Gefahr ist, weil sie mit mir in Verbindung gebracht wird. Also habe ich mich von ihr ferngehalten und bin einfach auf dem Gelände herumspaziert und habe Freunde besucht. Ich habe dafür gesorgt, mit niemandem allein zu sein.«

»Aber Sie konnten sich doch wohl denken, daß Sie niemand bei hellem Tageslicht angreifen würde.«

»Ich habe nicht mehr klar gedacht. Was haben Sie gedacht, als Sie die Warnung fanden?«

»Ich habe etwas unternommen. *Discreet Investigations* wird die königliche Leibgarde spielen. Sozusagen mein eigener elisabethanischer Geheimdienst. Sie und Sharon werden natürlich auch gleich mitbewacht.«

»Vielleicht«, sagte Andy gedehnt, »vielleicht solltest du die Dinge diesmal der Polizei überlassen, Penelope.«

»Und was haben sie geleistet? Hast du dieses Wochenende einen einzigen Detective bei den Festspielen gesehen?«

»Nun, Dutch war natürlich da.«

»Nur wegen Stormy. Für einen Polizeichef benimmt er sich ziemlich merkwürdig. Das sieht ihm gar nicht ähnlich. Ich frage mich, was da vor sich geht.«

»Ja, Penelope, was geht da nun wirklich vor sich?« fragte Sharon. »Die Festspiele haben immer soviel Spaß gemacht, aber jetzt ... was sollen wir tun?«

»Wir werden den Mörder finden«, antwortete Penelope mit einer Überzeugung, die sie nicht wirklich besaß. Wie in Dänemark war etwas faul im Staate der Festspiele.

Wieder allein, kuschelten sich Penelope, Andy und Big Mike auf den Teppich vor dem Kamin.

Wie gebannt schaute Penelope ins Feuer und dachte über Liebe und Beziehungen nach. Zum einen über ihre eigene, was vor allem an den schönen Dingen lag, die Andy anstellte und von denen sie ganz kribbelig wurde. Aber es kamen ihr auch andere Beziehungen in den Sinn. Obwohl sie Carolyn im richtigen Leben nicht gekannt hatte, erinnerte sie sich an die Fotos der allseits beliebten Geschichtslehrerin im Jahrbuch der High-School. Sie war eine unscheinbare, aber nicht unattraktive Frau gewesen, die für ihre Studenten in die Kamera lächelte. Aber hinter der Fassade verbarg sich eine gequälte Frau, die geglaubt hatte, sie sei die Königin von England, eine Mrs. Hyde, die sich für die jeweiligen Festspiele ihre zukünftigen Liebhaber auswählte, bevor sie wieder zu dem seriösen Leben zurückkehrte, in dem sie ihre Liebe zur Geschichte denen weitergab, die das Glück hatten, an ihrem Unterricht teilzunehmen.

Und dann gab es da Sharon, die, obwohl sie scheinbar das ganze Ausmaß nicht begriff, hoffnungslos einen Mann liebte, den sie als ihren Lehrer und Mentor beschrieb, einen Mann in der Midlife-crisis, einen Mann, der in Liebe, Täuschung und Mord verwickelt war. Dennoch schien Bobby für Sharon viel zu empfinden, auch wenn er zu den Dirnen ging und sich erfolglos um die neue Königin bemüht hatte. Aber laut Sharon waren seine besten Freunde Frauen. Er hätte eine schlechtere Wahl treffen können. Sein bester Freund hätte ja auch dieser unbeliebte Inspizient oder dieser Widerling Marlowe sein können.

Penelope seufzte und kuschelte sich enger an Andy. Dabei ging ihr durch den Kopf, daß es mit der Suche nach Liebesgedichten angefangen hatte und sich mittlerweile auf einen Morast aus sexuellen Intrigen ausdehnte.

»Vielleicht solltest du mal über eine Miss-Lonelyhearts-Kolumne in der Zeitung nachdenken«, sagte Penelope. »Ich könnte den Liebeskranken Rat geben. ›Vergiß ihn oder sie. Reiß dich zusammen. Finde jemand neuen. Sei enthaltsam. Begib dich in ein Kloster. Nimm eine kalte Dusche.‹ Solide Ratschläge in der Art.«

»Ich bin sicher, deine Leser würde das sehr trösten. Was, wenn ich schriebe? Was würdest du mir sagen?«

»Daß du dir eine Hormonspritze abholen und deine Vitamine nehmen solltest.«

»Klingt sehr vernünftig.« Er küßte die Spitze ihrer Nase.

Als sie am nächsten Morgen nach Empty Creek fuhr, schien das elisabethanische Phantasiewochenende lange her und weit weg. Es war ein weiterer wolkenloser und wunderschöner Wintertag in der Wüste. Die Luft war trotz der späten Morgensonne immer noch frisch und klar.

In *Mycroft & Co* war Kathy im Hinterzimmer und packte die Tageslieferung aus, wobei sie die Warenliste Titel für Titel abhakte. Sie steckte den Kopf durch den Vorhang vor der Tür und sagte: »Oh, guten Morgen, Euer Majestät. Ihr seid aber früh hier.«

»Ich konnte nicht schlafen.«

»Du konntest nicht schlafen?«

Die Wahrheit war, daß Andy sie nicht nur in den Schlaf geliebt, sondern sie auch auf die gleiche Weise geweckt hatte. Aber Penelope hatte nicht vor, Kathy das zu erzählen. Statt dessen sagte sie: »Oh, das passiert schon mal.«

»Heißt das, daß du den ganzen Tag muffig sein wirst?«

»Natürlich nicht. Ich bin bester Laune.« Um das zu beweisen, lächelte Penelope und drehte sich um, als die Klingel einen Kunden ankündigte. Der ultimative Beweis war, daß es ihr gelang, das Lächeln beizubehalten, als sie sah, daß der potentielle Buchkäufer Mrs. Eleanor Burnham war. »Guten Morgen«, sagte Penelope fröhlich.

»Es ist beinah nach Mittag, und das wissen Sie auch, Penelope Warren. Ich warte schon seit Stunden darauf, daß Sie herkommen. Haben Sie schon gehört?«

»Was gehört?«

Mrs. Burnham schaute sich um, legte einen Finger an die Lippen und winkte Penelope näher zu sich. »Carolyn Lewis«, flüsterte sie.

»Und?«

»Carolyn Lewis hat an der High-School Revolution, Aufruhr und Verrat gepredigt. Deshalb ist sie ermordet worden. Ich habe das dem netten Detective Burke schon gesagt. Er hatte Marmeladenflecken auf seinem Hemd.«

»Das glaube ich Ihnen gerne, aber Aufruhr und Verrat ...«

»Es stimmt. Sie hat ihren Schülern gesagt, das Volk hätte das Recht, die Regierung abzuschaffen. Ich glaube nicht, daß sie Präsident Clinton sehr gemocht hat. Und diese nette Mrs. Clinton.«

»Lautete es ungefähr so?« fragte Penelope, schloß die Augen und rief sich lang vergessene Schulstunden in Erinnerung. »›Wenn es im Lauf menschlicher Begebenheiten für ein Volk nötig wird, die politischen Bande, wodurch es mit einem anderen verknüpft gewesen, zu trennen ... Wir halten diese Wahrheiten für ausgemacht, daß alle Menschen gleich erschaffen ...‹«

»Ganz genau! Das ist es!« rief Mrs. Burnham. »Kommunismus!«

Penelope seufzte und wußte gar nicht, wo sie anfangen sollte. »Der Kommunismus ist tot, Mrs. Burnham. Lesen Sie keine Zeitung?«

»Nur die Gesellschaftsseiten des *Empty Creek News Journal.*«

»Und was ist mit Fernsehen?«

»Ich mag die *Golden Girls.*«

»Natürlich.«

»Aber der Kommunismus ist nicht tot«, insistierte Mrs. Burnham, »nicht in Empty Creek, nicht, wenn an unserer High-School so etwas unterrichtet wird.«

»Carolyn Lewis hat Geschichte unterrichtet. Sie hat nur die Unabhängigkeitserklärung zitiert.«

»Wessen Erklärung?«

»Unsere. Die der Vereinigten Staaten. Thomas Jefferson hat sie geschrieben.«

»Na, dann war er bestimmt auch ein Kommunist. Was werden Sie dagegen unternehmen?«

Als Mrs. Burnham gegangen war, schüttelte Penelope hilflos den Kopf. Verrat, also wirklich. Sie schüttelte immer noch den Kopf, als Kathy verkündete, daß sie zum Postamt gehen würde. *Es liegt am Wasser. Es liegt ganz bestimmt am Wasser,* dachte sie. Andy muß es untersuchen, eine Serie darüber schreiben. *Dabei wird bestimmt herauskommen, daß wir alle von einer unbekannten Chemikalie vergiftet werden, die unheilbare Exzentrik verursacht.*

Penelope hatte sich gerade geschworen, nie wieder das Wasser zu trinken, als das aufrüttelnde Kampflied der *University of Southern California* die eher indiskrete Ankunft von *Discreet Investigations* ankündigte. Ein strahlender Justin Beamish saß hinter dem Steuer seines roten Cabriolets mit den riesigen Hörnern auf der Motorhaube und winkte Penelope fröhlich zu. Er betätigte die Hupe, und ein weiterer Refrain von »Fight On« ertönte. Hinter dem winzigen Beamish hockten die Zwillingsriesen Ralph und Russell, die sie schüchtern angrinsten.

»Rufst du niemals vorher an?« fragte Penelope, als Just Beamish – in seiner vollen Größe von ein Meter achtundfünfzig – in den Buchladen gepoltert kam. Er trug wie üblich einen Cowboyhut, ein kariertes Westernhemd, Jeans und Cowboy-stiefel aus Schlangenleder. Er schaffte es gerade, die lange schwarze, unangezündete Zigarre aus dem Mund zu nehmen, bevor ihn Penelope in den Arm nahm und ihm einen Kuß auf die Wange drückte.

Nachdem sie wieder losgelassen hatte, strahlte Beamish und sagte: »Nicht, wenn wir Eure Gesellschaft genießen können, verehrte Dame.«

Und dann war Penelope an der Reihe, in der bärigen Umarmung von Ralph und Russell zu verschwinden, oder umgekehrt – es war schwierig, die beiden auseinanderzuhalten. »Hallo, Penelope«, sagten sie jeweils schüchtern. »Wo ist Laney?«

Da Penelope wußte, daß sich sowohl Ralph als auch Russell in unerwiderter Liebe nach dem verführerischen Rotschopf verzehrte, wertete sie diese Frage nicht als Beleidigung. »Warum ruft ihr sie nicht an?« schlug Penelope vor, während sie vorsichtig tastete, ob sie sich keine Rippe gebrochen hatte. »Fragt sie, ob sie nicht zum Mittagessen kommen will.«

Ein Zwilling ging schwerfällig zum Telefon hinter der Theke, während sich der andere im Schneidersitz auf dem Boden niederließ und Mycroft zu sich lockte. »Hey, Big Mike«, sagte er, »was geht ab?«

Big Mike, der, würde er plötzlich menschliche Gestalt annehmen, ohne Zweifel auf Ralphs – oder Russells – zwei Meter drei und beinah hundertvierzig Kilo kommen würde, schlenderte herüber und erhielt einen überraschend sanften Kinnkrauler.

»Sie trifft uns im *Double B*«, verkündete der telefonierende Zwilling.

»Cool«, antwortete sein Bruder.

»Kathy ist auf der Post«, sagte Penelope. »Wir können gehen, sobald sie zurück ist. »Wer kümmert sich um den Laden?« fügte sie hinzu. Die Frage war an die Zwillinge gerichtet. Ralph betrieb einen Postfachverleih, hinter dem sich *Discreet Investigations* verbarg, und Russell kümmerte sich um einen Sexshop, in dem es Unmengen an Lesematerial, Magazinen, Videos, Spielzeug für Erwachsene und Hilfen für Ehepaare gab.

»Mutter«, sagten die Zwillinge gleichzeitig. Beide hatten das Wort »Mutter« in einem roten Herz auf den massiven Bizeps tätowiert.

»Ich muß eure Mutter wirklich mal kennenlernen«, sagte Penelope.

Schließlich wurde *Mycroft & Co* für eine Stunde geschlossen – Kathy wollte den Spaß nicht versäumen –, und das Gefolge marschierte über die Straße ins *Double B.* Falls einer der Touristen oder Zugvögel die kleine Truppe, bestehend aus zwei Riesen, einem Zwerg, zwei hübschen jungen Frauen und einem zwölf Kilo schweren Kater, ein wenig seltsam fand, so hatte er zumindest so gute Manieren, es nicht zu sagen.

Sie schoben zwei Tische zusammen, setzten sich hin und reservierten einen Stuhl zwischen Ralph und Russell für Laney. Dann bestellten sie Getränke bei Debbie – Eistee für Penelope und Kathy, Bier für die Zwillinge und Diät-Cola für Beamish. Big Mike hatte schon auf seinem Barhocker an der Theke Platz genommen und schleckte sein alkoholfreies Lieblingsbier auf, daß ihm Pete, der Barmann, kredenzte.

»Nun, holde Dame«, sagte Beamish, »wie kann *Discreet Investigations* Ihnen helfen?«

»Es ist vielleicht albern, aber ...« Penelope erklärte schnell die Situation. Sie hatte gerade die Zusammenfassung der mageren Fakten beendet, als Laney hereinkam.

»Ralphie«, quietschte sie, »Russie.«

Als das Begrüßungszeremoniell beendet war, sagte Russell barsch: »Wir haben was für dich.«

»Wie süß. Ein Geschenk? Ein *Billet Doux?* Was ist es? Spannt mich nicht länger auf die Folter.«

»Ein Katalog.«

Laney drängte Russell schon seit langem, einen Katalog der verschiedenen Waren zusammenzustellen, die in seinem kleinen Laden erhältlich waren. Sie war viel zu schüchtern, um Dinge wie die Reizwäsche, die sie meist trug, persönlich einzukaufen. Laney hielt das Postamt von Empty Creek mit all den Lieferungen der unterschiedlichen Kataloge ganz schön auf Trab.

»Für Penelope und Kathy auch einen«, fügte Ralph hinzu.

»Endlich«, rief Laney und nahm ein in braunes Papier eingewickeltes Paket in der Größe einer Zeitschrift entgegen. »Wie diskret«, sagte sie und riß die einfache Verpackung ab. Und dann schob Laney den Katalog ganz schnell unter den Tisch. »O mein Gott«, sagte sie, und ihre Stimme war voller Ehrfurcht. Sie wurde so rot, daß ihre Wangen die gleiche Farbe hatten wie ihre wallende Mähne. Das hielt sie jedoch nicht davon ab, unter den Tisch zu lugen. »O mein Gott«, wiederholte sie.

»Ich glaube, wir öffnen unseres besser später«, sagte Penelope zu Kathy.

»Ich glaube, Euer Majestät haben recht.«

Während des Mittagessens kam Just Beamish zu dem Schluß, daß Penelopes Entscheidung, *Discreet Investigations* zu kontaktieren, richtig gewesen war. »Bis diese furchtbare Sache geklärt ist, teure Dame ...«

»Euer Majestät«, verbesserte Kathy.

»Ja, natürlich, Euer Majestät. Bis das Verbrechen aufgeklärt ist, werden wir während der Festspiele an Eurer Seite sein«, erklärte Beamish. »Unauffällig natürlich.«

»Natürlich«, sagte Penelope, die sich jedoch fragte, wie sie dieses Kunststück fertigbringen würden.

Penelope war völlig in der Lage, selbst auf sich aufzupassen, wie jeder der Anwesenden wußte, aber es konnte nicht schaden, ein bißchen vorsichtig zu sein. Schließlich wollte sie Mycroft nicht als Waise zurücklassen, und außerdem ließen die königlichen Gewänder von Königin Elisabeth nicht viel

Platz, ihre halbautomatische AR 15 zu verstecken. Sie hatte im *Marine Corps* ganz gut gelernt, mit dieser Zivilausfertigung der M-16 umzugehen. Sie lächelte bei dem Gedanken, sich ein Kleid in der Tarnfarbe des *Marine Corps* anfertigen zu lassen und sich für den königlichen Festzug ein Gewehr über die Schulter zu hängen.

»Meiner Königin tut besser keiner was«, sagte Ralph.

»Sonst reiß ich ihm den kleinen Kopf ab«, sagte Russell.

»O mein Gott«, sagte Laney erneut.

Erst viel später erinnerte sich Penelope an ihren Versandkatalog. Als sie das einfache braune Papier entfernte, sagte sie: »O mein Gott« und beschloß auf der Stelle, Kathys Exemplar zu konfiszieren. Es wäre nicht in Ordnung, dem Kind falsche Ideen in den Kopf zu setzen.

Obwohl ...

Dies schien wirklich ein interessantes Gerät zu sein.

Als die Uhr unaufhaltsam bis zum Jahr des Herrn 1595 zurückgedreht wurde und eine weitere zweitägige Regentschaft auf dem Thron Englands näher rückte, handelte Penelope. Es war keine große Tat, sie erschuf damit nicht gerade die Welt neu, aber die kleine Geste veränderte den Ablauf der zivilisierten Welt Empty Creeks und hatte tiefgreifende Auswirkungen auf das Leben zahlreicher Freunde Penelopes und auf das eines Feindes. Da gab es außerdem noch eine ganze Menge mehr, aber das war nicht so wichtig.

Penelope kniff die Augen vor dem Lichtstrahl zusammen, der durch die Vorhänge drang, und drehte sich im Bett herum.

Das war er.

Ein unendlich kleiner, leuchtender Punkt, gesandt aus dem Kosmos.

Aber er störte Mycroft und den sehr angenehmen Traum, den er von Murphy Brown hatte. Etwas unsanft aus seinem Traum gerissen, legte Big Mike Beschwerde ein. Sie war zwar, gemessen an seinem üblichen Standard, nicht sehr laut, aber dennoch laut genug, um in Penelopes Bewußtsein zu dringen und sie langsam aufzuwecken, so daß sie schließlich zehn Minuten früher aufstand, als sie es sonst getan hätte.

Zehn Minuten, die die Welt veränderten. Irgendwie jedenfalls.

Penelope und Big Mike erledigten gemeinsam ihre morgendliche Routine und verzichteten dabei darauf, Nettigkeiten auszutauschen, bis der Duft von starkem Kaffee durch die Küche zog. Big Mike, der es sich auf dem Fensterbrett bequem gemacht hatte und im warmen Sonnenlicht schlief, fiel zweimal von seinem Hochsitz herunter und überspielte diese Demütigung, indem er sich nonchalant das Gesicht putzte, als wollte er Penelope sagen: »Ich wollte von Anfang an so herunterspringen.«

Penelope wußte es besser und konnte ein diskretes Kichern nicht unterdrücken. Big Mike fiel ständig auf diese Weise von Fensterbrettern.

Obwohl sie beim Kaffee trödelte und sich Zeit beim Duschen und Anziehen ließ – sie konnte sich nicht entscheiden, ob sie das graue Sweatshirt oder das rote anziehen sollte, bis sie sich schließlich für das letztere entschied, da es das Vorrecht der Königin war, Rot zu tragen –, waren Penelope und Big Mike gerade noch rechtzeitig an der Tür des Jeeps, um zu sehen, wie die Morgenbrise ein Stück Papier in den Garten wehte.

Zehn Minuten früher hätte das Papier ein Stück weiter die Straße hinunter an einem Saguaro-Kaktus geklebt. Zehn Minuten später hätte die Brise es wieder hochgewirbelt und weiter in die Richtung von Laneys Haus geweht.

Aber so, wie die Sache nun einmal stand, war es dem schicksalhaften Stück Papier nicht vergönnt, die vorgesehenen zehn Minuten in Penelopes Vorgarten zu verbringen, um dann seine Reise fortzusetzen und als Bestandteil eines Vogelnestes zu enden.

Nun ja.

Aber es wäre, wie Penelope viel später argumentierte, letztendlich sowieso passiert, sogar all die anderen Sachen.

Da Penelope fest an die Macht des freien Willens und nicht an Vorherbestimmung glaubte (und ganz und gar nicht damit einverstanden war, daß jemand ihre geliebte Wüste verschandelte), hob sie das Papier vom Boden auf und war sofort völlig entsetzt, als sie die königlichen Melonen erblickte, die auffällig auf diesem Handzettel zur Schau gestellt wurden, der für die *Elisabethanischen Frühlingsfestspiele von Empty Creek* Werbung machte.

»Hast du das gesehen?« wollte Penelope wissen, die ihrem Zeitplan immer noch zehn Minuten voraus war und mit dem Zettel vor Kathys Gesicht herumwedelte.

»Ja, natürlich, wir haben einen ganzen Stapel davon hier, wie alle anderen Läden auch.«

»Haben wir? Haben sie?«

»Sie liegen auf dem Ladentisch, Euer Majestät.«

»Nicht mehr, haben wir nicht, nein, auf gar keinen Fall«, rief Penelope. Dabei war es ihr sogar egal, daß sie gerade ziemlich wirr geklungen hatte. Sie nahm die Zettel und stopfte sie in den Beutel mit der Aufschrift *San Diego State University*, den sie, wenn nötig, als Aktentasche benutzte, und hoffte, daß der Verein der Ehemaligen ihrer geliebten Universität davon nichts mitbekam. Er würde es fertigbringen, den Werbezettel in voller Größe in der »Class Notes«-Kolumne zu veröffentlichen.

»Was ist los, Euer Majestät?«

»Da fragst du noch? Sieh dir doch das Bild von mir an.«

»Ich finde das Bild sehr gut«, sagte Kathy.

»Ich bin ja fast nackt.«

Der Fotograf hatte die Königin im königlichen Pavillon geknipst, als sie sich gerade ein bißchen nach vorn beugte, um ihrem Ritter ein Pfand zu überreichen. Die doppelte Dosis Sonnenmilch hatte sie zwar vor der Sonne, nicht jedoch vor der Kameralinse geschützt.

»Na ja, es ist schon ein bißchen offenherzig.«

»Offenherzig? Offenherzig! O mein Gott. Ich hoffe nur, daß Muffy und Biff das nie zu sehen kriegen. Sie sind beinah gestorben, als sie Stormys ersten Film sahen.« In ihren jüngeren, freizügigeren Zeiten war Stormy so sehr darauf aus gewesen, ihren ersten Filmvertrag zu unterschreiben, daß sie die Nacktklausel übersehen hatte. Demzufolge war ihr wohlproportionierter Körper Filmfans rund um den Globus offenbart worden. Besonders in Deutschland fanden viele Storm-Williams-Fanclubs regen Zulauf. Selbstverständlich war nun diese Klausel aus ihren Verträgen gestrichen worden, aber die knappen Kostüme in den Rollen, die sie für gewöhnlich spielte, überließen im Grunde auch nichts der Phantasie.

»Wahrscheinlich wird Timmy nun eine Ode auf die königlichen Brüste schreiben, Euer Majestät.«

»Sag ihm, er soll es unterlassen und auch in Zukunft davon Abstand nehmen. Ich gestatte es nicht, daß meine Brüste, königlich oder sonstwie, in Versen unsterblich gemacht werden.«

»Was ist denn mit dir los? Klemmt dein Keuschheitsgürtel?« fragte Laney, als sie den Buchladen in Begleitung von Alexander betrat, der zur Begrüßung von Penelope zu Kathy raste und an alle Hundeküßchen verteilte.

»Also, wenn du in der nächsten Ausgabe des *Empty Creek News Journal* als verstorbene Elaine Henders bezeichnet werden willst, dann mach ruhig so weiter.« Penelope kniete sich hin, um Alexander zu begrüßen.

»Sie regt sich über den Werbezettel für die Festspiele auf«, sagte Kathy und kniete sich ihrerseits hin, um Alexander den Bauch zu kraulen.

»Weshalb denn? Es ist ein ziemlich gutes Foto.«

»Das habe ich auch gesagt.«

»Du hast es auch gesehen?«

»Penelope, Schätzchen, alle haben es gesehen.«

Penelope-Schätzchen stöhnte laut auf.

Nachdem er ein paar Hundeküsse an seinen besten Freund verteilt hatte, hockte sich Alex neben Big Mike vor den Kamin, und zusammen blickten sie im Raum umher, um zu sehen, was als nächstes passieren würde. Irgendwas passierte für gewöhnlich immer.

Jedesmal, wenn es an der Zeit war, Missetäter in ihren Verstecken aufzustöbern, rief Penelope Laney an, die immer für ein gutes Abenteuer zu haben war. Zusammen hatten sie schon unzählige Heldentaten bestanden, und nun hatte ihr die Vorsehung freundlicherweise Laneys Anwesenheit beschert. Die Sache mit den zehn Minuten gewann wieder an Bedeutung, obwohl Penelope es zu diesem Zeitpunkt noch nicht wußte. Aber nur deswegen mußte sie sich erst gar nicht die Mühe machen, Laney anzurufen und auf sie zu warten.

»Wir fahren nach Scottsdale zum Mittagessen«, verkündete Penelope.

»Ja?« fragte Laney. »Warum?«

»Um die Leute aufzusuchen, die dieses ... dieses ... Ding hier veröffentlicht haben«, sagte Penelope und wedelte mit dem Zettel. »Hier steht es ja im Kleingedruckten: ›*Wonder Ideas,* eine Werbeagentur für das einundzwanzigste Jahrhundert, Scottsdale.‹ Ich werde denen was erzählen, das sie bis zum zweiundzwanzigsten Jahrhundert nicht vergessen werden.«

Big Mike, dem Scottsdale herzlich egal war, streckte sich träge. Schließlich war er ein weitgereister Kater, der auf drei Kontinente (wenn man das hiesige England als Teil Europas zählte), mehrere Staaten und den Bezirk von Columbia gepinkelt hatte.

Alexander, der seine Marke nur in den Staaten hinterlassen hatte, in denen sich Liebesromanautoren zu Tagungen trafen, war noch nie in Scottsdale gewesen und hätte diese schicke Stadt wirklich gern gesehen. Daher flippte er völlig aus, bellte wie verrückt und machte alle Beteiligten darauf aufmerksam, daß man ihn zurückließ. Nachdem sie ihm die Tür vor dem pelzigen Gesicht zugeschlagen hatten, rannte er zwischen der Tür und Kathy hin und her und beschwerte sich jaulend. Kathy übersetzte seine Bemerkungen mit: »Sie haben mich zurückgelassen. Hast du das gesehen? Sie haben mich tatsächlich zurückgelassen!«

Nachdem sie Alexander mit einem Hundeleckerbissen aus dem Vorrat getröstet hatte, den Penelope für ihn aufbewahrte, ging Kathy hinter die Ladentheke und legte die Zettel, die Penelope konfisziert hatte, wieder hin. Schließlich war es ein gutes Bild, und außerdem konnten die Festspiele jede Werbung brauchen, die sie kriegen konnte. Diese Meinung würde man später in Scottsdale ebenfalls vertreten.

Auf dem Weg nach Scottsdale begleiteten Penelope und Laney das Lied *Friends in low places* von Gart Brooks und grölten inbrünstig den Refrain. Am Schluß drückte Penelope die Wiederholungstaste an ihrem CD-Player, und sie sangen es noch mal. Dies beschäftigte das Duo den ganzen Weg von Empty Creek durch Cave Creek und Carefree, bis sie auf die Scottsdale Road einbogen. Von dort war es nur noch eine kurze Fahrt durch die Wüste hinunter nach Scottsdale.

»Übrigens«, sagte Laney, »vielen Dank für den Keuschheitsgürtel. Deshalb bin ich eigentlich heute morgen vorbeigekommen. Wir hatten schon lange nicht mehr so viel Spaß.«

»Du hast ihn doch nicht etwa tatsächlich ausprobiert?«

»Natürlich. Warum nicht? Zuerst haben wir –«

»Ich will nichts davon hören«, rief Penelope und preßte die Hände auf die Ohren, aber nicht sehr fest. *Wer weiß, welches köstliche Spiel Laney diesmal eingefallen ist,* dachte sie.

»Aber es war toll«, rief Laney. »Stell dir vor, ich bin eine arme Prinzessin, die sich nach Liebe verzehrt. Man hält mich in einem Turm gefangen, der von einem bösen Drachen bewacht wird. Und dann kommt der edle Ritter, um mich zu retten.«

»Ich wußte es«, sagte Penelope, »oder vielmehr, Andy wußte es. Er hat Mikey als Drachen vorgeschlagen.«

»Der Mann hat wirklich gute Ansätze. Unter meiner Anleitung –«

»Ich glaube nicht, daß ich das gutheißen würde«, unterbrach Penelope.

»Wo ist dein Sinn fürs Abenteuer geblieben?«

»Der ist mir in letzter Zeit abhanden gekommen.«

Scottsdale war einer der Orte, die mit Empty Creek um die Dollars der Touristen wetteiferten. Gewöhnlich gewann Scottsdale den Kampf, da es dort mehr Hotels, Golfplätze, Kunstgalerien, Restaurants, Boutiquen und Buchläden gab. Die Souvenirläden waren voller Indianerschmuck, Plüschtierklapperschlangen und T-Shirts, die mit durch die Wüste kriechenden Skeletten und der Aufschrift ABER ES IST WENIG-

STENS EINE TROCKENE HITZE bedruckt waren. Die verschiedenen Feste fielen stets eine Nummer größer und protziger aus als die in Cave Creek, und die *Arabian National Horse Show* war viel größer und hatte mehr Prestige als die in Empty Creek. Dennoch blieb Scottsdale nur Scottsdale, während Empty Creek Empty-bei-Gott-Creek, Arizona, war, worauf Red, die Ratte, jedesmal hinwies, wenn er betrunken war.

In Empty-bei-Gott-Creek, Arizona, gab es außerdem bessere Hamburger, die im *Double B Western Saloon and Steakhouse* serviert wurden. Penelope wies Laney gleich auf diese Tatsache hin, als sie das Gewirr aus gesunden Sojabohnensprossen entfernte, an deren Stelle sich normalerweise große dicke Scheiben roter Zwiebeln hätten befinden müssen. Nachdem sie die Zutaten jedoch zu ihrer Zufriedenheit verändert hatten, schlangen die beiden Frauen mit beträchtlichem Appetit die Burger und Steak Fries hinunter. Sie zollten ihrer kleinen Heimatstadt Tribut und tranken Empty Creeks Biermarke, ein mysteriöses Gebräu, in dem Jalapeño-Pfefferschoten Hauptbestandteil des Rezepts waren. Dementsprechend lief ihnen der Schweiß das Gesicht herunter, als sie ihr Mahl beendet hatten.

»Zumindest war das Bier gut«, sagte Laney und tupfte sich die Stirn mit einer Serviette ab.

»Ausgezeichnet«, stimmte Penelope zu.

»*Wonder Ideas,* eine Werbeagentur für das einundzwanzigste Jahrhundert« befand sich auf der Hauptstraße in der Altstadt von Scottsdale. Ein diagonaler Pfeil neben einer Kunstgalerie wies in den zweiten Stock hinauf. Penelope und Laney kletterten die Treppe hoch und standen vor einer Tür mit der Aufschrift »Bitte eintreten«. Sie folgten der Aufforderung und befanden sich in einem hellen, freundlichen Büro, in dem niemand zu sein schien.

»Hallo, *Wonder Ideas*«, rief Penelope.

»Ich bin auf dem Klo«, brüllte eine körperlose männliche Stimme zurück. »Ich komme gleich.«

»Vergessen Sie nicht, sich die Hände zu waschen.«

»Penelope!«

»Schon gut.«

»Das hat Muffy immer gesagt.«

»Trotzdem ... oh, schau, da ist Carolyn als Königin.«

Tatsächlich hing eine ganze Wand des Büros voller Farbfotos, auf denen Carolyn mit den verschiedenen Sir Robert Dudleys abgebildet war. Das neueste zeigte sie mit Sharons Bobby. An den anderen Wänden hingen eine Vielzahl von Bildern, auf denen die verschiedenen Aktivitäten der Festspiele zu sehen waren.

»Ich habe mir die Hände gewaschen. Sehen Sie.«

Penelope und Laney drehten sich um und standen einem schlaksigen jungen Mann gegenüber, der sie überragte. Er zeigte ihnen ein zusammengeknülltes Papiertaschentuch, das er mit einem gekonnten Hakenwurf durch einen kleinen Basketballring in den darunterstehenden Papierkorb beförderte.

»Zwei Punkte«, rief er. »Quentin Parnelle, *Wonder Ideas.* Sie haben Glück gehabt. Zehn Minuten später wäre ich weggewesen. Wie kann ich Ihnen helfen?«

»Sie sind *Wonder Ideas?*«

»Ein Ehemaliger der *University of New Mexico.* Einmal ein *Lobo,* immer ein *Lobo,* und nun einziger Besitzer der Ideen für das einundzwanzigste Jahrhundert. Hätten Sie gerne ein Liedchen? Ich schreibe ausgezeichnete Liedchen.«

»Also«, sagte Penelope und richtete sich zu ihrer vollen Größe auf. Obwohl sie kein Zwerg war, überragte Quentin Parnelle sie um mindestens einen Fuß. Penelope wünschte, sie hätte hohe Absätze an. »Ich bin Penelope Warren, derzeitige Königin Elisabeth.«

Parnelle schnipste mit den Fingern. »Natürlich, die neue Königin. Ich habe Sie in ihrer Zivilkleidung gar nicht erkannt. Sie hätten morgen kommen sollen.« Er zeigte auf die Wand. »Dann hängen Sie ebenfalls dort. Sie werden gerahmt.«

»Das ist ja schön und gut, aber ich möchte gar nicht an Ihrer Wand hängen, gerahmt oder sonstwie, und ich möchte auch nicht diese Zettel hier zieren«, sagte Penelope und zog Beweisstück A aus ihrer Handtasche.

»Was stimmt denn damit nicht?« Quentin Parnelle nahm den Werbezettel und betrachtete ihn.

»Das fragen Sie noch? Sehen Sie es sich doch an.«

»Aber es ist ein gutes Bild. Ich habe es selber gemacht. Sie sind sehr fotogen. Viel besser als Carolyn. Ich mußte Hunderte von Bildern von ihr machen, um etwas Brauchbares zu kriegen, und weil sie dauernd Dudleys gewechselt hat, mußte ich sie immer wieder neu knipsen. Gott, wie ich diese endlosen Vorsprechen gehaßt habe. Alle Bilder, die ich von Ihnen gemacht habe, sind was geworden.«

»Nun, es gefällt mir nicht. Sie hätten erst fragen sollen.«

»Aber das machen wir so. Sie sind die Königin.«

»Wer ist wir?«

»Keine Ahnung. Aber es war schon immer so, daß die Königin Mittelpunkt der Werbekampagne für die Festspiele ist. Außerdem brauchen wir endlich mal gute Publicity.«

»Die Frage ist, was Sie jetzt ... unternehmen werden.«

»Nun, die Aufträge für die Zeitungsanzeigen sind gerade raus –«

»Zeitungsanzeigen?« rief Penelope.

»Und natürlich die Sachen fürs Fernsehen –«

»Fernsehen?«

»Nur Kabel. Das ist nicht so teuer, aber damit erreichen wir trotzdem ein breites Publikum.«

Penelope stöhnte auf.

»Und natürlich noch Radio.«

Das war ein kleiner Trost. Zumindest würde im Radio nicht jeder den königlichen Busen zu sehen kriegen.

»Ich wünschte, ich könnte etwas für Sie tun ...«

»Wie wäre es mit Plakatwänden?« schlug Laney vor.

»Aaahh!« Penelope hätte am liebsten geschrien. »Und du willst meine beste Freundin sein?«

»Ich versuche nur zu helfen. Es wäre bestimmt gut für *Mycroft & Co.*«

»Kathy und ich können ja auch gleich oben ohne gehen.«

»Das würde die Verkaufszahlen bestimmt in die Höhe treiben«, sagte Parnelle. »Ich wäre der erste Kunde, egal, was Sie in *Mycroft & Co* verkaufen.«

»Bücher.«

»Das ist gut. Ich lese gern. Sollen wir gleich Ihre Werbekampagne ausarbeiten?«

»Nein, vielen Dank.«

Bevor Parnelle sich eine Marketing- und Werbestrategie für den ersten Oben-ohne-Buchladen in Empty Creek ausdenken konnte, klingelte zum Glück das Telefon.

»Es ist für Sie«, sagte Parnelle und hielt ihr den Hörer hin.

Penelope hob fragend die Augenbrauen.

Laney zuckte die Achseln und hörte Penelopes Anteil am Gespräch zu.

»Ja ... oh, hi ... nein, wir wollten gerade gehen. Zehn Minuten später, und du hättest uns verpaßt ... du willst was ... na gut, ich gebe auf ... ja ... nein, wir sind bald zurück ... ich dich auch.«

Penelope legte auf und seufzte schwer, als sie sich der erwartungsvollen Zuhörerschaft zuwandte. »Das war Andy, mein Freund«, erklärte sie Parnelle. »Ihm gefällt der Werbezettel, und er möchte ein Originalbild.«

»Da siehst du es«, sagte Laney, »ich habe dir doch gesagt, daß es ein gutes Foto ist.«

»Sir Walter Raleigh, der aussieht wie Ichabod Crane?«

»Genau der. Könnten Sie ihm einen Abzug machen? Auf seine Rechnung natürlich.«

»Geht auf meine Kosten. Ein Geschenk für die Königin.«

»Dafür sollte ich mich wohl bedanken«, sagte Penelope. »Sie haben eben etwas über das Vorsprechen gesagt. Erinnern Sie sich an alle?«

»Eigentlich nicht«, sagte Parnelle. »Über die Jahre hat es so viele davon gegeben.«

»Schade. Es hätte bei der Suche nach Carolyns Mörder vielleicht ganz hilfreich sein können.«

»Aber Amanda wird sich erinnern.«

»Amanda? Wer ist Amanda?«

»Mein Computer. Ich habe sie nach einer ehemaligen Freundin benannt.«

»Was ist aus ihr geworden?«

»Sie hat ihren Basketballtrainer geheiratet.«

»Wie gemein von ihr.«

»Ach, eigentlich nicht«, sagte Parnelle, »sie war größer als ich. Eine richtige Bohnenstange. Unsere Kinder wären wahrscheinlich drei Meter groß geworden.«

»Würden Sie mir Kopien von Ihren Dateien machen?«

»Sicher«, sagte Parnelle fröhlich. »Ich werfe Amanda gleich an.«

Penelope verstaute die Diskette sicher in ihrer Handtasche, bedankte sich bei Parnelle und folgte Laney die Treppe hinunter.

Nach der Heimfahrt kümmerte sich Penelope um geschäftliche Angelegenheiten in *Mycroft & Co,* und um Mycroft selbst. Anschließend ging sie Büroartikel einkaufen und genehmigte sich ein paar Drinks im *Double B* und ein spontanes Mahl im *Duck Pond,* dem besten mexikanischen Restaurant westlich des Mississippis. Daher war es ziemlich spät, als Penelope, Andy und Big Mike nach Hause kamen.

Nachdem sie Chardonnay gefüttert und ihr einen ordentlichen Ausritt versprochen hatte, ließ Penelope Andy im Wohnzimmer zurück, wo er sich die Bruchstücke von *Citizen Kane* im Fernsehen ansah, die gelegentlich die endlosen Werbespots unterbrachen. Sie ging in ihr kleines Büro, schob die Diskette ins Laufwerk A, rief die Dateien auf und ging die zahlreichen Aufzeichnungen der *Elisabethanischen Frühlingsfestspiele von Empty Creek* durch.

Zuerst listete sie die Namen der zahlreichen Liebhaber der ehemaligen Königin auf. Bewaffnet mit großen Pappbögen, verschiedenfarbigen Textmarkern und der Hilfe von Big Mike, entwirrte Penelope Carolyns verworrenes königliches Liebesleben.

Carolyn hatte den Thron 1586 mit dem ersten Sir Robert Dudley bestiegen. Sowohl am Hof als auch in der Enge des königlichen Zeltes war er ihr ständiger Begleiter gewesen. Die ersten Jahre ihrer Regentschaft waren relativ normal verlaufen, aber im vierten Jahr, nach dem Sieg über die Armada, hatte Dudley sie wegen einer Schankmaid recht unsanft abserviert.

Damit fing der Ärger an. Carolyn traf der Verlust schwer, und ab 1590 nahm sie sich einen Liebhaber nach dem anderen, um sich am Ende jeder Festspielsaison zu rächen. Statt selber abserviert zu werden, gab sie jetzt den Männern den Laufpaß.

Verglichen mit diesem Drama waren Charles und Diana Waisenknaben dagegen.

Penelope dachte nach. Irgendwann in diesem Zeitraum hatte Carolyn sich selbst davon überzeugt, daß sie wirklich Königin Elisabeth war, und damit begonnen, ihre Untertanen willkürlich zu regieren. Dabei hatte sie grenzenlose Treue verlangt und auch bekommen. *Erstaunlich,* dachte Penelope. *Jemand hätte Ihrer Königlichen Majestät raten sollen zu verduften.* Aber Penelope begriff langsam, daß die Teilnehmer der Festspiele, wenn überhaupt, einen recht dürftigen Sinn für die Wirklichkeit hatten. Sie glaubten wirklich, daß sie Untertanen der englischen Krone waren.

Der nächste Sir Robert war zum *Lord High Mayor* abgestiegen. Dieser Posten brachte zwar eine Menge Ansehen und Verantwortung mit sich, entsprach aber nicht dem hohen Rang des königlichen Liebhabers. 1592 folgte der Mann, der nun den *Lord High Sheriff* spielte, und 1593 kein Geringerer als Sir Francis Bacon. Diese Tatsache hatte Sir Francis merkwürdigerweise in jeder Unterhaltung mit Penelope vergessen zu erwähnen. Seine Stellung änderte sich 1594, als Sharons Lehrer und Mentor den Posten antrat und diesem 1595 befohlen wurde, die Rolle als Liebhaber weiterzuspielen.

Penelope hatte Big Mike gerade gefragt, was er denn von all dem hielt, als das Telefon klingelte und somit eine vielleicht interessante Antwort verhinderte.

»Ja?«

»Gott sei Dank, daß Sie da sind. Ich rufe schon seit Stunden an. Haben Sie vergessen, Ihren Anrufbeantworter einzuschalten?«

»Ich habe keinen Anrufbeantworter«, erwiderte Penelope. »Ich halte nichts von den Dingern. Wer spricht da überhaupt?«

»Quentin Parnelle. Sie haben alle Dateien.«

»Ja. Das haben Sie mir heute nachmittag schon gesagt.«

»Nein, ich meine, Sie haben jetzt tatsächlich die einzigen Dateien. Mein Computer ist zehn Minuten nachdem Sie gegangen sind abgestürzt.«

»Machen Sie keine Sicherungskopien von Ihren Dateien?«

»Natürlich, aber jemand hat sie alle gelöscht. Mein Computermann sagt, es hat jemand mit Absicht gemacht. Arme Amanda. Sie ist von einem Virus befallen worden. Wer würde ihr so etwas antun?«

Ja, wer?

Sogar die Empty Creek National Bank, das konservativste örtliche Geschäftsunternehmen, hatte den berüchtigten Werbezettel neben anderen, schicklicheren Broschüren – wie zum Beispiel Informationsmaterial über Zinssätze, Haus- und Autofinanzierungskredite und Depotscheine – ausgelegt. Glücklicherweise handelte es sich um eine kleine Bank, die nur vier Kassen und zwei Schalter besaß, an denen die Zettel plaziert werden konnten. Da jedoch beinah jeder in der Stadt Kunde der Bank war, bot diese Tatsache wenig Trost. Es gab kein Entkommen vor der Werbekampagne von *Wonder Ideas.*

Es waren nur zwei Kunden und die Angestellten anwesend, als Penelope die Bank betrat und die Werbezettel sah, aber sie hatte das Gefühl, als sei jedes Augenpaar mißbilligend auf sie gerichtet.

Die Direktorin der *Empty Creek National Bank,* Samantha Dale – »Sam« für ihre Freunde und Kunden –, forderte Penelope mit einer Handbewegung auf, in ihr winziges, enges Büro zu kommen. Zur Begrüßung stand sie auf und streckte Penelope förmlich die Hand hin. »Hallo, Penelope, wir haben gerade heute morgen beim Frühstück der Handelskammer über dich gesprochen.«

»O Gott, ich nehme an, ich werde jetzt ausgeschlossen.« Penelope war selbstverständlich auch Mitglied der Handelskammer, nahm aber nur selten an ihren Treffen teil, da sie darauf bestanden, ihre Sitzungen zu früher Stunde abzuhalten.

»Überhaupt nicht«, erwiderte Sam, »wir sind alle sehr stolz auf dich und stehen voll und ganz hinter dir.« Sie lächelte. »Alles, was gut für die Festspiele ist, ist schließlich auch gut fürs Geschäft.«

Als Sam vor ungefähr fünf Jahren den Posten als Präsidentin der Bank angetreten hatte, waren nicht alle davon begeistert gewesen. Es hatte heftigen Widerstand vom Machoanteil der Bevölkerung gegen ihre Ernennung gegeben, der erst dann gebrochen wurde, als der Vorstandsvorsitzende der Bank ziemlich vehement erklärte: »Sie ist die Beste, die sich beworben hat, und wir werden sie verdammt noch mal auch anstellen.« Damit hatte er zudem politisch korrekt gehandelt.

Seitdem hatte Samantha Dale ausnahmslos *alle* mit ihrem Wissen, ihren Finanztricks und den stetig steigenden Dividenden, die den Aktionären der Bank ausgezahlt wurden, verblüfft. Ihre Kritiker hatten schon lange damit aufgehört, Sams schlanker, hochgewachsener Figur und ihrem wunderschönen Gesicht, das von weichem blonden Haar umrahmt wurde, zuzuschreiben, daß sie die Stelle bekommen hatte.

Samantha wirkte immer sehr distanziert und kultiviert und war stets elegant gekleidet. Penelope erinnerte sich jedoch liebend gern daran, wie sie vor zwei Jahren ausgesehen hatte, als ein plötzlicher Sturm die *Empty Creek Arabian Horse Show* unter Wasser gesetzt hatte. Penelope und Sam hatten unter einer undichten Markise gestanden und beschlossen, eine kurze Pause auszunutzen und zum Auto zu rennen. Penelopes Jeep stand am nächsten, und als sie ihn erreichten, hatte Penelope zurückgeblickt und eine durchgeweichte, aber lachende Samantha gesehen, deren Haare am Kopf klebten und die aussah wie ein fröhliches pitschnasses Kätzchen. Nachdem sie etwas Trockenes angezogen hatten, waren sie auf ein spätes Mittagessen zum *Double B* gefahren. Seitdem waren sie gute Freundinnen.

»Was kann ich heute für dich tun?« fragte Sam.

»Eigentlich nichts. Ich möchte nur ein paar Sachen in mein Schließfach legen.«

»Kein Problem. Ich mach' das schon.«

Penelope folgte Sam zu den Schließfächern, wartete darauf, daß sie die glänzenden Stahltüren öffnete, die den Eingang zu dem Raum versperrten, und zusammen schloßen sie Penelopes Fach auf. Sam trat diskret ein paar Schritte zur Seite, während Penelope die Disketten, die sämtliche Aufzeichnungen der Festspiele enthielten, zu ihren eigenen wichtigen Besitztümern legte. Dazu zählten die ehrenvolle Entlassung aus dem *United States Marine Corps,* die Bestätigung über ihren Dienst im Friedenscorps, ihre Zeugnisse der *San Diego State University* und der *Arizona State University,* die Diamantohrringe, die Andy ihr letztes Jahr zu Weihnachten geschenkt hatte – und die sie nur zu besonderen Anlässen tragen wollte –, der Kalender eines afrikanischen Wunderheilers, der darauf die verschiedenen Zaubertränke anpries, die man bei ihm erhalten konnte, und ein dicker Stapel von Bildern, die Big Mikes Leben von Jugend an dokumentierten.

Als sie die Box wieder eingeschlossen hatten, fragte Sam: »Hast du Zeit für einen Kaffee? Wir hatten schon lange nicht mehr die Gelegenheit, uns in Ruhe zu unterhalten.«

»Ja, gern«, sagte Penelope.

Sie überquerten die Straße und gingen zu *Mom's Do-Nuts.* Besagte Mom war eigentlich ein stämmiger Dad namens Paul Bowers, der stets erklärte: »Wer will schon Dads Marmeladen-Doughnuts essen?« Mom oder Dad, die Marmeladen-Doughnuts waren jedenfalls bei der Polizei von Empty Creek stets der Renner. Von daher überraschte es weder Penelope noch Sam, Sam Connors und Peggy Norton anzutreffen, die Pause machten. Ihren Streifenwagen hatten sie wahrscheinlich diskret hinter *Mom's* geparkt. Samantha witzelte ständig, daß *Mom's* der sicherste Platz in der Stadt war und sich alle Banken zur Abschreckung von Bankräubern in der Nähe eines Doughnut-Ladens ansiedeln sollten. Ihre Behauptung schien sich zu bewahrheiten, da die *Empty Creek National Bank* noch nicht ein einziges Mal ausgeraubt worden war, seit *Mom's* Wachtposten auf der anderen Straßenseite bezogen hatte.

Sie begrüßten sich, und es entstand die übliche Verwirrung, da zwei Sams anwesend waren, und dann fragte Sam, der Polizist: »Bist du weitergekommen, Penny?« Er benutzte liebevoll die Kurzform. Penelope und Sam waren einmal für kurze Zeit miteinander ausgegangen, bis Big Mike während amouröser Aktivitäten einen Teil von Sams Anatomie als Kratzbaum benutzt hatte. Der darauffolgende Schrei hatte sämtliche Leidenschaft erstickt, und auch heute noch wurde Big Mike stets aus dem Schlafzimmer verbannt, wenn Cupido im Anflug war. Der Vorfall erklärte auch, warum Debbie D keine Katze besaß.

Penelope erzählte ihnen von dem mysteriösen Computerabsturz.

»Zwiddeldei und Zwiddeldum sollten davon erfahren«, sagte Peggy.

»Da wollte ich als nächstes vorbei«, sagte Penelope. »Und auch zu Dutch.«

Da Penelope immer noch zehn Minuten zu früh dran war, wußte sie nicht, daß die drei bald zusammen mit den Besten Empty Creeks zu ihr stoßen würden.

»Wir haben uns bei den Festspielen prima amüsiert«, sagte Sam. »Du gibst eine tolle Königin ab.«

Als Dankeschön machte Penelope einen Knicks und ging dann Kaffee holen.

»Ich weiß, du darfst mir nicht sagen, ob es auf Carolyn Lewis' Konten irgendwelche Unregelmäßigkeiten gab«, sagte Penelope, als sie sich an ihren eigenen Tisch gesetzt hatten.

Sam schüttelte den Kopf. »Nein, ich darf dir nichts sagen.«

»Ich nehme an, sie hatte das Übliche«, spekulierte Penelope. »Ein Girokonto, ein kleines Sparbuch, vielleicht ein oder zwei Anlagen, irgendwas Sicheres.«

»Falls ich dir etwas sagen dürfte«, sagte Sam mit einem Lächeln, »dann würde ich dir sagen, daß du damit nicht falsch liegst.«

Penelope schüttelte den Kopf. »Also, ich bin völlig ratlos.«

»Erzähl mir doch davon. Vielleicht kann ich helfen.« Wie viele der Bewohner Empty Creeks fühlte sich Sam von Mord gleichermaßen angezogen und abgestoßen und verfolgte begierig die seltenen Fälle von Gewaltverbrechen.

Penelope faßte die Fakten für Samantha zusammen und erzählte ihr von Carolyns Ansehen an der Schule und ihrem scheinbar langweiligen Privatleben fernab von den Pflichten als Königin; von Lothario, Dudleys Verschwinden, der schrecklichen Warnung; von Carolyns Vorliebe dafür, sich jedes Jahr bei den Festspielen einen neuen Liebhaber zu nehmen; sogar von dem Keuschheitsgürtel.

Sam lachte. »Das klingt ganz nach Laney. Ich kann ihren nächsten Roman gar nicht abwarten. Ihre Heldinnen geraten immer in die unmöglichsten Situationen. Fast so wie du. Bist du gern Königin?«

»Offiziell, nein«, sagte Penelope und starrte einen Moment versonnen in ihren Kaffee. Dann schaute sie lächelnd auf. »Aber inoffiziell, ja. Es ist wirklich ganz lustig, so zu tun als ob. Aber erzähle niemandem, daß ich das gesagt habe. Ich bin der Meinung, daß Monarchen nur begrenzt regieren sollen. Ich werde nach den Iden des März zurücktreten.«

»Ja ... die Iden des März ... was, wenn ... nein, das ist albern.«

»Was wolltest du sagen?«

»Was, wenn Carolyn umgebracht wurde, weil sie die Königin war, und nicht wegen etwas in ihrem Privatleben?«

»Ein politisches Attentat?«

»Genau!«

»In dem Fall ist derjenige, der das getan hat, völlig übergeschnappt. Das ergibt überhaupt keinen Sinn. Wer ist so verrückt zu versuchen, den Verlauf des elisabethanischen Englands vier Jahrhunderte später zu verändern?«

»Ich weiß es nicht, aber meine Lieblingsstücke von Shakespeare waren schon immer die Tragödien. *Hamlet, Macbeth, Julius Caesar, König Lear.* Sie handeln alle irgendwie von Mord und gewaltsamer Machtergreifung.«

»Jemand am königlichen Hof?«

»Dudley.«

»Aber er hat ein Alibi.«

»Was ist mit den anderen Dudleys? Weißt du, wo sie waren?«

Sam und Peggy winkten ihnen zum Abschied zu und gingen durch die Hintertür hinaus, um ihre Streife durch die ruhigen Straßen Empty Creeks fortzusetzen.

»Aber warum hat Bobby auch eine Iden-des-März-Warnung bekommen?«

»Ich weiß es nicht. Das ergibt wirklich keinen Sinn.«

»Nichts von all dem ergibt einen Sinn.«

»Ich geh' wohl besser wieder zurück an die Arbeit«, sagte Samantha und schaute auf die Uhr.

»Das war nett«, sagte Penelope. »Ich komme mit dir. Wenn ich schon einmal hier bin, kann ich genausogut ein bißchen Bargeld fürs Wochenende holen. Bis später, Paul.«

Sie überquerten die Straße und betraten die Bank, wo sie geradewegs Mrs. Burnham in die Arme rannten, die wie ein Vogel herumflatterte. »Ah, da sind Sie ja, Samantha Dale. Ich habe schon auf Sie gewartet. Und auf Sie auch, Penelope Warren.«

Samantha lächelte strahlend. »Mrs. Burnham, wie schön, Sie zu sehen.«

Penelope bewunderte Sams Fähigkeit, sich stets der jeweiligen Situation anzupassen, ohne ihre gute Laune zu verlieren, vor allem, da der Anblick von Empty Creeks Klatschtante in Penelope nur den Impuls auslöste, so schnell wie möglich davonzulaufen. *Ich kann auch noch ein andermal Geld abheben*, dachte sie. »Ich muß zurück in den Laden. Bis später.«

Penelope drehte sich um, machte einen Schritt und blieb abrupt stehen, als die Türen aufflogen und zwei Männer mit roten Tüchern vor dem Gesicht hereinstürmten, die bis an die Zähne bewaffnet waren.

»Das ist ein Überfall. Keine Bewegung!«

»Stellt euch an die Wand!«

»Leistet keinen Widerstand«, befahl Sam und befolgte damit

die vorgesehenen Verhaltensregeln für solche Situationen. Ein paar tausend Dollar waren kein Menschenleben wert. »Tun Sie alle genau das, was sie sagen.« *Soviel zu meiner Doughnut-Laden-Theorie,* dachte sie niedergeschlagen.

»Sie werden uns alle umbringen«, weinte Mrs. Burnham.

»Sie haben uns gerade gesagt, wir sollen uns nicht bewegen«, wandte Penelope ein.

»Bewegt euch!«

»Keine Bewegung!«

»Also bitte, was denn nun?«

Die zwei Männer berieten sich kurz. »Na gut, ihr könnt euch bewegen, aber nur, um euch an die Wand zu stellen. Keine Fisimatenten, sonst ...« Er fuchtelte drohend mit dem Revolver herum und ließ einen Schlüsselbund auf den Boden fallen.

»Stell sie an der Wand auf, Carl.«

»An welcher denn, Marty?«

»An der da, verdammt noch mal, schaff sie vom Fenster weg.«

»Sie werden uns alle umbringen«, rief Mrs. Burnham noch mal, als sie alle zur Wand eilten.

»Hände hoch, und schön oben lassen.«

Mrs. Burnham renkte sich beinah die Arme aus.

Samantha betätigte den stillen Alarm.

Penelope schob die Schlüssel vor sich her, als sie zur Wand ging, um ihren Platz einzunehmen.

Die kleinen Funkgeräte, die an den Uniformhemden der Polizisten der ganzen Stadt befestigt waren, knisterten plötzlich, als Sheila Tylers ruhige Stimme durchgab: »Möglicher Zwei-Elf. Stiller Alarm in der *Empty Creek National Bank.* Einheiten auf Code zwei antworten.«

Sam Connors und Peggy Norton waren die ersten Polizisten am Tatort, da sie auf dem Parkplatz von *Mom's* gestanden und lebhaft und ausführlich darüber gestritten hatten, wer an der Reihe war zu fahren. Als der Ruf durchkam, blickten sich Sam und Peggy einen Moment an.

Junge, Junge!

Dann rannten sie los, trennten sich, schlugen einen großen Bogen und bezogen an den entgegengesetzten Ecken des Bankgebäudes Stellung. Dort konnte sie von drinnen niemand sehen.

In der Bank schien alles normal zu sein. Vielleicht war der Alarm defekt oder versehentlich ausgelöst worden. Am Bordstein stand ein schmutziger schwarzer Camaro mit kalifornischen Nummernschildern, aber der Motor lief nicht, und es saß auch kein nervöser Fahrer am Steuer.

Peggy und Sam gaben sich das Daumen-hoch-Signal. Sie waren bereit. Peggy übte ihren Spruch, konnte sich aber nicht entscheiden, in welcher Reihenfolge sie ihn aufsagen sollte. »Polizei! Keine Bewegung!« Oder doch lieber: »Keine Bewegung! Polizei!« Sie hatte sich gerade für die erste Variante entschieden, als die Kavallerie eintraf. *Mist, jeder Bulle der Stadt würde bei der Verhaftung dabeisein, falls es nicht doch falscher Alarm war.*

Streifenwagen und Zivilfahrzeuge kamen aus allen Richtungen. Penelope wäre von der Effizienz der Operation beeindruckt gewesen, hätte sie nicht mit erhobenen Armen in der Bank an der Wand gestanden. Jeder Wagen nahm eine andere Position ein, bis die Bank von Polizisten und Detectives umstellt war. Ein Dutzend Gewehre wurden mit Munition bestückt. Zwiddeldei und Zwiddeldum flitzten aufgeregt herum. Zwiddeldum hatte ein Megaphon in einer Hand und ein Gewehr in der anderen. Dutch war auch da, sprach leise in ein Funkgerät und dirigierte die Operation. Andy, der die Polizeiwagen am *Empty Creek News Journal* hatte vorbeirasen sehen, trabte, gefolgt von einem Fotografen, an, der schon eine Rolle Film verschossen hatte, bevor Andy überhaupt mit Dutch hatte reden können. »Was ist los?« Hätten die Bankräuber hinausgeschaut, wäre ihnen bestimmt nichts Ungewöhnliches aufgefallen.

Es bestand jedoch nicht die Spur einer Chance, daß Marty oder Carl irgend etwas bemerkten. Sie waren zu sehr damit beschäftigt, darüber zu streiten, welche Kasse sie zuerst leeren sollten.

»Sie werden uns alle umbringen«, wimmerte Mrs. Burnham.

»Tun Sie so, als sei nichts«, sagte Penelope ruhig, obwohl sie wünschte, Mrs. Burnham würde ihre Bankgeschäfte in einem anderen Kreditinstitut abwickeln.

»Ich habe nie gewußt, wie ermüdend es ist, mit erhobenen Armen dazustehen«, sagte Samantha. »In den Filmen kommt es mir nie so vor.«

»Ihr da, haltet den Mund«, rief Marty.

»Wir haben uns nur die Zeit vertrieben«, sagte Penelope.

»Laßt das.«

Was Banküberfälle betrifft, dachte Penelope, *sieht dieser hier so aus, als hätten Donald Westlakes tolpatschige Kriminelle ihn geplant.* Penelope konnte sich richtig den Dialog vorstellen, der vorher stattgefunden hatte.

»Was willste heute machen, Carl?«

»Weiß nich', Marty. Was willst du denn machen?«

»Komm, wir fahren nach Arizona und rauben 'ne Bank aus«

Bonnie und Clyde waren sie ganz bestimmt nicht. Penelope hätte den süßen Kleinen am liebsten den Kopf getätschelt und ihnen erzählt, wie man eine Bank vernünftig ausraubt. Zumindest hätten sie Geld in anständige Skimasken investieren sollen, da sie direkt in sämtliche versteckte Kameras schauten und ihre Tücher in alle Richtungen verrutschten.

»Nimm nur die Scheine.«

»Die Quarter sind ganz gut für den Waschsalon. Wir haben nie genug Quarter.«

»Mein Gott, wir kaufen uns einfach neue Klamotten. Nimm nur die Scheine.«

»Und was ist mit Videospielen?«

»Dann nimm die Quarter, aber beeil dich gefälligst.«

»Ich beeil' mich ja schon.«

»Willste noch zählen? Nachsehen, ob wir genug haben?«

»Nein, ich will nicht nachzählen. Ich will jetzt hier raus.«

»Dann komm.«

»Keiner bewegt sich, zehn Minuten lang. Jeder, der die Nase aus der Tür steckt, dem passiert was.«

Großer Gott, dachte Penelope, *wer schreibt denen bloß die Dialoge?*

»Denkt dran, zehn Minuten.«

Marty und Carl gingen rückwärts durch die Tür.

»Oje, ich dachte wirklich, sie würden uns alle umbringen.«

Ein Seufzer der Erleichterung ging durch die Reihen der anwesenden Kunden und Angestellten.

Penelope hob die Autoschlüssel vom Boden auf und hielt sie Sam hin.

»Sind das Ihre?« fragte Sam.

»Jaa«, sagte Penelope gedehnt.

Sam brach in Gelächter aus. »O Gott, was für ein Paar.«

»Keine Bewegung!« schallte es einstimmig durch die Bank. Man konnte die Freude der Polizei fast bis in den nächsten Bezirk hören.

»Ich glaube, Rettung ist nah«, sagte Penelope.

»Das glaube ich auch«, erwiderte Sam.

Die nächsten Stunden brachten Penelopes Pläne für den Tag erheblich durcheinander. Zuerst mußte jeder seine Version des mißlungenen Banküberfalls einer Reihe Polizisten und Detectives erzählen.

Mein Pech, daß ich wieder Zwiddeldei und Zwiddeldum erwischen mußte, dachte Penelope, *und nicht Dutch.*

Dann, wie beim Bäumchen-wechsle-dich-Spiel, tauschten alle die Partner und wiederholten ihre Geschichte. Zu dem Zeitpunkt war das Ganze bereits als »Der große Banküberfall von Empty Creek« bekannt.

Als die Sonderagenten des FBI aus Phoenix eintrafen, wurde das Ganze noch mal durchgekaut. Penelopes Pech hielt an, und sie mußte die Ereignisse des Tages der FBI-eigenen Version des Hutmachers aus *Alice im Wunderland* erzählen.

Währenddessen schauten die neugierigen Einwohner Empty Creeks – also fast alle – durch die Fenster der Bank und betrachteten die Szene, die ihnen die Gesetzeshüter boten. Zwischen den Befragungen winkte Penelope Andy lächelnd zu, der hilflos draußen stand, da er als Zeitungsmensch von den Vorgängen ausgeschlossen war. So erging es auch ein paar Fernsehteams aus Phoenix. Offensichtlich war es ein ansonsten langweiliger Nachrichtentag, an dem in der Welt nur die üblichen Streitereien passierten. Dutch und Samantha gaben ein kurzes, vorbereitetes Statement ab, und das war es auch schon für die Presse.

Die Reporter aus Phoenix waren ziemlich enttäuscht, als Kathy mit Big Mike auf dem Arm ankam und man dem Kater sofort Zugang zum Tatort gestattete.

Lola LaPola, eine der Fernsehreporterinnen – Penelope konnte ihre atemlose Berichterstattung nicht ausstehen und schaltete jedesmal auf einen anderen Sender, wenn sie auf dem Bildschirm erschien –, kriegte einen Wutanfall. »Ein verdammter Kater«, brüllte sie und versuchte, das Mikrofon durch die Tür zu schieben. »Ich bin von der Presse.«

»Big Mike ist ein ehrenamtliches Mitglied der Polizei«, wurde ihr mitgeteilt, ehe sie ihr die Tür vor der Nase zuschlugen.

Big Mike sprang sofort auf einen Kassenschalter, um die Ereignisse zu beobachten.

Marty und Carl waren, so stellte sich heraus, zwei Herumtreiber aus Fresno, Kalifornien, die einfach so herumzogen und auf der Suche nach Nervenkitzel waren. Sie finanzierten ihren Ausflug durch illegale Einkünfte. Diese Information erhielt Penelope von Peggy, die immer noch ganz aufgeregt war, daß sie Marty und Carl mit ihrer Beretta in Schach gehalten hatte, während Sam ihnen die Handschellen anlegte. »Du hättest ihre Gesichter sehen sollen«, flüsterte Peggy.

Als Penelope und die anderen endlich gehen durften, schloß Andy sie fest in die Arme. »Alles in Ordnung?« fragte er besorgt.

»Mir geht es prima, Liebling«, flüsterte Penelope. »Mach deine Arbeit, und dann geb' ich dir ein Exklusivinterview.«

»Wir haben dem Tod ins Auge geblickt«, sagte Mrs. Burnham zu Lola LaPola, die sich durch die Menge auf Penelope zuschob.

»Kein Kommentar«, sagte Penelope und zwinkerte Andy zu.

Erst viel später, nachdem sie Andy alles erzählt und er sich aufgemacht hatte, seine Geschichte zu schreiben, sie den Laden abgeschlossen hatte und endlich zu Hause war, fiel Penelope ein, daß sie bei all der Aufregung nicht dazu gekommen war, Dutch oder Zwiddeldei und Zwiddeldum von dem Computerabsturz zu erzählen, der vielleicht wichtig war. Diese vertrackten zehn Minuten waren immer noch zugange und unterbrachen bösartig alles, was ihnen in den Weg kam.

Penelope rief Stormy an, aber dort war besetzt. Dann rief sie bei Laney an, aber da war ebenfalls besetzt. Die Gerüchteküche von Empty Creek kochte offensichtlich bereits über. Penelope sammelte Pfefferminzbonbons und Salatreste zusammen und ging mit Big Mike den Pfad hinunter, um Chardonnay und die Kaninchen zu füttern.

Als sie ins Haus zurückkamen, versuchte Penelope noch mal zu telefonieren. Diesmal erreichte sie Stormy, von der sie nur erfuhr, daß Dutch immer noch arbeitete. Schließlich sprach sie mit Laney und erzählte zum xten Mal ihre Geschichte.

»Gott sei Dank, daß du hier bist«, rief sie, als Andy angefahren kam und das Haus betrat, »aber kein Wort mehr über heute. Versprochen?«

»Versprochen«, sagte Andy und schaltete sofort den Fernseher an. »Ich will nur sehen, was Lola über den Überfall zu sagen hat.«

»Lola?«

»Wir haben uns ganz nett unterhalten, nachdem sie ihren Bericht gemacht hatte. Vielleicht können wir sie ja mal zum Essen einladen.«

»Da würde ich nicht drauf wetten. Nicht Lola-von-der-Presse-LaPola.«

In dem Moment sagte Mrs. Burnham zum letztenmal an diesem Tag: »Sie wollten uns alle umbringen.«

Penelope flüchtete in die Küche.

Nach dem Abendessen spülte Andy ab, während Penelope es sich im Wohnzimmer mit ihrem Glas Wein bequem machte. Sie hatte gerade beschlossen, Dutch noch einmal anzurufen, war sogar schon im Begriff, zum Telefon zu gehen, als Andy hinter sie trat, sie umarmte und ihren Nacken küßte, daß sich die blonden Härchen aufrichteten. Und als er diese andere Sache machte, die ihr inneres Feuer immer zum Lodern brachte, vergaß Penelope die ganze Polizeiangelegenheit.

Zu schade. Es hätte nämlich ein Leben gerettet werden können.

An jedem Wochenende stand eine andere Hauptattraktion im Mittelpunkt. Das Eröffnungswochenende hatte sich bis zum unseligen Ableben Königin Elisabeths auf die Monarchin und ihren königlichen Hof konzentriert. Penelopes Eröffnungswochenende war den königlichen Turnieren und Kämpfen gewidmet, und als sie das Programmheft durchsah – die falsche Schreibweise von Raleighs Name ärgerte sie immer noch –, fand sie heraus, daß Samstag und Sonntag die Pikten und Kelten im Rampenlicht stehen würden. Das folgende Wochenende – die Iden des März und damit der Schwanengesang Ihrer Regentschaft – war dem Bauernaufstand, dem Militär und den großen Dramatikern gewidmet. Während sie Chardonnay in die buschbedeckten Hügel hoch über Empty Creek trieb, war ihr das alles beim bloßen Gedanken daran schon lästig.

Chardonnay war nicht mehr geritten worden, seit Penelope den Thron bestiegen hatte, und die Stute gehorchte bereitwillig. Sie schnaubte, schüttelte die Mähne und war bereit, die Ohren anzulegen und loszurennen.

»Halt dich fest, Mikey«, rief Penelope.

Big Mike, dem das Reiten, wie jeder anderen Katze auch, Spaß machte, hockte in einer Satteltasche hinter Penelope. Er grub die Krallen in das Leder und miaute laut. Normalerweise hätte Alexander in der anderen Satteltasche gesessen, vor sich hin gejault und den Wind genossen, der ihm um die Nase wehte. Aber Penelope fühlte sich Laneys Fragen an diesem Morgen nicht gewachsen und hatte sich daher entschieden, ein paar ruhige Momente zu genießen.

Sie ritten immer höher hinauf, bis sie Penelopes Lieblingslichtung erreichten, von wo aus sie auf die endlose Wüste hinunterblicken konnte, die unberührt in der späten Morgensonne dalag. Die kleine Gemeinde von Empty Creek sah aus, als habe sie sich dicht an den Fuß des *Crying Woman Mountain* gekuschelt. Sogar aus dieser Entfernung konnte Penelope das Haus ausmachen, das Stormy nun mit Dutch teilte. Es lag auf halber Höhe an den Hängen des dunklen, geheimnisvollen Berges, auf dem der Geist eines Indianermädchens weilte, den ein paar wenige Auserwählte weinen hören konnten. Penelope hatte die gequälten Schluchzer schon ein paarmal gehört.

»Warum benimmt sich Dutch so komisch?« fragte Penelope Mikey, Chardonnay und die sanfte Winterbrise. Mikey schlug nach einer Fliege, die an seiner Nase vorbeibrummte, Chardonnay schnaubte und scharrte auf dem Boden, und die Brise verstummte. Als Dutch sie an diesem Morgen schließlich zurückgerufen hatte, war er sehr kurz angebunden gewesen und hatte gesagt, er sei zu beschäftigt, um sie zu sehen. Als Penelope daraufhin nicht lockerließ, hatte er ihr widerstrebend ein paar Minuten zugestanden.

»Das sieht ihm gar nicht ähnlich, Leute«, sagte Penelope zu ihren Freunden und lehnte sich nach vorn, um Chardonnays Nacken zu streicheln. Aber schließlich waren Morde und Banküberfälle – wie unfähig sich die Übeltäter auch angestellt hatten – für Empty Creek höchst ungewöhnliche Vorfälle. *Waren sie der Auftakt für das Iden-des-März-Wochenende?* fragte sich Penelope, während sie sich nach hinten lehnte, um Mikey unter dem Kinn zu kraulen – es war nicht nötig, Eifersucht zwischen ihren Tierfreunden zu provozieren. Sie hätte sich keine Sorgen zu machen brauchen. Big Mike war ganz zufrieden damit, in die Ferne zu starren und seinen eigenen Gedanken nachzuhängen.

Hoch oben kreiste ein Habicht. Er schwebte am Himmel und glitt majestätisch mit ausgestreckten Flügeln dahin. Penelope schirmte die Augen ab, als sie zu dem Raubvogel hochblickte. Sie wußte, daß seine scharfen Krallen in Sekunden eine ahnungslose Maus oder ein kleines Kaninchen töten konnten. Und trotzdem war er so schön. Und unheilvoll?

Düstere Vorzeichen beschränkten sich nicht auf Shakespeares Tragödien. *Die Angelsächsische Chronik* hatte Hungersnöte, Mond und Sonnenfinsternis, seltsame Astrallichter, Kometen, die noch nie vorher gesehen worden waren, und Pestilenz als Vorboten von folgenschweren Ereignissen gedeutet – den Tod von Königen und Bischöfen, erbitterte Schlachten, die Invasionen der Dänen und Normannen.

»Das mag ja in der Literatur so sein«, teilte Penelope dem Wind mit, da der scheinbar der einzige war, der ihr zuhörte. Chardonnay kaute auf einem Blatt herum, und Mycroft balancierte unsicher auf seinen Hinterbeinen, während er wieder versuchte, die Fliege zu fangen. »Aber nicht im richtigen Leben und auf gar keinen Fall unter meiner Herrschaft, egal wie bescheiden meine Regentschaft auch sein mag.«

Vielleicht war ein Besuch bei der königlichen Astrologin angebracht. Natürlich nur als Vorsichtsmaßnahme.

»An die Arbeit, Leute.«

Es vergingen weitere zehn Minuten, da Chardonnay scheute und sich weigerte, von den saftigen Blättern abzulassen. Als Penelope ihr freien Lauf ließ, schlug Chardonnay den falschen Weg ein. Diese kurze Unterbrechung hätte den Zeitplan des Universums wieder geraderücken sollen, aber da Perversität nun einmal war, was sie war, kam es nicht dazu.

»Dutch erwartet mich.«

»Er ist auf dem Kriegspfad«, warnte Sheila Tyler sie. »Uups, das ist vielleicht politisch nicht korrekt.« Sie streichelte liebevoll Big Mikes Kopf, nachdem er auf den Tisch gesprungen war.

»Ich werde es niemandem sagen.«

»Sagen wir einfach, er hat ziemlich miese Laune.«

»Na, dann muß ich ihn eben einfach aufheitern, richtig?«

Falsch.

Sheila drückte die Tür auf, und Penelope betrat das innere Heiligtum der Polizei von Empty Creek. Sie folgte dem Labyrinth aus Fluren und kleinen Büros, durchquerte das Großraumbüro, in dem die Schreibtische durch Raumteiler voneinander abgetrennt waren, und gelangte schließlich zu Dutchs Büro. Sie verlor unterwegs Big Mike, der in dem kleinen Büro, das sich Zwiddeldei und Zwiddeldum teilten, haltmachte und nach ein paar Hinweisen suchte. Da sie nicht da waren, fand Penelope nichts dabei, ihm zu erlauben, in ein oder zwei alten Doughnut-Verpackungen herumzustöbern.

»Was?« rief Dutch, als Penelope leicht an seine verschlossene Tür klopfte.

Penelope holte tief Luft, setzte ihre fröhlichste Miene auf und öffnete die Tür.

»Sind wir heute aber muffig«, sagte sie und nahm sich als geliebte zukünftige Schwägerin das Recht heraus, sich auf den Stuhl vor seinem Schreibtisch zu setzen.

»Wenn ich eine Verbrechensflut hätte bekämpfen wollen, wäre ich gleich in L.A. geblieben.«

»Aber dann hättest du nie die schönen und charmanten Warren-Schwestern kennengelernt. Vor allem nicht mich.«

»Dich vor allem nicht!«

»Dutch, was habe ich denn jetzt schon wieder getan?«

»Du bist stur, störrisch, lästig und absolut unvernünftig«, rief Dutch aus.

»Ist das alles? Da könnte ich ja glatt noch zu Lebzeiten heiliggesprochen werden.«

»Und was deine Schwester angeht –«

»Was hat deine kostbare Stormy angestellt, um deinen Zorn auf sich zu ziehen?«

»Sie gibt dir recht, verdammt noch mal!«

»Natürlich tut sie das. Ich habe recht.«

»Womit?«

»Mit allem.«

Dutch stöhnte. »Ich geb' auf.«

»Bitte nicht«, sagte Penelope grinsend. »Ich liebe es, wenn du solch ein Macho bist. Und obendrein trägst du noch mein Lieblingshalfter. Ich werde schon ganz feucht im Schlüpfer.«

Nun gab Dutch wirklich auf, und als Antwort erschien auf seinem Gesicht ein schüchternes versöhnliches Grinsen. »Weiß Andy, daß du meinen Körper begehrst?«

»Nicht deinen Körper, Dummkopf, dein Halfter. Ich liebe es einfach, wenn deine Waffe verkehrt herum hängt.«

»Na gut, na gut, was willst du?«

»Nichts.«

»Warum verschwendest du dann meine Zeit?«

»Ich habe was für dich. Ich wollte es dir schon gestern sagen, aber dann sind Marty und Carl aufgetaucht – übrigens, wie geht es den beiden?«

»Sie meckern über das Essen. Komm zur Sache.«

»Na gut ...« Penelope schilderte ihm kurz und knapp die Fakten über den Computerabsturz und das mysteriöse Löschen von Quentin Parnelles Sicherungsdisketten. Als sie geendet hatte, schoß ihr durch den Kopf, daß sie einen sehr guten Anwalt abgeben würde. Auf jeden Fall besser als Robert Shapiro und Marcia Clark, die ihrer Meinung nach dazu tendierten zu faseln.

»Ist das alles?« fragte Dutch skeptisch. »Ein Computer stürzt ab, und du glaubst, es steht im Zusammenhang mit dem Lewis-Mord? Das scheint mir sehr weit hergeholt. Computer stürzen hier am laufenden Band ab.«

»Hier«, bemerkte Penelope trocken, »ist es wahrscheinlich ein Bedienerfehler. Na, jedenfalls war ich deshalb gestern in der Bank. Ich habe Kopien in meinem Schließfach deponiert, und hier ist auch eine für dich ... wenn du sie willst.«

Dutch seufzte und streckte die Hand aus.

Penelope reichte die Disketten über den Tisch.

»Bitte, Penelope, laß die Finger davon. Ich glaube, du bist da draußen wirklich in Gefahr. Und Stormy auch, jetzt, wo sie als Königin der Pickel herumrennt.«

»Pikten.«

»Wie auch immer.«

»Ich dachte, du hättest gesagt, sie sehe niedlich aus, oder so ähnlich.«

»Habe ich auch, aber sie könnte das auch zu Hause machen, nicht da draußen, wo ein Verrückter herumläuft und Frauen ermordet, die sich als Königin ausgeben.«

»Was ist dein Lieblingsfilm von Stormy?«

»Ich finde alle gut.«

Dutch besaß die komplette Sammlung von Stormys Kinofilmen auf Video, die ordentlich zwischen Buchstützen auf seinem Schreibtisch standen. Penelope hatte den Verdacht, daß er sie sich an Nachmittagen, an denen bei der Verbrechensbekämpfung nicht soviel los war, ansah.

»Mir gefallen sie natürlich auch alle, aber wenn ich einen Lieblingsfilm nennen müßte, dann wäre es ihr erster.« *Biker Chick* war ganz offensichtlich von *Die glorreichen Sieben* abgekupfert. Stormy spielte darin eine hartgesottene Harley-Braut, die ihre unerschrockene Truppe kämpferischer Frauen auf einem Feldzug gegen eine korrupte kalifornische Küstenstadt anführte.

»Und nun willst du bei den Festspielen für Ordnung sorgen?«

Penelope nickte. »Mit deiner Hilfe, natürlich.«

»Schafft diese Katze aus meinem Papierkorb!«

Penelope erkannte die donnernde Stimme sofort.

Ein lautes Klappern hallte durch die Polizeistation von Empty Creek, dann folgte noch eins ... und noch eins.

O nein.

»Ich fand, es war hier heute sowieso ein bißchen zu still«, sagte Dutch und folgte Penelope zur Unglücksstelle.

Penelope konnte sich schnell zusammenreimen, was passiert war. Mycroft hatte friedlich im Papierkorb gedöst und sich um nichts weiter gekümmert, als Burke und Stoner zurückgekehrt waren. Zwiddeldeis lauter Schrei hatte Mycroft erschreckt, der dann hochgesprungen war und dabei den Papierkorb umgeworfen hatte. Maycroft war im Blecheimer gelandet und hatte den ebenfalls umgeworfen. Nun stand Big Mike mit gesträubtem Fell auf dem Tisch und zischte Stoner und Burke herausfordernd an.

»Du sollst Mikey nicht so erschrecken«, sagte Penelope zu Zwiddeldei. »Dir würde es ja auch nicht gefallen, wenn dich jemand mitten im Schlaf so anbrüllte.«

»Das macht meine Frau andauernd.«

»Das kann ich mir vorstellen.«

»Mensch, Boß, ich habe nichts gemacht. Er hat mich angegriffen, und jetzt schau dir das Durcheinander an. Ich hatte diese Unterlagen gerade erst sortiert.«

»Dann sortier sie eben noch mal, und wenn du damit fertig bist, dann könnt ihr die Disketten hier durchgehen.«

Richtig so, Dutch!

Penelope und Big Mike – er hatte sich von dem abrupten Erwachen ziemlich gut erholt – trafen Alyce Smith in der Verkleidung von Madame Astoria an. Sie glühte immer noch von dem Zusammentreffen mit ihrem neuen Liebsten, mit dem sie eine Reihe leidenschaftlicher Küsse ausgetauscht hatte. Penelope hätte in ihm den unbeständigen Lothario erkannt, wäre sie ein paar Minuten früher eingetroffen. Zehn Minuten früher, um genau zu sein.

Alyce war immer noch ganz erhitzt von der Begegnung mit der sanfteren Seite der Liebe und freute sich auf den Abend. Sie hatte vor, sich verführen zu lasse – natürlich nach einer angemessenen Zeitspanne und spielerischem Sträuben –, und daher begrüßte sie Penelope und Mycroft ziemlich atemlos.

Obwohl sie eine Katzenallergie hatte, vergrub Alyce eine Weile ihre Nase in Mycrofts Fell, bis ihr die unnatürliche Röte aus dem Gesicht gewichen war. »Mikey, du bist mein Lieblingskater«, sagte Alyce gefühlvoll.

Mikey, der wußte, daß er jedermanns Lieblingskater war, schnurrte.

Alyce hob ihr Gesicht und sagte: »Hatschi!«

»Gesundheit.«

»Danke. Hatschi!« Alyce rieb sich die tränenden Augen und sagte: »Ich hasse es, gegen Katzen allergisch zu sein.«

»Besser gegen Katzen als gegen Männer.«

Oh, wie wahr, dachte Alyce, *wie wahr.*

Penelope war immer wieder erstaunt über den Stand der modernen Astrologie und Wahrsagerei. Abgesehen von einem astrologischen Kalender und einem großen gerahmten Poster, auf dem die Zeichen des Zodiakus abgebildet waren, hätte das hübsch eingerichtete Büro das eines Buchhalters sein können. Alles wurde über Computer abgewickelt.

Oh, natürlich legte Alyce die Tarotkarten und benutzte häufig ihre parapsychologischen Fähigkeiten, indem sie einen Gegenstand ihres Klienten in der Hand hielt, aber was die Astrologie betraf, verließ sie sich auf ihren Computer. Sie gab die genauen Daten ein, und schneller als man »Hokus, Pokus, Fidibus« sagen konnte, fing der Drucker an, die Geheimnisse des Universums auszuspucken. Sollten Hexenverfolgungen wieder eingeführt werden, würde man Disketten benutzen, um den Scheiterhaufen anzuzünden.

»Möchtest du einen Kaffee?« fragte Alyce. »Oder einen Tee?«

»Danke, nein«, erwiderte Penelope, »nur eine Antwort auf eine Frage.«

»Wenn ich kann.«

Sie setzten sich auf die Couch, wo Alyce gewöhnlich die Tarotkarten legte. Penelope nahm die Iden-des-März-Warnung aus ihrer Handtasche und reichte sie Alyce. »Ich habe das bekommen, kurz nachdem du mir gesagt hast, ich solle mich vor den Iden des März hüten.«

Alyce warf einen Blick auf den blutigen Dolch und sagte: »Du glaubst doch nicht, daß ich ...«

»Nein, nein, natürlich nicht, aber ich habe mich gefragt, was dich dazu veranlaßt hat, es zu sagen.«

»Ich weiß es nicht. Es ist mir einfach so in den Sinn gekommen. Das passiert manchmal.«

»Keine zufällige Bemerkung, die du vielleicht irgendwo gehört hast? Vielleicht in einem der Theater oder sonstwo?«

»Nichts passiert zufällig«, sagte Alyce. »Als ich dich bei den Festspielen getroffen habe, spürte ich plötzlich einen kalten Lufthauch zwischen uns, und dann war er wieder weg, und die Worte kamen einfach heraus.« Alyce schloß die Augen und hielt das Stück Papier fest in der Hand.

Penelope wartete und hatte plötzlich ein ungutes Gefühl.

»Es ist hier«, flüsterte Alyce.

Penelope liefen Schauer über den Rücken, und sie bekam eine Gänsehaut. Sie streckte die Hand aus und berührte Mikeys weiches Fell. Er schaute mit ruhigen, verständnisvollen Augen zu ihr auf, als wollte er sagen: »Mach dir keine Sorgen, ich werde auf dich aufpassen.«

Alyce erschauerte und öffnete die Augen. »Irgendwas ... irgend jemand ... ich weiß es nicht ... es tut mir leid.«

»Braucht es nicht.« Mycrofts Körper fühlte sich unter ihrer Hand warm und beruhigend an.

»Kann ich das behalten?« fragte Alyce. »Vielleicht ...«

Penelope nickte. »Verlier es nicht. Vielleicht ist es ein Beweismittel in Carolyn Lewis' Mordfall.«

»Das ist es«, sagte Alyce. »Da bin ich mir sicher.«

Na, das setzt dem Tag ja wirklich einen Dämpfer auf, dachte Penelope, als sie zu *Mycroft & Co* zurückspazierte. Sie hatte das Gefühl, als verfolgten sie aus dem Verborgenen die Augen eines Killers. Penelope blickte sich mehrmals um, machte einen weiten Bogen um dunkle Gassen und blickte nach rechts und links, bevor sie Big Mike über die Straße trug.

»Was ist los, Euer Majestät? Ihr seid so blaß.«

»Bin ich das?« Penelope kniff sich in die Wangen.

»Ich hoffe, du hast dir nicht irgendwas eingefangen.«

»Mir geht es gut«, sagte Penelope. »Warum nimmst du dir nicht den Rest des Nachmittags frei? Du hast in letzter Zeit zuviel gearbeitet. Geh barfuß mit Timmy durch den Park. Oder mach sonstwas.«

»Es macht mir nichts aus zu bleiben.«

»Mit mir ist alles in Ordnung. Geh. Amüsiere dich.«

»Bist du sicher ...?«

Penelope lächelte. »Ich bin sicher.«

Penelope verbrachte den Nachmittag in dem großen weichen viktorianischen Sessel vor dem Kamin und ging die Verlagskataloge durch, die sich angesammelt hatten, seitdem sie den Thron bestiegen hatte. Sie kreuzte Romane von neuen Autoren an, die sich interessant anhörten, die Neuerscheinungen von bekannten Autoren, die sich gut verkauften, oder Neuausgaben von Klassikern. Zwischendurch bediente sie Kunden, gab Ratschläge, verbuchte die Einnahmen.

Bik Mike streckte sich auf dem Teppich zu ihren Füßen aus und verschlief beinah den ganzen Nachmittag. Er stand nur auf, um Kunden zu bedienen, Ratschläge zu geben und Einnahmen zu verbuchen.

Es hätte ein angenehmer – und produktiver – Nachmittag sein können.

Aber ...

Ein paarmal schaute Penelope von ihrer Arbeit auf und rechnete beinah damit, daß sie jemand durch das Fenster hindurch anstarrte. Einmal rannte sie zur Tür und schaute in beide Richtungen den Bürgersteig entlang, aber alles war normal. Weit und breit war kein einziger potentieller Killer in Sicht.

»Das ist zum Verrücktwerden«, sagte Penelope. »Und albern noch dazu.«

Mycroft stimmte ihr zu. Es störte das Bedürfnis eines hart arbeitenden Katers nach Ruhe. Und außerdem konnte ihr jeder, der auch nur eine halbwegs vernünftige Nase besaß, sagen, daß da draußen nichts war.

Noch nicht.

Der westliche Himmel hatte sich blutrot verfärbt, als Penelope *Mycroft & Co* für die Nacht zuschloß und mit Big Mike nach Hause fuhr.

Als sie vor dem dunklen Haus vorfuhr und den Wagen parkte, widerstrebte es Penelope auszusteigen. Der Gedanke an einen einsamen Abend verursachte ihr Unbehagen, obwohl sie mit Big Mike nie wirklich allein war. Außer, wenn seine wilden Instinkte durchbrachen und er darauf bestand, nächtliche Exkursionen durch sein Reich zu unternehmen. Gelegentlich blieb er zwei Nächte und den dazwischenliegenden Tag weg, aber er kam immer wieder zurück. Müde und zufrieden kam er dann stets zur Tür getrabt und miaute lautstark, um seine Rückkehr anzukündigen. »Warte, bis du hörst, was ich getan habe.«

Wie sie so in der Dunkelheit dasaß, sagte sich Penelope, daß es albern sei, aber das ungute Gefühl blieb. Etwas ... jemand ... Sie fragte sich, was Alyce heute abend tat. Hatte sie die Warnung bei sich? Schickte sie ihr düstere Schwingungen?

Es war Redaktionsschluß für Andy und das *Empty Creek News Journal*, und er würde heute nacht nicht vorbeikommen. Es wurde für gewöhnlich sehr spät, bis die Zeitung fertig war, und daher verbrachten sie diese Nächte getrennt.

Verdammt, warum gerade heute nacht?

Sie stieg aus dem Jeep und ging zur Tür, und es kam ihr fast so vor, als würde sie ins Bates Motel gehen. Sie blickte sich nervös um und hatte immer noch das Gefühl, als würde sie jemand beobachten. Sie rechnete beinah damit, daß ein verrückter, messerschwingender Anthony Perkins hinter dem stattlichen Saguaro im Garten hervorspringen würde. Die Pennies, die an ihrer Tür klebten, erinnerten sie nur zu deutlich daran, daß ein Mörder ihr Haus tatsächlich mehrere Male aufgesucht hatte.

Im Haus schaltete sie sämtliche Lichter an.

Es half nicht.

Sie zündete ein Feuer an und ging dann in die Küche, um sich ein Glas Wein einzuschenken. Sie kehrte ins Wohnzimmer zurück und setzte sich auf das Sofa, streifte ihre Schuhe ab, legte die Füße hoch und nippte an ihrem Wein.

Es half nicht.

Schließlich gab sie auf und ging zum Telefon hinüber. Dabei fragte sie sich, ob sie schüchtern, kokett oder verführerisch sein sollte. Als sie die Nummer wählte, entschied sie sich, ehrlich zu sein.

»Nachrichtenredaktion Anderson.«

»Ich will heute nacht nicht allein sein.«

Als Andy ankam, war er ziemlich besorgt. Penelope Warren war eine sehr ruhige, entschlossene, unabhängige und selbständige Frau, was er nur zu gut aus langer Erfahrung wußte. Es sah ihr gar nicht ähnlich, ihn um Hilfe zu bitten.

Penelope versicherte ihm, daß es ihr gutgehe, daß nichts passiert sei und daß sie nur seine Gesellschaft gewollt habe. Es war nur eine kleine Lüge, sagte sie sich, und er war viel besser als ein Nachtlicht im Schlafzimmer.

Sie teilten sich ein Abendessen, das aus aufgewärmten Spaghetti und Salat bestand, und kuschelten sich anschließend vor das Feuer, und, nun, eins führte zum anderen und ...

Irgendwann während der Nacht bestieg Penelope einen staubigen afrikanischen Bus, der von Anthony Perkins gefahren wurde. Als sie den Fahrschein löste, grinste er sie höhnisch an. Als sie sich umdrehte, stellte Penelope fest, daß alle Sitze bis auf einen von Anthony Perkins besetzt waren. Sie setzte sich hin und nahm die Kiste mit den zwei gackernden Hühnern auf den Schoß. *Wahrscheinlich gehe ich zum Markt,* träumte Penelope, als der Bus die holprige, ungeteerte Straße entlangfuhr.

Der Bus folgte der schmalen Straße, die an abschüssigen Hängen im kahlen äthiopischen Hochland entlangführte, und schwankte und schlingerte gefährlich nah an der bröckelnden Böschung entlang.

Plötzlich glitt Penelopes Ehering von ihrem Finger und hüpfte aus dem Fenster und über die Böschung. *Haltet den Bus an,* flehte Penelope. *Ich muß meinen Ehering finden.* Aber es dauerte eine ganze Weile, bis Anthony Perkins anhielt, und als er es endlich tat, kletterte Penelope eilig hinaus und stand plötzlich am Rand eines weiten und einsamen Ödlands. Sie hatte nicht die leiseste Ahnung, wo sie nach ihrem Ehering suchen sollte.

Als Penelope mit einem Ruck aufwachte, fiel ihr ein, daß sie die Hühner vergessen hatte.

Also, was zum Teufel sollte das nun bedeuten?

Die Sonne tat es Penelopes und Big Mikes berühmter Trägheit endlich einmal gleich, denn sie nahm sich, so schien es, unendlich viel Zeit, über dem dunklen Bergmassiv am östlichen Horizont aufzugehen. Aber auch wenn sich die Sonne nur widerwillig zeigte – vielleicht hatte sie dringendere Angelegenheiten über Kansas oder Nebraska zu erledigen –, so besänftigte sie schließlich die Liebhaber des Sonnenaufgangs, indem sie ein farbenprächtiges Schauspiel bot. Ein sanfter rosafarbener Schimmer umrahmte den gezackten Bergkamm in der Ferne. Als die Sonne höher stieg, tauchten zuerst pinkfarbene, dann orangefarbene und schließlich rote Streifen am Horizont auf, die die Dunkelheit und Ängste der Nacht vertrieben. Es würde ein glorreiches elisabethanisches Wochenende werden.

Die Königin und der königliche Kater verpaßten dies alles natürlich, da sie noch zu Bette lagen. Obwohl der verführerische Duft von Kaffee, den die automatische Zeituhr gebrüht hatte, das Wohnmobil durchzog, schob sich in regelmäßigen Abständen ein zarter blasser Arm unter den Decken hervor, um den Wecker auszustellen.

Als sie endlich am Startpunkt des ersten königlichen Festzuges dieses Wochenendes ankamen, hatte die Sonne ihre Geschäfte im Mittleren Westen erledigt und war damit beschäftigt, die letzten Überreste der kalten Wüstennacht zu vertreiben.

Die Königin wurde mit einem einstimmigen und begeisterten »Guten Morgen« begrüßt, das sie so gut es ging erwiderte, während sie an einem nicht ganz so königlichen Kaffeebecher nippte, der die dunkle lebenspendende Flüssigkeit enthielt.

Sir Robert gesellte sich zur Königin. »Hals- und Beinbruch«, sagte er.

»Ihnen das gleiche«, erwiderte Penelope verschlafen. »Ich bin froh, Sie hier zu sehen. Ich hatte schon Angst, Sie würden nicht kommen.«

»Ich lasse mir von so einem Verrückten keine Angst einjagen. Außerdem brauchen Sie und Sharon vielleicht meine Hilfe.«

Das Getöse hinter der Bühne verstummte ganz plötzlich, als sich die Elisabethaner umdrehten und zusahen, wie sich ihnen eine Gestalt näherte.

O mein Gott, dachte Ihre Königliche Majestät.

Die wogende Menge, die schließlich den königlichen Festzug bilden würde, teilte diese Meinung, als einer nach dem anderen erkannte, daß es sich bei der Erscheinung offensichtlich um ein großes Stück Birnham-Holz handelte.

»Es ist die königliche Leibgarde, Euer Majestät«, sagte Lady Kathleen hilfsbereit.

»Ja, das sehe ich auch.«

Das galt auch für jeden anderen im Umkreis von ein oder zwei Meilen, obwohl es ein wenig schwierig war, den winzigen Kommandanten der königlichen Leibgarde auszumachen. Egal aus welcher Entfernung.

Justin Beamish trug grüne Strumpfhosen, braune Lederstiefel, ein grünes Wams und eine mit einer Feder geschmückte Kappe, die ihm keck auf dem Kopf saß. Um seine Hüfte war ein Breitschwert gegürtet, dessen Scheide im Staub schleifte. Er wurde von den massigen Zwillingen flankiert, die, ähnlich wie er, ganz in Grün gekleidet und mit langen, schweren Stäben bewaffnet waren.

Sie näherten sich der Königin und verbeugten sich in einer

sorgfältig einstudierten Bewegung. Dabei zückten sie würdevoll die Mützen.

»Was hat euer Aufzug zu bedeuten?« fragte Penelope.

»Na, ich bin natürlich Robin Hood, und das hier sind meine fröhlichen Männer aus Sherwood Forest, Little Ralph und Little Russell.«

Sie sind der Sherwood Forest, dachte Penelope. Sie meinte das gar nicht unfreundlich, denn sie war dankbar für ihre Anwesenheit und ihre ergebene Bereitschaft, die Königin vor allem Übel zu bewahren. Aber sie sahen aus wie stämmige grüne Eichenbäume, die kleine grüne Kappen trugen.

»Ja, in der Tat«, sagte Ihre Majestät und bedachte das ganze Trio mit einem strahlenden königlichen Lächeln. »Ihr seht sehr, sehr nett aus.« Sie hatte beschlossen, ihnen nicht zu sagen, daß sie sich um etwa vier Jahrhunderte vertan hatten.

Beamish strahlte. »Wir wollten natürlich unauffällig sein«, sagte er, »sozusagen in der Menge untertauchen.«

Robin Hood trug einen eleganten, bleistiftdünnen Schnäuzer unter seiner grünen Kappe. Er hätte Jimmy Buffett glatt dazu veranlassen können, seinen Song umzuschreiben, wäre er zufällig an den Elisabethanischen Frühlingsfestspielen von Empty Creek vorbeigekommen oder mit seinem Wasserflugzeug über die grünen Felder des guten alten Englands gebrummt. Aber das war natürlich sehr unwahrscheinlich, da der nächste Landeplatz für Wasserflugzeuge sich in ... na ja, Penelope wußte nicht, wo sich der nächste Landeplatz für Wasserflugzeuge befand.

»Aber ... aber ... es ist nicht historisch«, stammelte der Inspizient.

»Es ist englisch«, wies ihn Beamish ziemlich ernst und mit verächtlicher Stimme zurecht, »ist es nicht, alter Knabe?«

Penelope fand, daß er wie Noel Coward klang.

»Englisch, genau!« knurrte Ralph oder Russell und klang dabei genau wie Ralph oder Russell. Er schwenkte seinen massiven Stab, als sei er ein Zahnstocher.

»Ah, ja, richtig«, stimmte der Inspizient hastig zu. Er verspürte nicht den Wunsch, die Königin erneut zu verärgern, und nur Gott wußte, was die beiden mit ihm anstellen würden. »Englisch, sehr englisch, in der Tat. Sollen wir beginnen?«

Ein Kanonenschuß böllerte und schickte eine große weiße Rauchwolke über den See, in dem angeblich Seemonster und andere Dämonen lebten.

Eine Stimme in der Ferne rief: »Laßt den Festzug beginnen!«

Fanfarenstöße ertönten.

Die Trommlerjungen von *Captain Sneddos Companie of Foote* schlugen den Takt.

Ralph und Russell lächelten schüchtern zwei jungen Schankmaiden zu. Solche Aufmerksamkeiten schienen diesen nicht unangenehm zu sein, wenn man sich das strahlende Lächeln betrachtete, das sie den Zwillingen zuwarfen.

Big Mike verspürte derweil einen heftigen Juckreiz, der seine ganze Aufmerksamkeit beanspruchte.

Alles schien in Ordnung, als Penelope wieder einmal den ersten königlichen Schritt zurück ins sechzehnte Jahrhundert tat – die Sänfte hatte sie abgeschafft.

»Penelope, warte auf mich!« rief Laney.

Der königliche Festzug kam abrupt zum Stehen, was eigentlich ganz gut so war, da Mycroft sich hingebungsvoll kratzte und nicht bereit war, auch nur einen Fußbreit vor Captain Sneddon's stolzer Companie zurückzuweichen. Wäre es nicht zu der glücklichen Unterbrechung gekommen, hätte es einige Verletzte gegeben.

Der verführerische Rotschopf, der eine verzierte blaue Robe trug, kam atemlos und mit wogendem sommersprossenübersätem Busen angerannt. »Schau«, keuchte sie, »ist Alexander nicht allerliebst?«

»Ich weiß nicht, ob ›allerliebst‹ das treffende Wort ist«, sagte Penelope, als sie in die Hocke ging, um Alexanders Kopf zu streicheln. Ein Kopf, eine leckende Zunge und ein heftig wedelnder Schwanz war alles, was von dem kleinen Terrier zu sehen war, dessen Körper in einem Kettenhemd steckte.

»Er ist das süßeste kleine Ding, das ich kenne«, sagte Laney.

»Wenn er weiter so sabbert, wird er noch rosten«, erwiderte Penelope.

»Er freut sich nur, dich und Mikey zu sehen. Er möchte so gern ein Ritter sein. Das hat er mir gesagt.«

»Nun, dann soll er Sir Hund sein.« Penelope erhob sich. »Können wir nun mit der Show anfangen?«

Sir Kater und Sir Hund gingen stolz hinter dem königlichen Banner her und führten den restlichen königlichen Festzug an.

Der königliche Festzug schlängelte sich ohne Pannen durch das malerische elisabethanische Dorf. Die Königin winkte und lächelte ihren zahlreichen jubelnden Untertanen zu. Ihre zwei treuen Höflinge, Sir Walter und Sir Robert, folgten ihr in respektvollem Abstand. Robin Hood und seine fröhliche kleine Truppe gingen dicht dahinter, obwohl fröhlich vielleicht nicht der richtige Ausdruck war, um Little Russell und Little Ralph zu beschreiben, die grimmig in die Menge starrten und alle anknurrten und davor warnten, ihre Königin anzugreifen.

Erleichtert, daß der Festzug ohne jeden Zwischenfall vonstatten gegangen war, befand sich Penelope in recht guter Laune. Bis sie den königlichen Pavillon betrat. Dort wurde sie vom Fänger der *Gila Monsters* und den Scheinwerfern des Kamerateams der ach so atemlosen Lola LaPola begrüßt, die in einem elisabethanischen Gewand steckte. Zumindest war Penelope froh, den Baseballspieler zu sehen – bis sie bemerkte, daß er einen Stapel dieser schrecklichen Werbezettel in der Hand hielt.

»Hier ist sie«, sagte Lola und klang wie Bob Barker, der Miss America ankündigte. »Elisabeth die Erste, Königin von England.« Sie stieß den jungen Baseballspieler rüde zur Seite, was gar kein so leichtes Unterfangen war, wenn man seine Körpermaße bedachte.

Das heißt Königin von ganz England, du dumme Kuh, dachte Penelope ziemlich unfreundlich, während sie verbissen in die Kamera lächelte. Sie bemerkte, daß Lola LaPola einen enormen gesellschaftlichen Fauxpas begangen hatte: Ihr Kleid war rot.

Nur der Königin war es erlaubt, Rot zu tragen. Das wußte jeder.

Vielleicht wäre die unselige Fernsehreporterin damit noch davongekommen, hätte sie Sir Walter nicht einen dicken, fetten Kuß auf die Lippen gedrückt, der hastig – aber viel zu spät – zurückwich und wußte, daß er nun *ziemlichen* Ärger bekommen würde.

»Vielen, vielen Dank, daß du mich eingeladen hast, Andy«, sprudelte Lola auf ihre übliche atemlose Art hervor. »Das wird solch einen Spaß geben. Und so eine tolle Story. Fernsehen ist mein Leben.«

Penelope stimmte ihr zu und starrte auf den roten Lippenstift, der Sir Walters Lippen zierte. *Das würde mächtig Spaß geben.*

»Entschuldige mich«, sagte Sir Walter, als ihm plötzlich einfiel, daß er sich um dringliche Hofangelegenheiten kümmern mußte. Hastig gesellte er sich zu der königlichen Leibgarde, die bei den Hors d'œuvres standen, und steckte eine Traube in den trockenen Mund.

Nun, die Farben Grün und Rot passen normalerweise ganz gut zueinander, doch in diesem Moment wirkte irgend etwas störend. Zu ihrer eigenen Überraschung mußte Penelope feststellen, daß sie vor Eifersucht kochte, was ihr gar nicht ähnlich sah. Bei jeder anderen Frau auf der Welt (Daryl Hannah war natürlich die rühmliche Ausnahme) hätte Penelope nicht die leiseste Spur von Eifersucht verspürt, aber Lola-Fernsehen-ist-mein-Leben-LaPola brachte sie dazu, daß sie rot sah.

Sie drehte sich zu Lola um und lächelte sie lieblich an. »Wie kann ich Ihnen helfen, Lola-Schätzchen?« fragte sie.

»Nun, zuerst möchte ich ein paar Hintergrundinformationen, und dann werde ich den restlichen Tag mit Ihnen verbringen. Ich will alles ganz genau mitkriegen.«

Das sollst du auch, Schätzchen, dachte Penelope, *das sollst du auch.*

»Nun, ich werde alles tun, um Ihnen zu helfen«, sagte sie.

»Wie werden diese Leute ausgewählt? Gibt es Bewerbungen und Vorsprechen oder so etwas Ähnliches?«

Vorsprechen. Und Bewerbungen. Daran hätte ich auch früher denken können. Vielen Dank, Lola. Der Tip, den ihr die Fernsehreporterin unbewußt gegeben hatte, veranlaßte Penelope beinah dazu, eine Begnadigung in Erwägung zu ziehen. Aber nur beinah.

Penelope beantwortete Lolas zahlreiche Fragen über die Festspiele und ihre Rolle als Königin. Dann wartete sie geduldig, während die Reporterin vier verschiedene Nahaufnahmen machte und dabei ihr Kamerateam schikanierte.

»Nun«, fragte Lola schließlich fröhlich, »was kommt jetzt?«

»Sie sind verhaftet«, sagte die Königin. »Nehmt sie in Verwahrsam«, befahl sie.

Jawohl! Das Kamerateam, das schon lange gelitten hatte, gab der Königin ein herzliches Daumen-hoch-Zeichen.

»Weshalb?«

Der *Lord High Sheriff* erklärte es ihr: »Nur der Königin ist es gestattet, bei Hofe Rot zu tragen. Das ist ein sehr ernster Verstoß.«

Und nur der Königin ist es gestattet, Sir Walter zu küssen, dachte Penelope.

»Das kann nicht Ihr Ernst sein.«

»Mein voller Ernst, Madam.« Er winkte seine Gehilfen heran. »Was wünscht Ihr, Majestät?«

»Vielleicht an den Pranger?«

»In den Tauchstuhl«, schlug der Kameramann vor.

»Verbrennt sie auf dem Scheiterhaufen«, sagte die Frau, die für die Beleuchtung verantwortlich war.

»Wie wäre es mit der Streckbank?« sagte der Kameramann, dem die Sache langsam anfing, Spaß zu machen.

»Oder mit der eisernen Jungfrau«, schlug die Beleuchtungsfrau wiederum vor.

Es schien, daß Lola LaPola unter ihren Mitarbeitern nicht sehr beliebt war.

Arme Lola. Von ihren Kollegen im Stich gelassen, blickte sie sich auf der Suche nach einem freundlichen Gesicht um, das sich für sie stark machen würde. »Andyyy ...«

Andy, der gewiß kein Dummkopf war, duckte sich hinter die stämmige Gestalt von Little Ralph oder Russell.

»Das könnt ihr mit mir nicht machen«, sagte Lola und wich zurück.

Ach nein?

Lola LaPola wurde vom *Lord High Sheriff* und seinen Männern ergriffen und in Eisen gelegt, die Master Blaine Edwards freundlicherweise zur Verfügung stellte. Dann wurde sie weggeschleppt, um ihr Schicksal abzuwarten, wobei das Kamerateam schadenfroh jedes einzelne köstliche Detail für die Abendnachrichten aufnahm.

Penelope wandte sich dem Baseballspieler zu. »Nun zu dir, was tust du hier?«

»Ich bin der Gesandte des Teams und der Trainer. Sie sollen die Werbezettel hier signieren. Wir haben Sie zum Ehrenkapitän gewählt.« Er zeigte auf die Tribüne auf der anderen Seite des Kampfplatzes. Die *Gila Monsters* erhoben sich alle zusammen und jubelten ihr zu.

Penelope errötete und seufzte. Sie fragte sich, ob ihr Porträt mittlerweile die Schlafzimmerwand sämtlicher pubertierender Jünglinge der Stadt zierte. »Na gut«, sagte Penelope und ging zum königlichen Schreibtisch hinüber.

»Der hier ist für mich, Henry Denning, aber Sie können mich auch Hank nennen.«

Penelope signierte geduldig Werbezettel für die Mannschaft, die Ersatzspieler, die Trainer, die es eigentlich hätten besser wissen müssen, und schließlich für den Schuldirektor, Van Costen, der es wirklich hätte besser wissen müssen.

»Wie geht es deinem Arm?« fragte sie nach dem letzten Autogramm.

»Hervorragend.«

»Wie sieht es mit deiner Treffsicherheit aus?«

»Ziemlich gut.«

Penelope flüsterte ihm kurze Instruktionen ins Ohr und schob ihm dann ein paar Dollar zu.

Er grinste und sagte: »Werden Sie mich dann heiraten?«

Penelope drehte sich um und blickte Sir Walter noch einmal böse an. Er versteckte sich immer noch hinter einem der Zwillinge. »Wahrscheinlich nicht«, sagte sie und überlegte dann, daß es Sir Walter ganz recht geschah, wenn sich die Königin einen jüngeren Mann nahm, »aber ich werde darüber nachdenken.«

Da die Richter der Königin den ganzen Morgen damit beschäftigt gewesen waren, einen Übeltäter nach dem anderen für eine Reihe von Schwerverbrechen und anderer Vergehen zu verurteilen, mußte Lola eine ganze Zeit lang warten, bis sie am Pranger an der Reihe war. Sie wurde in eine umzäumte Einfriedung geworfen – die elisabethanische Version der Untersuchungshaft. Sie hob die in Eisen gelegten Hände, um zwei Tränen wegzuwischen, die ihr das hübsche Gesicht herunterliefen. Als berühmte Persönlichkeit wurde sie sofort von den meisten erkannt, die vorbeikamen und dann stehenblieben, um sie zu beobachten.

»Was hat sie getan?«

»Sie hat die Farben der Königin getragen.«

»Was? Diese schamlose Person.«

»Aber ich bin unschuldig«, wimmerte Lola, »ich habe das nicht gewußt.«

Ihr Team winkte ihr zu, während die Kamera lief.

»Das werdet ihr mir büßen«, rief Lola.

»Wieviel kosten eigentlich diese Tomaten?«

»Neiiiiin!«

Quentin Parnelle lieferte ein wunderschön gerahmtes Bild der Königin. Penelope nahm es entgegen, obwohl sie bei der Erinnerung an besagten Kuß, der immer noch an ihr nagte, nicht sicher war, ob Andy es in näherer Zukunft erhalten würde. Lola LaPola, also ehrlich.

»Wie ist das Prozedere für das Vorsprechen?« fragte sie, nachdem sie sich für das Foto bedankt hatte. Schließlich war es nicht seine Schuld.

»Jeder füllt einen Bewerbungsbogen aus und führt dabei die Rollen auf, die er spielen möchte, die Zunft, in der er gern mitwirken will, so was in der Art. Dann halten die Zünfte das Vorsprechen ab und machen der Königin Vorschläge. Carolyn hatte stets das letzte Wort, so wie Sie nächstes Jahr.«

»Das ist sehr unwahrscheinlich«, sagte Penelope. »Haben Sie die Bewerbungen?«

»Ja, sie sind in einem Aktenlager.«

»Sind sie da auch wirklich sicher?«

»Nach dem, was mit dem Computer passiert ist, habe ich nachgesehen. Sie waren immer noch da, aber ich habe sie zur Sicherheit an einen anderen Ort gebracht.«

»Gute Idee. Ich würde sie Montag gern sehen. Sie könnten sie hier herausbringen, aber ich bin nicht sicher, ob das so eine gute Idee ist.«

»Sie werden mich doch nicht wirklich in dieses furchtbare Ding stecken, oder? Es ist bloß ein Witz, nicht wahr?«

»Mitnichten, Madam, es ist kein Witz.«

Die Anklage wurde vom *Lord High Mayor* persönlich verlesen. »Schuldig, die Farben der Königin getragen zu haben. Schuldig, Sir Walter Raleigh ohne Erlaubnis geküßt zu haben. Schuldig der atemlosen und faden Berichterstattung …«

»Atemlos«, kreischte Lola. »Fade?«

»Obendrein eine Xanthippe und eine Furie«, fuhr der Sheriff fort. »Schuldig des unhöflichen Verhaltens gegen allerhand vornehme Leute«, schloß er. »Gerichtsdiener, tu deine Pflicht.«

Der Gerichtsdiener, der ganz und gar nicht fand, daß Lola fade war, legte sanft ihre Handgelenke und ihren schlanken blassen Hals in die Halbkreise und senkte den Querbalken. Dabei streifte er mit den Lippen ihre Schultern.

»Hör auf damit«, rief Lola und stampfte wütend mit dem Fuß auf.

Unter dem Vorwand, ihr Haar zu drapieren, trat er zwischen sie und den Pöbel, der begierig darauf war zu sehen, wie sie mit faulen Tomaten beworfen wurde, und stahl einen weiteren Kuß, diesmal von ihren vollen Lippen.

»Das ist nicht fair«, protestierte Lola und bewegte hilflos die Hände.

»Ich bin ein großer Bewunderer von Ihnen«, sagte der Gerichtsdiener.

»Tatsächlich?«

»Ich finde, Sie sind sehr schön und ganz und gar nicht fade.«

»Ehrlich?«

»Wenn Sie mit mir ausgehen, werde ich mich bei der Königin für Sie verwenden.«

»Wirklich?«

Der junge Mann nickte ernst.

Lola, die nur mit ihrer Pein beschäftigt gewesen war, hatte es bis zu diesem Moment völlig versäumt, von ihrer Umgebung und den Leuten um sie herum Notiz zu nehmen. Nun blickte sie in die braunsten und schönsten Augen, die sie je gesehen hatte. Der Rest von ihm sah auch verdammt gut aus. »O ja«, sagte sie atemlos.

Der Gerichtsdiener drehte sich um und rief: »Gnade, Majestät, ich bitt' Euch.« Er rannte zur Königin und warf sich ihr zu Füßen.

Überrascht forderte ihn die Königin auf, sich zu erheben.

»Nein, Euer Majestät, ich werde weiterhin zu Euren Füßen liegen und Gnade für jene anmutige Lady erflehen. Sie ist die lieblichste Erscheinung, die ich je gesehen habe.«

Penelope, die für ihr Leben gern Leute verkuppelte, ließ sich prompt erweichen und blickte zu der lieblichsten Erscheinung hinüber, die mit bebenden Lippen auf das Ergebnis der Fürsprache ihres Helden wartete.

»Ihre Vergehen waren sehr ernst.«

»Sehr ernst, Majestät, aber unbeabsichtigt.«

»Eine Tomate also.«

»Ich werde sie selber werfen.«

»Aber nicht daneben.«

»Ich werde mein Ziel nicht verfehlen. Ich danke Euer Majestät. Ihr seid äußerst gütig.«

»Und sieh zu, daß sie so schnell wie möglich aus diesem roten Kleid herauskommt.«

Der Gerichtsdiener grinste. »So schnell es menschenmöglich ist, Euer Majestät, das kann ich Euch garantieren.«

»Darauf möchte ich wetten«, sagte Penelope, vergaß einen Moment lang ihre Rolle und lachte.

Der Gerichtsdiener stand auf, ging zu dem Korb des kleinen Bengels und suchte darin herum, bis er die weichste, reifste Tomate gefunden hatte.

Lola wartete mit weichen Knien und wünschte, es wäre vorbei, damit sie sich die Augen ihres Helden wieder aus allernächster Nähe betrachten konnte. Sie sah zu, wie er ausholte, und konnte nicht einmal die Augen von ihm abwenden, als er warf. Sie schloß erst dann die Augen, als sie die Tomate auf sich zufliegen sah.

»Hurra!«

Geklaute Videobänder von Lola LaPolas Tortur würden rechtzeitig zu den Spätnachrichten alle großen und kleinen Nachrichtensender der Gegend erreichen.

Ah, süß war die Rache des gequälten Kamerateams.

Zu diesem Zeitpunkt würde das Lola ziemlich wenig kümmern, da sie dann in den Armen eines gewissen jungen Gerichtsdieners die Nacht durchtanzte.

Penelope schlich sich nach der Parade der Pikten und Kelten davon, falls man das überhaupt so nennen konnte, da Robin Hood und seine fröhlichen Männer jeden ihrer Schritte diskret überwachten. Sie ging zu ihrem Wohnmobil, um sich umzuziehen. Aber als sie an der Wahrsagergasse vorbeikam, blickte sie hinüber, um der königlichen Astrologin zuzuwinken, die in dem Moment gerade Lothario küßte.

Völlig perplex sprang Penelope hinter den Stand des Alchemisten und lugte um die Ecke. Lothario gab Alyce frei, tätschelte ihr liebevoll das Hinterteil und schlüpfte zwischen den Vorhängen des Zelts hindurch, in dem sie ihre Sitzungen abhielt.

Penelope blickte sich um, um sicherzugehen, daß die königliche Leibgarde noch bei ihr war, und schlug einen Bogen, so daß sie sich Alyce von der anderen Seite näherte. Sie legte den Finger an die Lippen und bedeutete Alyce, still zu sein. Penelope schlich auf Zehenspitzen zum Vorhang und riß ihn zur Seite.

Erschrocken blickte der Polizeichef von Empty Creek zu ihr auf. »Was machst du denn hier, Penelope?«

»Das ist mein Text, Dutch«, sagte Penelope. »Und auch noch mit ihm!«

Verwirrt von der amüsierten Göttin Venus, deren Zauber sich niemand entziehen konnte, von der Nähe Harvey Curtis' und der Tatsache, daß sie nicht genug Zeit gehabt hatte, die Sterne zu befragen, die Tarotkarten zu legen oder sich anderweitig über die gegenwärtige Situation Klarheit zu verschaffen, betrat die königliche Astrologin einfach das Zelt und fragte: »Was ist hier los?«

»Das möchte ich auch gern wissen.«

Ralph und Russell platzten mit Justin Beamish auf den Fersen ins Zelt.

»Alles in Ordnung, Penelope?«

Sir Hund raste mit scheppernder Rüstung zwischen Penelopes Beinen hindurch und bellte aufgeregt. Ihm folgte etwas würdevoller Sir Kater, zwar ohne Rüstung, aber mit seiner üblichen unstillbaren Neugier.

»Gibt es sonst noch jemanden, den du gern einladen würdest, Penelope?« fragte Dutch und fuchtelte wütend mit den Armen.

»Wo du gerade davon sprichst«, rief Stormy und krabbelte unter den Vorhängen hindurch ins Zelt. »Warum warst du nicht bei meiner Parade?«

»Da ist ja mein kleiner Ritter«, rief Laney und stürzte sich ebenfalls ins Gewühl. »Ist er nicht süß?«

»Penelope«, sagte Sir Walter, »ich kann alles erklären.«

Alle drängten sich auf kleinstem Raum zusammen und redeten gleichzeitig los, so daß Alyce' kleines Beratungszimmer anfing, dem Turm zu Babel zu gleichen. Penelope fand es an der Zeit, ein bißchen von Königin Elisabeths berühmter Weisheit beim Umgang mit ihren Untertanen anzuwenden.

»Ruhe!« brüllte sie in ihrer besten Exerzierstimme. »Allesamt raus, und zwar sofort«, befahl sie, als sich die Aufmerksamkeit aller auf sie richtete. Sie zeigte auf Dutch und Lothario. »Abgesehen von euch beiden!«

Das Zelt leerte sich langsam.

»Also«, sagte Penelope, die Hände in die königlichen Hüften gestemmt.

Dutch stöhnte.

»Ich kann alles erklären«, sagte Lothario.

»Das will ich auch hoffen.«

»Er ist ein Polizist«, sagte Dutch. »Harvey Curtis.«

»Ein Polizist!«

Lothario nickte dümmlich. »Wie geht's?«

»Undercover«, sagte Dutch. »Ich habe ihn geschickt, damit er ein wachsames Auge auf dich hat und etwas über den Mord herausfindet.«

»Ein Undercover-Polizist«, lachte Penelope, »und gleich als erstes vesucht er, meine Telefonnummer zu bekommen.«

»Dafür habe ich ihm auch ordentlich den Marsch geblasen«, sagte Dutch.

»Hast du ihm auch den Marsch für seine Unbeständigkeit geblasen? Zuerst fragt er mich nach einer Verabredung, und das erste, was ich höre, ist, daß er mit der königlichen Astrologin herummacht.«

»Nun –«

»Nein, nein«, unterbrach Penelope, »Sie brauchen mir gar nichts zu sagen. Sie haben eine Midlife-crisis. Davon haben wir hier schon ein paar.«

»Wie kann ich eine Midlife-crisis haben?« fragte Harvey. »Ich bin noch nicht mal vierzig.«

»Na, egal«, sagte Penelope. »Da Sie nun schon einmal verdeckt herumgeschnüffelt haben ... haben Sie wenigstens etwas Brauchbares herausgefunden?«

Harvey schaute seinen Boß fragend an.

Dutch nickte. »Du kannst ihr alles sagen. Sie ist praktisch eine von uns.«

»Vielen Dank, Dutch. Das ist das Netteste, das du jemals zu mir gesagt hast.«

»Bild dir bloß nichts darauf ein.«

»Also?«

»Nichts«, sagte Harvey.

»Nichts?«

»Genau. Niemand will mit mir reden. Außer Alyce natürlich. Sie erzählt mir alles.«

»Sie sind mir ja ein schöner Undercover-Polizist.«

»Ich arbeite ja noch dran.«

»Und wir haben noch Burke und Stoner. Ich lasse sie gerade Überstunden am Computer machen.«

»Irgendwie beruhigt mich das nicht besonders. Haben sie irgendwas rausgefunden?«

»Noch nicht. Sie haben das Übliche gemacht. Sie sind die Namen nach Steckbriefen und Haftbefehlen durchgegangen und so weiter. Aber es ist noch nichts dabei herausgekommen.«

William Shakespeare und Richard Burbage hatten ein paar geringfügige kreative Differenzen hinsichtlich der Interpretation der ausgesuchten Szenen aus *Hamlet,* die als Abwechslung für die Zuschauer gewählt worden waren, die eher nach Tragödie als nach Komödie verlangten. Sie hätten bei der Komödie bleiben sollen, denn die kreativen Differenzen traten während einer Pause auf, in der ein volles Haus ungeduldig auf die berühmte Duellszene wartete.

Als der Dramatiker war Master Will der Meinung, daß seine Interpretation von gewissen Monologen seines großartigsten Werks korrekt war. Als der Star war Master Richard der Meinung, daß seine Interpretation die richtige war.

»Sie klingen wie Clint Eastwood. Was kommt als nächstes?

Na los, Laertes, make my day. Oder wie wäre es zur Abwechslung mit Kevin Costner? Den haben Sie noch nicht nachgemacht.«

Der stämmige Burbage war außer sich. »Ich mache überhaupt niemanden nach, Sie ... Sie ... Krötenarsch.«

»Hm, lassen Sie mich überlegen. Das war nicht Costner. Nein, warten Sie. Ich hab's! Sylvester Stallone!«

»Sie sind wirklich nur ein elender Schreiberling«, schrie Burbage. »Manchmal glaube ich, daß Marlowe wirklich Ihre Stücke geschrieben hat.«

»Marlowe!« kreischte Master Will. »Marlowe könnte nicht einmal meinen Federkiel zum Marktplatz tragen. Ich werde Ihnen zeigen, wie es klingen sollte!«

»Na gut, tun Sie das!« rief Master Richard.

»Na gut!« schrie Englands größter Dramatiker zurück. »Das werde ich auch!«

So geschah es, daß Englands größter Dramatiker auf die Bühne marschierte – sehr zum Erstaunen des versammelten Hofes Dänemarks –, einen Degen ergriff und eine, wie er fand, äußerst melancholische Pose einnahm. Dabei fiel ihm erst zu spät auf, daß er seinen Text nicht kannte, ganz zu schweigen den der anderen.

»Rache!« rief Master Richard unter der Bühne hervor. Er hatte sich im letzten Moment dazu entschlossen, den Geist von Hamlets Vater zu spielen, obwohl der letzte Auftritt des ermordeten Königs ein paar Szenen zuvor stattgefunden hatte. »Na los«, donnerte Burbage, »make my day!«

Master Will begeisterte alle. Als er schließlich mit viel Stottern und Stammeln den letzten Todeskampf hinter sich gebracht hatte und Fortinbras, König von Norwegen, auftrat, um die Leichen wegzuschleppen, wanden sich die Spieler und die Zuschauer in hysterischen Lachkrämpfen.

Ganz hinten im Freilichttheater hielt sich Penelope die Seiten und wischte sich die Tränen aus den Augen. Aber sogar während sie lachte, ging ihr ein ernster Gedanke durch den Kopf. *Jemand sollte die beiden dazu bringen, sich vor der nächsten Aufführung zu vertragen.*

»Was für ein Trottel.«

Penelope drehte sich um und sah veschwommen Marlowe neben sich stehen. »Aber er ist ein lustiger Trottel«, sagte sie und wischte sich die Tränen weg.

»Sie sollten einmal bei unserer kleinen Truppe vorbeikommen. Dann können Sie mal sehen, was richtiges Theater ist.«

»Vielleicht werde ich das auch«, sagte Penelope. »Ich hatte schon immer was für Faustus übrig.«

»Wir erwarten Sie also«, sagte Marlowe. Er ging fort und warf dabei einen letzten entrüsteten, sogar feindseligen Blick auf die Shakespeare-Bühne.

Penelope hatte ernsthaft vor, zu Marlowes Vorführung zu gehen, aber bei all den verschiedenen königlichen Pflichten, denen sie nachkommen mußte, verging die Zeit wie im Fluge, und als sie endlich eine Pause hatte, waren die Theateraufführungen für den Nachmittag zu Ende.

Und das machte Marlowe richtig stinkig.

Eine strahlende, zahme Lola LaPola kehrte Hand in Hand mit ihrem Gerichtsdiener zum königlichen Pavillon zurück. Sie trug nun ein graues, äußerst kleidsames Gewand von der Stange, das sie beim Lieferant für elegante elisabethanische Moden erstanden hatte, der sich ein paar Buden vom Eisenwarenhändler entfernt befand, dessen Waren wiederum erst kürzlich ihre Handgelenke geschmückt hatten.

»Guten Morgen, Euer Majestät«, sagte Lola. Ihr Gerichtsdiener hatte sie kurz in elisabethanischem Englisch unterwiesen, wie es am Hof gesprochen wurde. Außerdem hatte er ihr noch andere Begriffe und Gebräuche beigebracht, die sie hoffentlich irgendwann einmal dazu bringen würden, auch das graue Kleid auszuziehen. Wie sie ihm zu verstehen gegeben hatte, lag dies sehr wohl im Bereich des Möglichen.

Lola machte einen anmutigen Knicks. Der Gerichtsdiener verbeugte sich.

»Erhebt euch, treue Untertanen«, sagte die Königin. »Darf ich euch ein paar Erfrischungen anbieten?«

»Leider habe ich mich um dringliche juristische Angelegenheiten zu kümmern, Majestät«, sagte der Gerichtsdiener.

»Ich nehme an, du mußt Tomaten auf andere arme junge Frauen werfen«, sagte Lola.

»Ich werde nur an deine Tomaten denken, geliebte muntere Seele. Bis ich zurückkehre, wird mich nur der Gedanke an dich meine harte Arbeit ertragen lassen.«

Für einen Gerichtsdiener, fand Penelope, *hat er wirklich eine äußerst poetische Ader.* »Wollt Ihr Euch zu mir gesellen, Lady Lola?«

»Danke«, sagte sie und starrte ihrem dahinschwindenden jungen Mann hinterher.

Angehörige des Hofes und die königliche Leibgarde machten der Königin und Lady Lola höflich an der Theke Platz.

»Was wünschen Euer Majestät?«

»Ein Glas Weißwein, bitte.«

»Und die gütige Lady?«

»Für mich bitte das gleiche.« Sie wandte sich der Königin zu. »Ich muß mich entschuldigen. Ich bin nicht immer so unhöflich und aggressiv. In der Welt der Fernsehnachrichten ist die Konkurrenz sehr groß. Wir kämpfen ständig um Sendezeit, und ich will eine gute Reporterin sein, nicht nur ein weiteres hübsches Gesicht auf dem Bildschirm.« Sie zuckte die Achseln und lächelte reumütig. »Ich kann wahrscheinlich manchmal ein richtiges Miststück sein. Es tut mir leid.«

»Ich möchte mich auch entschuldigen«, sagte Penelope. »Ich war auch ein ziemliches Miststück. Es gab keinen Grund, Sie einfach so an den Pranger zu schicken.«

»Oh, aber ich bin froh, daß Sie es getan haben. Ich hätte Lynn sonst nicht kennengelernt. Ist er nicht toll?«

Penelope lächelte und erhob ihr Glas. »Auf neue Freunde«, sagte sie.

»Auf neue Freunde.«

»Es ist doch seltsam, oder?« sagte Lola, nachdem sie an ihrem Glas genippt hatte. »Wenn der Banküberfall nicht gewesen wäre, hätte ich Andy nicht getroffen. Er hätte mich nicht zu den Festspielen eingeladen. Ich hätte kein rotes Kleid gekauft. Sie hätten mich nicht an den Pranger geschickt. Es gibt schon seltsame Zufälle. Und stellen Sie sich nur vor, eines Tages werden Freunde fragen, wie wir uns kennengelernt haben, und ich werde antworten: ›Ach, ich stand am Pranger, und Lynn warf gerade eine verfaulte Tomate nach mir.‹ So eine Story könnte uns in *Die Traumhochzeit* bringen.«

»Und wäre ich nicht beim Banküberfall gewesen ...« Penelope hatte plötzlich eine seltsame, unheilvolle Vorahnung. »Dann hätte ich ...«

»Was ist los?«

»Ich weiß es nicht.« Penelope zuckte hilflos die Achseln. »Irgendwas.«

Der königliche Haussegen renkte sich langsam wieder ein, aber erst, nachdem Sir Walter eine ganze Weile zu Kreuze gekrochen war und um Verzeihung gebettelt hatte. »Ich habe sie doch nur zu den Festspielen eingeladen. Wie sollte ich denn wissen, daß sie mich küssen und bei dir einen Eifersuchtsanfall auslösen würde?«

»Ich hatte keinen Eifersuchtsanfall.«

»Doch, das hattest du.«

»Hatte ich nicht.«

So ging es den ganzen Abend lang, während sie von einer Party zur nächsten zogen. »Ich muß«, wie die Königin so schön sagte, »mich bei meinen treuen Untertanen blicken lassen.«

Da sie Alexander erlaubt hatten, über Nacht zu bleiben, fehlten im Gefolge der Königin zwei Mitglieder. Der königliche Kater und Sir Hund waren im Wohnmobil und feierten eine Pyjamaparty. Dennoch sorgten Robin Hood, Little Ralph und Little Russell, in Begleitung ihrer Schankmaiden bei jeder Station der königlichen Tour für einen ziemlichen Auftritt.

Als sie die Bauernzunft erreichten, war der arme Andy ziemlich verärgert. »Manchmal würde ich dich am liebsten übers Knie legen und dir den Hintern versohlen wie Kate in *Der Widerspenstigen Zähmung.*«

»Du Rohling«, sagte Penelope, obwohl der Vorschlag interessante Möglichkeiten versprach. »Das würdest du nicht wagen.«

»Würde ich doch.«

»Würdest du nicht.«

Die Zahl der Gefolgsleute verringerte sich um einen weiteren, als sie Robin Hood verloren, der bei den Bauern blieb und es sich glücklich auf dem Schoß einer drallen jungen Dirne bequem gemacht hatte.

Bei der Händlerzunft schmollte Andy und beobachtete Penelope, um zu sehen, ob es irgendeine Wirkung zeigte.

Penelope ignorierte ihn und lächelte fröhlich den verschiedenen Händlern und deren Damen zu.

Bei der Miltärzunft probierte Andy es mit Eifersucht, obwohl ihn das überhaupt erst bei der Königin in Ungnade hatte fallen lassen. Unglücklicherweise war die hübsche kleine Gefolgsfrau mit einem ziemlich kräftigen Ritter verlobt, der von den Versöhnungsplänen Sir Walters nicht besonders viel hielt. Der arme Sir Walter zog sich verschämt zurück und hoffte, daß der kurze Zusammenstoß unbemerkt geblieben war.

Aber seine amüsierte Königin bedachte ihn mit dem königlichen Spott.

Die verbliebenen Mitglieder der königlichen Leibgarde versuchten, die Königin im Auge zu behalten, während sie die Runde durch das Dorf fortsetzten. Aber schließlich war Gekichere zu hören, das von immer länger werdenden Pausen unterbrochen wurde, in denen die Zwillinge die Gunst ihrer jungen Maiden genossen.

Gerade als sie sich der Party der Shakespeare-Schauspieler näherten, überhörte Penelope einen geflüsterten Plan.

»Ihr paßt auf«, sagte Little Ralph oder Little Russell, »und wir ... dann passen wir auf, und ihr könnt ...«

Master Will Shakespeare und Master Dick Burbage standen immer noch in Fehde, als die Königin und der nun völlig verzweifelte Sir Walter eintraten. Sie standen an entgegengesetzten Enden des Partyraums und waren jeweils von einer Clique sympathisierender Gefolgsleute umgeben. Sie starrten sich über ihre Krüge Ale hinweg wütend an.

Der königliche Erlaß, sich die Hände zu geben, wurde von allen ignoriert. Dies war ein ernster Verstoß gegen die guten Sitten, aber Penelope beschloß, es bis zum nächsten Tag zu ignorieren. *Aber dann, bei Gott ...*

Sir Walter schaute von einer Gruppe zur nächsten, aber er war in diesem geteilten Haus etwas ratlos. So beschloß er, bei Penelope zu bleiben, als sie auf die neutrale Gruppe zuging, die scheinbar hauptsächlich aus Bobby und Sharon bestand.

»Was gibt es Neues, Euer Majestät?« fragte Sir Robert Dudley.

Penelope schüttelte den Kopf. »Ich hatte gehofft, das könntet Ihr mir sagen. Irgendein Zeichen von den Iden des März?«

»Nichts. Ich glaube langsam, daß es nur ein Scherz war.«

»Wollen wir's hoffen.«

»Haben Sie heute die Vorstellung gesehen?« fragte Sharon.

»O ja«, sagte Penelope lachend, was ihr von den entgegengesetzten Seiten des Raumes böse Blicke einhandelte. »Es war zum Brüllen.«

»Zum Glück war Ophelia schon tot.«

»Ich nehme an, Sie haben Ophelia gespielt.«

»Sie war großartig«, sagte Bobby, »genau die richtige Mischung Wahnsinn, geboren aus verlorener Liebe.«

Andy wußte genau, wovon er sprach. Er hatte langsam die Befürchtung, daß er erst seine Kleider zerreißen, einsam durch das Lager wandern und sein Leid in den Himmel rufen mußte, um wieder den ersten Platz in Penelopes Herzen einzunehmen.

»Marlowe war begeistert«, sagte Sharon.

»O Gott, ich habe versprochen, mir heute *Faustus* anzusehen, aber ich habe es völlig vergessen.«

»Das wird er Ihnen nicht verzeihen. Er nimmt das alles viel zu ernst. Ich finde, er gehört in die Klapsmühle.«

»Sein Tintenfaß ist nicht ganz dicht.«

»Ach, es muß schwer sein, die unbedeutendere Rolle zu

spielen. Sie wissen doch, wie Schriftsteller sind«, sagte Penelope und schaute zu Shakespeare hinüber.

Als sie bei Marlowes Truppe ankam, bereute Penelope es, Marlowe verteidigt zu haben. Er war ein Idiot, und Sharon hatte vollkommen recht. Marlowe begrüßte die Königin mit äußerst kalter Überheblichkeit, die in ihrem kleinen Königreich ohnegleichen war.

»Offensichtlich gab es heute abend beim Schreiberling nicht genug Possen, um Euer Majestät zu amüsieren«, sagte Marlowe.

»Ich entschuldige mich«, sagte Penelope, »ich wollte wirklich kommen, aber ich hatte einfach keine Zeit. Ich werde jedoch morgen dasein.«

»Das ist egal. Wenn Euer Majestät sich mit zweitklassigen Aufführungen eines drittklassigen Autors zufriedengeben ...«

»Es gibt keinen Grund, unhöflich zu werden.«

Marlowe schnitt ihr mit einer lässigen Handbewegung das Wort ab. »Meine Zeit wird kommen. Die Welt wird schließlich den Schreiberling als das erkennen, was er ist, und Christopher Marlowe applaudieren, wie er es verdient.«

Penelope fühlte sich ziemlich unwillkommen – und das zu Recht – und sagte: »Bis morgen dann.«

Marlowe drehte sich um: »Mehr Ale«, rief er, »wir werden auf den größten Dramatiker der Welt anstoßen.«

Draußen bekam der königliche Panzer den ersten Sprung, als Penelope sagte: »Weißt du, ich glaube, der Mann ist wirklich davon überzeugt, daß er Kit Marlowe ist.«

Sir Walter, der begierig auf jede Bemerkung ansprang, die sie ihm hinwarf, erwiderte: »Du hast völlig recht. Hier draußen herrscht sowieso schon ein eher dürftiger Sinn für die Wirklichkeit, aber er ... er ...«

»Nimmt das alles viel zu ernst?«

»Ja, ganz genau.«

Penelope wandte sich ab, um ihr Lächeln zu verbergen.

Hinter ihnen brüllten die Schauspieler von Marlowes Truppe ihren Trinkspruch gen Himmel. »Christopher Marlowe. Der größte Dramatiker auf Gottes Erden.«

Nachdem sie beschlossen hatte, daß es für Andy nun genug der Buße war, führte Penelope die königliche Gruppe geschickt in die Richtung der *Kissing Bridge.* Sie verlangsamte unmerklich das Tempo, als sie sich der Brücke näherten, und wartete darauf, daß Andy die Gelegenheit ergreifen würde. Sie gingen beinah im Schneckentempo, als sie die Mitte der Brücke erreichten.

Was für ein Trottel. Ich muß auch alles allein machen.

Penelope drehte sich abrupt um und sagte: »Und?«

»Und was?«

»Willst du mich nicht küssen? Das ist die *Kissing Bridge.* Niemandem ist es erlaubt, sie zu überqueren, ohne sich zu küssen.«

»Auch wenn du wütend auf mich bist?«

»Vor allem, wenn ich wütend auf dich bin.«

Der Bach, der unter der Brücke hindurchfloß, gurgelte und plätscherte leise, als Andy Penelope zum erstenmal an diesem Tag in die Arme nahm. Der Kuß war zuerst sehr vorsichtig, aber nach einiger Zeit stieg er auf Penelopes Knutschskala von eins auf zehn. Dabei übertrumpfte er jeden einzelnen berühmten Kuß in ihrem Gedächtnis und trieb ihre Körpertemperatur in die Höhe, bis sie bereit war, diesen Kuß in die *Kissing Hall of Fame* von Empty Creek zu schicken, damit er dort auf ewig ausgestellt würde.

In genau diesem Moment wurden noch andere denkwürdige Küsse ausgetauscht. Die Mitglieder der königlichen Leibgarde, die vergessen hatten, wer mit was dran war, schmusten begeistert in diskretem Abstand von der Königin und ihrem Begleiter. Lola seufzte in den Armen ihres Gerichtsdieners, als er sanft ihre Augenlider mit den Lippen streifte. Bobby hielt Sharon in einer väterlichen Umarmung, bis sie ihn an den Ohren zu sich herunterzog und ihm einen fetten Schmatzer auf den Mund drückte. Robin Hood wirkte in der sanften, wenn auch etwas erdrückenden Umarmung der jungen Dirne ein wenig verloren. Sogar Dutch war verziehen worden, daß er Stormys triumphale Parade als Königin der Pikten verpaßt hatte, und er war nun der dankbare Empfänger von eher wilden und äußerst unköniglichen Zärtlichkeiten. Aber schließlich waren die Pikten noch nie besonders zivilisiert gewesen. Und was Laney und Wally anging ... nun, sie waren mit Dingen beschäftigt, die Laney wieder einmal ähnlich sahen und die mit Tätowierungen zu tun hatten und unter dem Deckmäntelchen der Nachforschung liefen.

Was Venus und Cupido anging, war alles in Ordnung.

»Boah«, flüsterte Penelope ehrfurchtsvoll, als Andy sie schließlich freigab.

»Ist mir nun verziehen?«

»O ja«, sagte Penelope eher atemlos und klang genau wie Lola LaPola, die die Worte just ein paar Minuten früher geäußert hatte. »Bring mich nach Hause. Mach mit mir, was du willst.«

Sie eilten mit ungebührlicher Hast von der *Kissing Bridge.*

Alexander imitierte einen Deutschen Schäferhund und bellte wütend, als Penelope und Andy der königlichen Leibgarde zum Abschied zuwinkten, die dringend ein paar eigene Wächter zu brauchen schienen. Nun, vielleicht auch nicht.

Nach ein paar mechanischen Streichlern wurde Alex mit unmißverständlichen Worten zu seiner Pyjamaparty zurückgeschickt, während sich Penelope eilig die königlichen Gewänder vom Leib riß und ins Bett kletterte. Dort wartete sie darauf, daß Andy mit ihr machte, was er wollte.

Und das war nicht von schlechten Eltern.

Penelope erwachte nur mühsam aus ihrem seligen Tiefschlaf, als entfernte Schreie in ihr Liebesnest drangen.

»Zu den Waffen! Zu den Waffen!«

»Nein, Liebling, ich will jetzt keine Waffeln«, nuschelte Penelope.

»Hm«, erwiderte Andy.

Penelope rollte herum und vernahm nun undeutlich das Bellen eines Hundes.

»Zu den Waffen!«

Der Schrei kam aus dem Militärlager.

Das entfernte Heulen einer Sirene störte ihren Schlaf. Zu der einen Sirene gesellte sich eine zweite und eine dritte.

Die näherkommenden Sirenen brachten Alexander zum Jaulen. Dieses wilde, traurige Heulen war sehr hilfreich dabei, Penelope aus der Bewußtlosigkeit zu wecken, da der Terrier direkt neben ihrem Ohr Posten bezogen hatte, als er loslegte. Sie fuhr senkrecht in die Höhe und knallte mit dem Kopf gegen die niedrige Decke.

»Aua!«

Big Mike rannte tatendurstig zur Tür.

»Wasnlos?« fragte Andy und tastete nach seiner Brille, bevor ihm aufging, daß er wahrscheinlich träumte, da er gar keine Brille trug.

»Irgendwas ist passiert«, sagte Penelope und versuchte mühsam, ihre Jeans anzuziehen, in ihre Slipper zu schlüpfen, ein Sweatshirt zu finden und ihre Augen zu öffnen – und das alles gleichzeitig.

»Was? Was ist passiert?«

Ein Schrei aus dem Dorf beantwortete Andys Frage.

»Mord!«

Ganz im Sinne der Theatertradition öffneten sich am Sonntag morgen die Tore, aber keiner war wirklich mit ganzem Herzen dabei. Die Kanonenschüsse böllerten, um einen weiteren Tag der Festspiele anzukündigen, aber sie klangen dumpf und freudlos. Die Trompeten bliesen – für einige klangen sie sehr schrill, für andere eher durchdringend. Die Fanfarenstöße, denen der sonst übliche Schwung fehlte, klangen, als seien sie ein verzweifelter Aufruf, sich zu amüsieren.

Elisabethaner sämtlicher Ränge begrüßten die frühen Festspielbesucher, verteilten kleine Blumen an die Frauen und forderten die Männer auf, an diesem Tag der Tage fröhlich zu sein. Die Jongleure und Zauberer zeigten ihre Kunststücke und entzückten die Kinder. Doch trotz der augenscheinlichen Fröhlichkeit schien es nur gut einstudierter, zur Schau getragener Frohsinn zu sein.

Sogar Big Mike und Alexander wirkten nach der langen Nacht teilnahmslos und rannten mit hängendem Kopf herum. Sie warteten ungeduldig darauf, daß die Königin den Thron bestieg, damit sie einen vertrauten Schoß zur Verfügung hatten, auf dem sie ihren Schlaf nachholen konnten.

Gerüchte schwirrten durch den königlichen Pavillon.

Penelope, die sich mit Adrenalin und Koffein wach hielt, versuchte, den Zeitplan einzuhalten, und forderte ihre Untertanen dazu auf, nicht zu sehr über die Tragödie der vergangenen Nacht nachzudenken und vor den Tölpeln ihr Bestes geben.

Das war ein guter, vernünftiger Ratschlag, und Penelope wünschte, sie könnte ihn selbst befolgen. Aber sie machte sich trotzdem Gedanken.

Penelope war es unsinnigerweise von weitem so vorgekommen, als würde eine Horde Transsylvanier mit Fackeln durch das Dorf rennen, die ihren ganzen Mut zusammennahmen, um Dr. Frankensteins Schloß zu stürmen. Oder war es das von Graf Dracula? Es war noch viel zu früh – oder schon zu spät –, *Twenty Questions* in der Kategorie Film zu spielen, vor allem, da sich erneut ein unziemliches Ereignis auf den *Elisabethanischen Frühlingsfestspielen von Empty Creek* zugetragen hatte.

Penelope und Andy rasten über die Brücke in das Dorf, in dem die Hölle los war.

»Was ist passiert?« rief Penelope, als die verschlafene und zerzauste königliche Leibgarde um die Wagen herumlief.

»Schaut nicht hin, teure Dame«, sagte Just Beamish.

»Tot.«

»Wer ist tot?«

»Ich weiß es nicht. Einer der Schauspieler.«

O Gott, nicht Sharon. Bitte nicht Sharon.

»Es ist furchtbar, Euer Majestät.« Kathy zitterte und kuschelte sich nah an Timmy, der einen Arm um ihre Schultern gelegt hatte.

Sharon und Bobby kamen angeeilt, wurden aber von Ralph und Russell zurückgehalten.

»Das geht schon in Ordnung«, sagte Penelope und gewährte ihnen Zutritt in den königlichen Kreis.

»Was ist passiert, Penelope?« Sharon hatte eine Jacke über ihr weißes Nachthemd geworfen. Bobbys Haar stand in alle Himmelsrichtungen.

»Ich weiß es noch nicht, aber ich werde es herausfinden.« Sie schnappte sich von einem vorbeikommenden Landsknecht eine Fackel und stapfte entschlossen zum hinteren Teil der Taverne, wo uniformierte Polizisten die neugierigen Elisabethaner zurückhielten. Sie schienen alle eine der Fackeln zu schwenken, die man für den Bauernaufstand aufgestapelt hatte. Ihre Beschützer folgten ihr dicht auf den Fersen.

Die grellen flackernden Lichter enthüllten eine dunkle leblose Gestalt auf dem Boden.

Mein Gott! Es war Richard Burbage.

Robin Hood fiel auf der Stelle in Ohnmacht. Glücklicherweise war seine junge hübsche Begleiterin da, um ihn aufzufangen.

Trotz der ernsten Situation mußte Penelope bei der Erinnerung an Justin Beamish lächeln, der zu sich gekommen war und den bei den in Ohnmacht Gefallenen allzeit beliebten Satz sprach: »Wo bin ich?«

»Junge, Junge, Justin«, sagte einer der Zwillinge, »warte, bis Mama davon erfährt.«

»Beweg dich nicht, Liebling«, sagte Justins Begleiterin, die seinen Kopf in ihren Schoß bettete.

Beamish blickte verlegen zu Penelope auf. »Ich war schon immer ein bißchen überempfindlich«, sagte er. »Im College bin ich während einer Biologievorlesung in Ohnmacht gefallen. Wir haben einen Film über die natürliche Geburt gesehen.«

»An welcher Stelle des Films?« fragte Penelope, als sie sich neben ihn kniete.

»Beim Titel.«

»Mach dir keine Sorgen, Liebling, wenn ich dein Kind der Liebe zur Welt bringe, stellen wir einfach ein Extrabett für dich dazu. Dann kannst du soviel in Ohnmacht fallen, wie du möchtest.«

Penelope blickte die junge Frau erstaunt an. *Beamish schienen die Festspiele ja wirklich gut zu bekommen.*

»Ich heiße Sarah. Ich spiele eine der Dirnen. Habe ich zumindest. Ab heute werde ich Maid Marian sein. Ist er nicht goldig?«

Das Scheppern der sich duellierenden Breitschwerter holte Penelope in die Realität des ritterlichen Kampfes zurück, der unter der warmen Sonne Arizonas stattfand. Sie konnte Beamish gut verstehen und ebenso, warum Polizisten an einem Mordschauplatz in Galgenhumor verfielen. Es half dabei, mit dem Anblick von Tod und mit der Erinnerung an die eigene Sterblichkeit fertig zu werden. Obwohl sie beim Anblick von Blut oder Leichen oder bei Filmen über die natürliche Geburt nicht dazu neigte, in Ohnmacht zu fallen, war Penelope immer erschüttert, wenn sie mit einem Gewaltverbrechen konfrontiert wurde. Und das passierte in letzter Zeit ziemlich häufig. Es wurde Zeit, daß der Vorhang fiel. Und zwar ein bißchen plötzlich.

Während einer Pause zwischen erbitterten Gefechten, königlichen Proklamationen und anderen Pflichten betraten Laney und Wally den königlichen Pavillon. »O Gott, du siehst ja völlig erschöpft aus«, sagte Laney.

»Ich war fast die ganze Nacht auf.«

»Es ist furchtbar. Ich bin gleich, nachdem ich es gehört habe, rübergekommen. Ich weiß, daß du beschäftigt bist, und da wollte ich dir Alex abnehmen.«

»Ach, er hat keine Mühe gemacht«, sagte Penelope. »Er und Mikey haben den ganzen Morgen auf meinem Schoß geschlafen. Kathy hat sie gerade auf einen Happen Truthahnkeule mitgenommen. Sie sind bald zurück.«

»Was ist passiert?«

»Ungefähr das gleiche wie vorher.«

»Wer könnte das getan haben?«

»Laut Polizei ist William Shakespeare ein Hauptverdächtiger.«

»Mein Gott!« rief Laney aus. »Doch nicht Shakespeare!«

Penelope nickte, holte tief Luft und setzte zu der Erklärung an, die Laney bestimmt verlangen würde.

Der arme Richard Burbage war offensichtlich mit einer blanken Klinge getötet worden, die er nicht schnell genug gesehen hatte, aber der Gerichtsmediziner weigerte sich, voreilige Schlüsse zu ziehen.

Will Shakespeare hatte die Leiche hinter der Taverne entdeckt und Alarm geschlagen.

Den Barden von Avon hatte der Verlust seines Freundes und des größten Schauspielers seiner Zeit sehr mitgenommen. Er war außerdem ziemlich betrunken. Und er war obendrein noch ein Hauptverdächtiger.

»Mein Gott.« Shakespeare klang wie ein abgestochenes Ferkel. »Ich werde der nächste sein. Dabei habe ich noch nicht einmal mein berühmtestes Stück geschrieben. Oder mein Testament. Was wird das Britische Museum ohne mein Testament machen?«

Dutch ließ sich nicht beirren. »Was haben Sie so spät hier draußen gemacht?«

»Ich hatte Durst und abgesehen von Orangensaft nichts mehr in meinem Wohnmobil. Ich weiß, daß an der hinteren Wand ein Brett lose ist. Und da habe ich mir gedacht, ich könnte mir ein oder zwei Flaschen nehmen und sie morgen bezahlen.«

»Wie anständig von Ihnen.«

»Burbage und ich haben es entdeckt. Das hat er wahrscheinlich hier gewollt, als ... als ...«

»Als Sie ihn umgebracht haben«, kam Larry Burke ihm freundlich zu Hilfe.

»Ich habe ihn nicht umgebracht«, wimmerte Shakespeare. »Er war mein Freund.«

»Stimmt es nicht, daß Sie heute nachmittag im Theater einen heftigen Streit mit ihm hatten?« Dutch klang wie Matlock, der sein Opfer umkreiste. Penelope hatte ihn kurz auf den neuesten Stand gebracht.

»Ja, aber –«

»Stimmt es nicht außerdem, daß der Streit den ganzen Abend andauerte?«

»Ja, aber –«

»Stimmt es nicht, daß er Sie einen Esel genannt hat?«

»Ja, aber –«

»Das muß passiert sein, nachdem wir weg waren«, sagte Penelope zu Dutch. »Sie haben nicht miteinander geredet, als ich mit Andy da war.«

»Unterbrich mich nicht«, sagte Dutch.

Burke nutzte die kurze Stille. »Stimmt es nicht«, sagte Zwiddeldei, »daß Sie ihm gefolgt sind und ihn von hinten erstochen haben?«

»Ja, aber ... halt, Moment mal, Sie bringen mich ganz durcheinander. Das ist eine Falle. Ich will meinen Anwalt sprechen.«

»›Das erste, was wir tun müssen, ist‹« sagte Dutch, »›daß wir die Rechtsgelehrten umbringen.‹«

Shakespeare stöhnte.

»Henry VI., Teil zwei«, sagte Penelope. »Vierter Akt, zweite Szene. Ich habe ein Sweatshirt von der *Folger Shakespeare Library* mit dem Zitat.«

»Penelope, Sie sind eine Freundin, sagen Sie ihnen, daß ich nichts getan habe. Sie glauben mir doch, oder?«

»Das möchte ich gern, aber ... Motiv, Gelegenheit, Alkohol, nun, das ist der Stoff, aus dem Morde gemacht sind.«

»Das reicht. Ich schließe die Festspiele«, sagte Dutch, nachdem Shakespeare die Aussage verweigert und Zwiddeldei und Zwiddeldum ihn weggeschafft hatten, damit er seinen Anwalt anrufen konnte.

»Das kannst du nicht machen.«

»Und warum nicht, Miss Neunmalklug?«

»Weil ... wenn du das machst, wirst du den Mörder niemals finden. Du glaubst doch nicht wirklich, daß es Shakespeare war. Der Mann würde doch nicht so dämlich sein, öffentlich mit Burbage zu streiten, ihm aufzulauern und ihn zu töten und dann so tun, als würde er die Leiche durch Zufall entdecken und Alarm schlagen, daß man es im Umkreis von fünfzehn Bezirken hören kann? Er brauchte doch bloß heimlich zurück ins Bett zu schleichen und jemand anders die Leiche finden zu lassen, was bestimmt nicht vor morgen früh passiert wäre. Bis dahin hätte er sich ein perfektes Alibi besorgen können.«

»Wenn ich die Festspiele schließe, gibt es keine weiteren Morde mehr. Jedenfalls nicht hier draußen.«

»Ich habe einen Plan.«

»Welchen?«

»Ich hatte befürchtet, daß du das als nächstes fragen würdest«, sagte Penelope, die mit dem Gedanken spielte, für die Elisabethaner beim Eisenwarenhändler ein Sortiment eisenverstärkter, dolchsicherer Mieder und Wämse zu bestellen.

Penelope sagte unverzagt: »Nun, wir sollten einen Plan haben.«

»Ich höre.«

Penelope versuchte es anders. »Was ist mit all den verlorenen Einnahmen? Eine Menge Leute sind auf die Konzessionen angewiesen. Sie verdienen sich so ihren Lebensunterhalt.«

Das ökonomische Argument gab den Ausschlag. Schließlich mußte Dutch den Stadtvätern und -müttern Rechenschaft ablegen. Sie würden über den Verlust sehr verärgert sein, falls er die Festspiele wegen so etwas Trivialem wie einem Mord dichtmachte.

»Na gut«, sagte Dutch schließlich. »Aber sei auf der Hut. Hast du gehört?«

»Ja, ich habe dich gehört.«

»Gut«, sagte Dutch, »ich gehe jetzt ins Bett.«

Das schien ein ziemlich guter Plan zu sein.

Dieser Meinung war Penelope immer noch, nachdem sie Laney und Wally die Einzelheiten über den zweiten Mord erzählt hatte.

»Schlimm, daß so was während deiner Regentschaft passieren muß«, sagte Laney. »Oder egal unter welcher Königin.«

Big Mike und Alexander kehrten in Begleitung von Lady Kathleen zurück. Erfrischt durch ihr Nickerchen auf dem

Schoß der Königin und gestärkt durch ein herzhaftes englisches Mahl, waren sie nun bereit für ein weiteres Schläfchen.

Als die Königin wieder ihren Platz auf dem Thron einnahm, preßte der verführerische Rotschopf Alexander fest an ihren Busen und ging davon. Mycroft brauchte währenddessen ganze fünf Minuten, um die Falten des königlichen Gewandes zu seiner Zufriedenheit anzuordnen, bevor er wieder einnickte. Er schnurrte vor Zufriedenheit und klang dabei wie ein kleines Motorboot. Penelope streichelte sanft sein Fell und dachte – vielleicht war es auch ein Wunsch –, daß sie eine gute Katze abgeben würde.

Die elisabethanische Bühne blieb geschlossen, um Richard Burbage zu gedenken und weil seine zweite Besetzung an einer Lebensmittelvergiftung litt. Wahrscheinlich lag es an verdorbenem Parmesankäse, den er am Abend zuvor so großzügig über seine Pizza gestreut hatte.

Marlowe war ausnahmsweise einmal liebenswürdig und bot sich an, die Lücke zu füllen. Die Königin nahm das Angebot eilig an und versprach wieder einmal, die Vorstellung zu besuchen. Sie nahm sich fest vor, diesmal ihr Wort zu halten.

»Danke«, sagte Marlowe einfach. »Meine armen Spieler wären sehr dankbar, wenn Euer Majestät uns besuchten.«

Als es an der Zeit war, auf dem Dorfanger Recht zu sprechen, gewährte Ihre Höchst Gütige Majestät drei Furien, einem Taschendieb und einem Blasphemisten Gnade – sehr zur Enttäuschung der verschiedenen Elisabethaner, der Tölpel, des kleinen Bengels, der die Tomaten verkaufte, und all derjenigen, die lange Zeit unter den Furien gelitten hatten. Sie alle hatten sich schon darauf gefreut, die Frauenzimmer nach guter alter Sitte zu bewerfen.

Penelope befahl den Furien, vor Gott, Ihrer Majestät und den Versammelten ihre Ehemänner zu küssen und sich zu versöhnen. Zuerst kamen sie dem Befehl recht zögerlich nach, aber dann gehorchten die erröteten Frauen begeistert, und das Ganze wurde von hilfreichen Kommentaren der Kußspezialisten im Publikum begleitet. Anschließend ermahnte die Königin sie, zu gehen und sich zu bessern.

Für den Taschendieb fand die Königin Anregung in dem Epitaph von H. L. Mencken – Andys Held –, und ihm wurde befohlen, für die Dauer der Festspiele einem Sünder zu vergeben und einem unscheinbaren Mädchen zuzuzwinkern.

Bei dem Blasphemisten hätte Penelope gern auf ihren katholischen Religionsunterricht zurückgegriffen und ihn ein paar Ave Marias aufsagen lassen, aber das würde im antipapistischen elisabethanischen England nicht gehen. So nahm sie eine hübsche Blüte vom Tablett des Blumenmädchens, reichte sie ihm und sagte: »Denke über die Wunder Gottes nach.«

Die Königin war sehr zufrieden mit sich selbst und zog sich mitsamt ihrer königlichen Leibgarde und ihren steten Begleitern – dem königlichen Gefährten und dem königlichen Kater – zurück, um sich eine Erfrischung zu genehmigen. Sie wurden vom Jubel begleitet, den der *Lord High Mayor* anstachelte. »Auf die Gnade Ihrer Majestät, die all denen Vergebung gewährt, die dessen würdig sind.«

Nach Würstchen mit Ale kehrte die königliche Gruppe zum Pavillon zurück, wo sie Master William Shakespeare antrafen, der Sir Francis Bacon und jedem anderen, der zuhörte, ernsthaft seine Unschuld beteuerte.

Der eingeschüchterte Dramatiker machte eine tiefe Verbeugung, als Penelope sich näherte. »Ich war es nicht«, sagte er, als er sich erhob.

»Das glaube ich auch nicht«, sagte Penelope sanft. »Es sieht nicht gut aus, aber ... wer ist Ihr Anwalt?«

»George Eden.«

Penelope nickte. George war der Gerry Spence von Empty Creek. Da er stets seltsam angezogen war, hatte sich seine Freundin, die Polizistin Sheila Tylor, angewöhnt, seine Kleidung zu numerieren, damit seine Hemden, Krawatten und Jacketts zusammenpaßten. Meist hielt er sich jedoch nicht damit auf, die Nummern zu beachten. Er hatte Penelope einmal gestanden, daß er sich so anzog, um Sheila von seinen wahren Lastern Scotch, Zigarren und Golf abzulenken.

»Er ist gut.«

»Sonst würde ich ja immer noch von diesen idiotischen Detectives befragt. Essen die auch noch was anderes als Marmeladen-Doughnuts?«

»Ich glaube nicht.« Sie drehte sich zu Sir Francis um. »Ich habe herausgefunden, daß Sie auch schon einmal den Sir Robert für Carolyn gespielt haben.«

Sir Francis nahm hastig einen Schluck Ale. »Ich habe mich schon gefragt, wann Sie das herausfinden würden.«

»Haben Sie sie umgebracht?«

»Natürlich nicht. Ich habe Carolyn gemocht.«

»Da habe ich aber etwas anderes gehört.«

»Das ist eine verdammte Lüge. Wer hat Ihnen das gesagt?«

»Niemand. Ich habe es erfunden, um Ihre Reaktion zu testen. Es ist nicht sehr nett, etwas vor der Königin zu verheimlichen.«

»Es war allgemein bekannt. Jeder wußte es.«

»Ja, aber mir ist aufgefallen, das ihr eine äußerst starrköpfige Truppe seid, wenn es um ein bißchen ehrliche Enthüllungen geht. Sind Sie oder waren Sie jemals der Liebhaber der Königin?«

»Die Dinge sind manchmal recht kompliziert«, sagte Bacon.

»Ich wette, dieser verdammte Marlowe platzt vor Schadenfreude.«

Penelope notierte sich im Geiste wieder einmal, die Vorstellung von Marlowes Schauspielern zu besuchen, aber ihr Kopf war vor Müdigkeit ganz benommen, und während sie versuchte, alles zu klären, vergaß sie Marlowe schon wieder. »Lassen Sie ihn doch«, sagte sie, »die Bühne Shakespeares wird nächste Woche wiedereröffnet.«

»Zumindest«, erklärte Shakespeare, »wird es ihm nicht gelingen, die Iden des März an sich zu reißen. Sie gehören mir oder werden mir gehören, wenn ich dazu komme, *Julius Caesar* zu schreiben.«

Bei dieser Bemerkung wachten Penelopes graue Hirnzellen kurz auf, aber sie beschloß, nichts über die Warnung mit dem blutigen Dolch zu sagen. *Das kleine Geheimnis wahren wir besser für eine Weile vor Shakespeare und dem Hof und schauen mal, was passiert,* dachte Penelope.

Penelopes Miene hellte sich beim Anblick von Ben Jonson auf, der in Begleitung der bezaubernden Celia den königlichen Pavillon betrat. Sie hatte Leigh und Burton beinah ganz vergessen. »Können Sie Ben Jonson auch nicht leiden?« fragte sie Master Will.

»Doch, natürlich«, erwiderte Shakespeare. »Er hat eine ganz bezaubernde Einleitung für meine erste Folioausgabe geschrieben.«

»Wo wart ihr das ganze Wochenende?« fragte Penelope und forderte sie mit einer ungeduldigen Handbewegung auf, sich zu erheben.

»Ben hatte eine Grippe. Ich habe ihn gesundgepflegt«, erwiderte Leigh. »Dichter sind manchmal so anfällig. Er sollte eigentlich nicht aufstehen, aber nachdem wir hörten, was passiert ist ...«

»Eine schreckliche Sache«, sagte Ben, »einfach schrecklich. Ich weiß wirklich nicht, was los ist. Die Festspiele haben immer soviel Spaß gemacht, aber nun ...« Er zuckte ratlos die Achseln.

Penelope wollte das gleiche tun, aber sie hatte königlichen Pflichten nachzukommen. Verdammt, diese Turniere dauerten ja ewig. Der Gedanke, sich mit einem guten Buch ins Bett zu legen, war ziemlich verlockend. Aber nicht mit einem von Shakespeare oder Marlowe, und auch keines von diesem düsteren Sir Walter. Nicht einmal die netten Liebesgedichte von Ben Jonson. Als sie ihren Platz auf dem Thron einnahm, verfluchte sie alles Elisabethanische und schwor sich, niemals wieder etwas zu lesen, das vor dem neunzehnten Jahrhundert geschrieben worden war. *Bei Gott, das geschah ihnen recht.*

Sir Robert Dudley und die schöne Rosalind, die einstweilen nichts zu tun hatten, da ihre Bühne wegen unziemlicher Geschehnisse geschlossen war, gesellten sich zu der Königin.

»Wo wart ihr?« fragte Penelope.

»Wir sind bei Marlowes Theater vorbeigegangen«, antwortete Sir Robert.

»War er sehr schadenfroh?«

»Er war zur Abwechslung richtig zivilisiert«, erwiderte Sharon, »obwohl er wieder versucht hat, mich anzuwerben.«

»Wieso wieder?«

»Ach, er ist schon die ganze Zeit hinter mir her, ich solle mich seiner Truppe anschließen, aber er hat für Frauen wirklich keine guten Rollen geschrieben.«

»Nein«, stimmte Penelope zu. »Das hat er nicht.«

Der Nachmittag zog sich endlos hin. Penelope winkte und lächelte mechanisch im passenden Moment, und Lady Kathleen mußte ihr nur ab und zu ein bißchen soufflieren. Währenddessen versuchte sie, Ordnung in das Chaos zu bringen, das bei den Festspielen herrschte, und aus allem schlau zu werden, aber vergeblich.

Als sie zum letztenmal an diesem Nachmittag winkte, kam sie zu dem Schluß, daß ihr nichts anderes übrigblieb, als von vorn anzufangen.

Aber wo war vorn? Nicht bei Carolyns Tod. Das war zu spät. Was war vor ihrem Tod mit ihr geschehen? Da lag der Schlüssel. Dort konnte man stets die Erklärung finden. Das wußte jeder Depp, wie Miss Foley stets im Einführungskurs für Literatur gesagt hatte.

Müde, hungrig und durstig wurden Penelope, Andy und Big Mike nach einer langen Nacht und einem Tag, der sich viel zu lange hingezogen hatte, von den Mitgliedern der königlichen Leibgarde und deren Damen zum Wohnmobil begleitet. Penelope, die entschlossen, aber hundemüde voranmarschierte, sah als erste die Nachricht, die an die Tür geheftet war. Scheinbar hatte jemand das Wohnmobil zum Schwarzen Brett erklärt.

Nicht schon wieder so ein Iden-des-März-Zeug, dachte sie, als sie auf die Tür zuging, um die neueste Mitteilung zu lesen. Die Nachricht war mühsam von jemandem in großen Druckbuchstaben hingekritzelt worden, der offensichtlich mit der falschen Hand geschrieben hatte.

FANG MICH, WENN DU KANNST, QUEENY.

Großer Gott, dachte Penelope, die die Anspielung sofort erkannte. *Da hat jemand offensichtlich die Jahrhunderte durcheinandergeworfen.* Es war der ungefähre Wortlaut einer der Nachrichten, die Jack the Ripper der Metropolitan Police zugeschickt hatte. Das wußte ebenfalls jeder Depp.

»Ich hasse großspurige Mörder«, sagte Penelope.

Und respektlose noch viel mehr. *Queeny, also wirklich.*

Während sie darauf wartete, daß Quentin Parnelle die Bewerbungen fürs Vorsprechen vorbeibrachte, fing Penelope von vorn an. Als sich das als zwecklos herausstellte, übersprang sie ein paar Punkte, aber das machte sie genauso verrückt, mit all den ganzen verdammten Fragen. Wer hatte Richard Burbage umgebracht? Warum war er umgebracht worden? Worin bestand die Verbindung zwischen dem Schauspieler und der Königin?

Penelope schrieb die Fragen auf einen Notizblock und ließ optimistischerweise Platz für die Antworten. Während sie auf eine Eingebung wartete, kritzelte sie herum. Da sie außer Strichmännchen mit strubbeligem Haar und den passenden Häuschen nichts zeichnen konnte, kamen dabei bloß ein Haufen Kreise und Vierecke und verschnörkelte Fragezeichen heraus.

Daraufhin lief Penelope frustriert im Haus auf und ab. Sie atmete tief ein, zwang sich zur Ruhe und versuchte, ihre Ungeduld im Zaum zu halten, aber vergebens. *Ruhe* fand das alles ziemlich komisch, um genau zu sein: zum Totlachen, während *Ungeduld* sie in den Schwitzkasten nahm, schnell zu Boden preßte und bis drei zählte. Währenddessen rasten wirre Gedanken durch ihr Hirn.

Big Mike beobachtete das alles von seinem Hochsitz auf der Küchenanrichte aus und kam wahrscheinlich zu dem Schluß, daß es keinen Grund gab, sich so darüber aufzuregen.

Bei ihrer dritten Runde durch das Haus war Penelope so verzweifelt, daß sie sogar kurz überlegte, ein bißchen Sport zu machen, damit ihr etwas einfiel, aber sie gab diesen Gedanken schnell wieder auf. Sie hatte keine Zeit mehr, jetzt noch mit dem Joggen anzufangen.

Sie rief Dutch an und war angenehm überrascht, als sie ihn sofort erreichte. »Irgendwas Neues?« fragte sie hoffnungsvoll.

»Nichts. Burke und Stoner arbeiten immer noch am Computer, aber sollte es da irgendwas geben, dann haben sie es jedenfalls noch nicht gefunden.«

»Was ist mit Burbage?«

»Er lebt friedlich im Paradise Valley. Er ist Produktionsmanager einer Druckerei. Er ist in kleinen Theaterproduktionen in der Stadt aufgetreten. Es überleben ihn die Eltern, zwei Schwestern und ein Bruder. Sie haben keine Ahnung, warum ihn jemand tot sehen will.«

»Das ist ja nicht viel«, sagte Penelope, »hoffentlich geben die Bewerbungen etwas her.«

»Warte mal eine Sekunde ... ja ... O. k. ... Penelope?«

»Ja?«

»Parnelle ist mit den Unterlagen hier. Ich werde ihn mit einem Satz Kopien zu dir rausschicken und Burke und Stoner auch darauf ansetzen, aber ich setze die meiste Hoffnung auf dich. Du hast die meisten der Teilnehmer kennengelernt.«

»Viel hat das bis jetzt ja nicht gebracht.«

»Warum kommst du nicht später bei uns vorbei? Ich mache heute früh Feierabend. Wir können ja die Ergebnisse vergleichen.«

»Hoffentlich haben wir auch was, das wir vergleichen können.«

Penelope und Big Mike gingen nach draußen, um auf Parnelle zu warten. Obwohl die Nachbarn gar nicht so weit weg wohnten, hätte man meinen können, das Haus sei mitten in der Wüste abgeworfen worden. Das war auch der Grund, warum Penelope es gekauft hatte. Es vermittelte ein großartiges Gefühl der Abgeschiedenheit. Die Büsche verbargen den Blick auf alle anderen menschlichen Behausungen und dämpften sämtliche Geräusche. Die Wüste war so, sie schien alles zu schlucken, was den Menschen ausmachte, ohne auch nur aufzustoßen.

Penelope und Mycroft saßen auf der Veranda und dachten über die Einsamkeit nach, jeder auf seine Weise. Was Penelope anging, so stürmte sie regelrecht auf sie ein und verschaffte ihr Ruhe vor den anstehenden Problemen. Big Mike, der ausgeprägtere Sinne besaß, sah etwas völlig anderes, nämlich eine natürliche Umgebung, in der es vor Leben nur so wimmelte, und die sich ständig verändernde Szenerie eines mysteriösen Dramas, das seinen Verlauf auf der sandigen Bühne der Wüste nahm. Mit zuckender Nase und kreisenden Ohren verfolgte er neugierig den Lauf der Dinge.

Ihre Gedanken wurden vom Geräusch von Quentins Auto unterbrochen, das gerade die letzte Kurve vor der kleinen Ranch nahm. Er drückte auf die Hupe, als er in die Einfahrt einbog.

»Zurück an die Arbeit, Mikey.«

Mycroft drehte sich um und schaute sie an, als wollte er fragen: »Was glaubst du, was wir die ganze Zeit gemacht haben?«

»Mein Gott, Sie leben hier draußen ja mitten in der Wildnis«, sagte Parnelle. »Haben Sie keine Angst vor Schlangen und so einem Zeug?«

»Nein, eigentlich nicht.«

»Schlangen sind überhaupt nicht mein Ding«, sagte er und blickte sich vorsichtig um.

»Es ist noch zu früh für Klapperschlangen.«

»Ich weiß das, aber wissen die das auch?«

Penelope lachte. »Sie sind mir ja ein schöner *Lobo.*«

»Ich bin ein Stadt-*Lobo*«, erwiderte Parnelle, als er den Kofferraum öffnete und zwei Pappkartons zum Vorschein kamen. »Wo wollen Sie die hinhaben?«

»Die Akten sind nach Zunft und Jahrgang sortiert. Nach Militär, Musiker, Schauspieler und so weiter. Das dürfte die Sache vereinfachen. Der Kaffee ist gut.«

»Danke. Ach übrigens, wer hat Zugang zu Ihrem Büro? Von den Festspielteilnehmern?«

»Praktisch jeder. Sie gehen da ein und aus, vor allem die Schauspieler.«

»Warum die Schauspieler?«

»Wegen der Pressefotos und so. Viele von ihnen sind richtige Schauspieler, die auf ihren großen Durchbruch warten.« Parnelle grinste. »Im Gegensatz zu Ihnen hätten sie es am liebsten, wenn ich ihre Fotos in der ganzen Stadt verbreiten würde. Sie liegen mir ständig in den Ohren, ich solle sie in den Werbezetteln unterbringen. Wenn sie nicht auf dem Festspielgelände sind, ist *Wonder Ideas* so was wie ihr Treffpunkt.«

Penelope und Mycroft verbrachten einige Stunden damit, die Bewerbungen durchzusehen und nach der richtigen Verbindung zu suchen. Wäre die Sache nicht so ernst gewesen, hätte es richtig Spaß gemacht, so herumzuschnüffeln. So entdeckte sie zum Beispiel, daß Kathy als Beruf Schauspielerin/Buchhändlerin/Studentin angegeben hatte und zu ihren Zielen gehörte, »so belesen wie Penelope Warren« zu sein und eine Filmkarriere »wie die großartige Storm Williams« zu machen. *Ich sollte sie besser vor der Nacktklausel warnen.*

Unsere Leigh, die sexy Bibliothekarin, zählte »Lesen, Filme und Bauchtanz« zu ihren Hobbys. Um genau zu sein, hatte sie sich das Studium durch zahlreiche professionelle Auftritte in griechischen Restaurants finanziert. »Was sagst du dazu, Mikey?« Kein Wunder, daß Burton Maxwell so verrückt nach ihr war. Offensichtlich hatte ihn der Edelstein in ihrem herumwirbelnden Nabel hypnotisiert.

Und was Leighs stillen und unauffälligen Begleiter anging, so fand Penelope heraus, daß er früher, während seines Dienstes in der zweiundachtzigsten Division in Fort Bragg, aus Flugzeugen gesprungen war.

Richard Burbage hatte in zahlreichen Remakes des Stücks *Ein seltsames Paar* den Oscar gespielt. *Das ist ja wirklich ein ziemlicher Sprung zu Hamlet,* dachte Penelope. Aber abgesehen davon, gab es in seinem Lebenslauf nicht viel Interessantes. Er hatte seine Karriere als Lanzenträger begonnen und sich im Verlauf der Jahre zu den großen Shakespeare-Rollen hochgearbeitet. Er hatte sich auch nie für die Rolle als Sir Robert Dudley beworben.

Bevor er sein Geschäft in Empty Creek eröffnet hatte, war er eingetragener Apotheker gewesen.

Der spanische Botschafter war Computerprogrammierer. Das ließ Penelope kurz aufmerken, aber während sie sich durch die Bewerbungen arbeitete, fand sie heraus, daß die Computerbranche bei denen, die an den Wochenenden bei den Festspielen mitwirkten, auf die eine oder andere Weise sehr beliebt war. Die Schauspieler eingeschlossen. Und warum auch nicht? In dem Bereich gab es viele gute Stellen. Und abgesehen davon, war heutzutage jeder Zehnjährige in der Lage, auf destruktive Weise an Amanda herumzuspielen.

Christopher Marlowes Bewerbung war vage und verriet eine entschlossene Hingabe zum Theater und den Ehrgeiz, so große Tragödien zu schreiben wie sein Namensvetter. Unter der Rubrik Veröffentlichungen listete er die Titel von vierzig unveröffentlichten, noch nicht aufgeführten Stücken auf, die alle unter dem Pseudonym Christopher X Marlowe – wie originell – verfaßt worden waren. Das war wirklich Hingabe.

Der letzte Sir Robert Dudley hatte als Freiwilliger des Friedenscorps in Südamerika gelebt, und er unternahm während des Sommers immer wieder Reisen nach Süd- und Mittelamerika. *Wir müssen uns mal zusammensetzen und Geschichten austauschen,* dachte Penelope.

Bobbys Reisen weckten in Penelope außerdem die Sehnsucht nach Afrika. Penelope wollte zu diesem wundersamen Kontinent zurückkehren, aber sie fragte sich oft, ob es ihr tatsächlich gefallen würde, Äthiopien wiederzusehen. Dürre, Hungersnot, Krieg, Revolution – all das hatte das Volk zerstört. Es würde so traurig sein. Aber es würde genauso traurig sein, nicht zurückzugehen. Penelope heulte immer beim Ende von *Jenseits von Afrika,* wenn die Schrift auftauchte, die besagte, daß Karen Blixen niemals in ihr geliebtes Afrika zurückgekehrt war.

»Oh, Mikey, wir müssen eines Tages zurückgehen.«

Penelope wischte sich immer noch die Tränen aus den Augen, als sie – ziemlich verschwommen – las, daß Sir Francis Drake ein begeisterter Ballonfahrer war.

Sir Francis Bacon war in der High-School und im College ein Rockmusiker gewesen und hatte bei den Festspielen in der Musikerzunft angefangen, bevor er zu Sir Robert Dudley befördert und dann wieder zu seiner jetzigen Rolle am Hof degradiert worden war.

Alyce Smith hatte drei Jahre an der NYU Psychologie studiert, bis sie das Studium abgebrochen und Astrologin und Wahrsagerin für die Elite von Empty Creek geworden war.

All das war mit Sicherheit sehr interessant, aber brachte sie bei der Entlarvung des Mörders nicht weiter.

»Nachrichtenredaktion Anderson.«

»Ich will zurück nach Afrika.«

»Hast du schon wieder *Jenseits von Afrika* gesehen?«

»Nein«, schnüffelte Penelope. »Ich habe nur daran gedacht.«

Penelope nahm die letzte Nachricht mit zu Madame Astoria, die aufs Stichwort nieste, als Big Mike auf ihren Schoß kletterte, um eine kleine Séance abzuhalten. Vielleicht wollte er mit ein paar Limabohnen aus dem Jenseits kommunizieren.

»Schon wieder eine?«

»Diesmal ist es jedoch keine Drohung. Er fühlt sich verdammt selbstsicher. Oder sie. Ich nehme an, es könnte auch eine Frau sein.«

»Nein, es ist eindeutig ein Mann«, sagte Alyce. »Ein sehr verstörter Mann. Da bin ich mir sicher.«

»Jeder, der herumläuft und Menschen umbringt, ist mehr als nur verstört«, sagte Penelope.

Alyce schüttelte den Kopf. »Das meine ich nicht. Er leidet Qualen und kämpft gegen innere Dämonen.«

Dann ist es ja ganz einfach, dachte Penelope. *Jetzt müssen wir nur noch jemanden finden, der herumrennt und Dämonen attackiert.*

»Sonst noch was?« fragte sie.

Alyce zuckte die Achseln. »Ich bin keine große Hilfe. Alles ist dunkel und verhangen. Das passiert manchmal. Ich kann es nicht erzwingen.«

»Wie geht es Harvey?« fragte Penelope und wechselte das Thema. Sie wußte nur zu gut, daß das Universum sich hartnäckig sträubte, wenn jemand versuchte, es zu etwas zu zwingen. Es war in dieser Hinsicht wie eine Katze. Als Mike noch ein Kätzchen war, versuchte Penelope, die irgendwo gelesen hatte, daß man Katzen Tricks beibringen konnte, ihn dazu zu bringen, durch einen Reifen zu springen und Sachen zu apportieren. Mikey hatte sie nur mit ungläubigem Staunen angesehen, das sie alles lehrte, was sie über Katzen und das Universum wissen mußte. *Das soll wohl ein Scherz sein, oder?*

Alyce' Strinrunzeln verschwand. »Er ist wunderbar. Ich bringe ihm Astrologie bei.«

»Probiere doch mal, ob du ihm beibringen kannst, durch einen Reifen zu springen«, schlug Penelope vor. »Oder zu apportieren.«

Alyce' Lächeln wurde breiter. »Das habe ich schon getan.«

»Braves Mädchen.«

Penelope und Big Mike kehrten zu *Mycroft & Co* zurück, wo sie Christopher Marlowe antrafen, der verachtungsvoll in den Storm-Williams-Memorabilien herumstöberte. Kathy sah erleichtert aus, als Penelope eintrat.

»Ich habe auf Sie gewartet«, sagte Marlowe.

»Das wußte ich nicht. Sie hätten anrufen sollen und eine Zeit vereinbaren.«

»Warum sind Sie nicht zu unserer Vorstellung gekommen?«

»O Gott!« rief Penelope aus. »Ich habe es schon wieder vergessen. Es tut mir leid, aber es war einfach zuviel los. Ich werde dieses Wochenende ganz bestimmt kommen. Versprochen.«

»Meine Schauspieler werden langsam wütend. Sie mögen es nicht, von ihrer Königin ignoriert zu werden.«

»Es tut mir leid, aber sie müssen verstehen ...«

»Nun, da wir unseren rechtmäßigen Platz im Theater Englands wiedererlangt haben, muß die Königin einer unserer Vorstellungen beiwohnen. Das ist unumgänglich. Ansonsten wäre es so, als würden wir auf den königlichen Misthaufen verwiesen. Ist es das, was die Königin Englands vom größten Dramatiker und jenen hält, die seine Meisterwerke aufführen? Muß ich das meiner Truppe sagen? Ich habe der Krone auf verschiedene Weise treu gedient. Ich verdiene bessere Behandlung von Eurer Hand, Majestät.«

Penelope fand, daß eine dritte Entschuldigung mehr als überflüssig war. Aber sie hatte es schließlich versprochen. *Ach, was soll's?* dachte sie. *Schauspieler haben so ein empfindsames Ego.* »Bitte, überbringt Eurer Truppe meine aufrichtigsten Entschuldigungen und sagt ihnen, sie sollen ihre Aufführung haben.«

»Auf der Hauptbühne?«

»Ja«, sagte Penelope und seufzte. »Auf der Hauptbühne.«

»Sie werden erfreut sein. »Marlowe drehte sich zu dem Poster um, auf dem Storm Williams als Prinzessin Leogfrith in *Wiederkehr der Amazonenprinzessin* abgebildet war. Das Poster zeigte die arme Prinzessin, wie sie gefesselt über einer Grube mit fauchenden Tigern hing. »Ihre Schwester, nehme ich an?«

»Ja«, sagte Penelope und dachte: *Los, mach schon, eine klugscheißerische Bemerkung, und du bist tot.*

Sie war irgendwie enttäuscht, als Marlowe sagte: »Sie gibt eine ausgezeichnete Königin der Pikten ab. Sie verdienen sie gar nicht. Ich kann die Pikten nicht leiden. Sie sind Wilde.«

»Oh, sie sind gar nicht so schlimm. Man muß sie nur ein bißchen besser kennenlernen.«

»Vielleicht«, sagte Marlowe und kehrte dem Poster den Rücken zu. Er nahm Penelopes Hand und hob sie an die Lippen, bevor sie Einwände erheben konnte. »Bis zum Wochenende dann?«

»Ja«, sagte Penelope und entzog ihm ihre Hand. Seine Lippen waren eiskalt.

Marlowe lächelte Kathy an. »Adieu, schöne Lady.«

Die Königin und ihre Hofdame standen am Ladentisch und beobachteten Marlowe, wie er die Straße überquerte, an Madame Astorias Laden vorbeiging und die Straße hinunter verschwand.

»Nun ja.«

»Ich bin froh, daß du gekommen bist. Er hat mich angemacht. Er ist richtig unheimlich.«

»Ich würde noch eher eine Schlange küssen als Christopher Marlowe. Wären Andys Lippen so kalt, wäre er Schnee von gestern.«

Penelope war gar nicht überrascht, als Samantha Dale an diesem Nachmittag bei *Mycroft & Co* vorbeischaute. Sam war eine begeisterte Leserin und eine sehr gute Kundin. Oft kaufte sie zehn oder zwölf Bücher, um sich nach einer Woche zu beschweren, sie habe nichts mehr zu lesen.

»Euer Majestät«, sagte Sam mit ihrem strahlenden Lächeln.

»Ach, hör auf, ich fühle mich heute überhaupt nicht majestätisch. Ich wünschte, das alles wäre schon vorbei. Ich werde froh sein, wenn ich wieder die gute alte Penelope Warren sein kann.«

»Das kann ich mir vorstellen. Es ist eine Schande mit dem armen Schauspieler. Hast du eine Spur?«

»Nein. Und auch nicht bei Carolyn. Ich habe wie verrückt die Aufzeichnungen durchgesehen. Ich habe das Gefühl, ich kenne jetzt die Lebensgeschichte eines jeden einzelnen, der mit den Festspielen in Verbindung steht, aber –«

»Nichts?«

»Weniger als nichts. Dem Mörder ist es scheinbar gelungen, all das zu zerstören, was verschwinden mußte, und nun ist er, na ja ... fangt mich, wenn ihr könnt.«

»Entschuldige, aber was hat Jack the Ripper damit zu tun?«
Penelope erzählte ihr von der letzten Nachricht.

»Er ist clever, und er spielt Spielchen mit dir. Ich frage mich, ob in den Aufzeichnungen überhaupt etwas Belastendes war. Was, wenn er sie nur gelöscht hat, um jeden zu verwirren?«

»Und ich sitze hier und verschwende meine Zeit mit der Suche nach etwas, das gar nicht existiert.«

»›Schön ist wüst ...‹«

»›... und wüst ist schön ...‹« Penelope lächelte. »Nichts ist, wie es scheint. Danke, daß du mich daran erinnert hast.«

»Gern geschehen«, sagte Sam und warf einen Blick auf die Bücherregale. »Also, was kannst du mir empfehlen? Ich habe absolut nichts mehr zu lesen.«

Nachdem sie Kathy gesagt hatte, den Laden früh zu schließen, fuhren Penelope und Big Mike an Dutchs und Stormys Haus vorbei auf den kleinen Parkplatz hoch oben auf dem *Crying Woman Mountain.* Von dort hatte man einen guten Ausblick auf ganz Empty Creek und die nördliche Wüste.

Ein kalter Wind wirbelte um die Bergspitze, und Penelope schloß den Reißverschluß ihrer Windjacke, als sie zu der kleinen Steinmauer ging, die den Parkplatz umgrenzte. Sie blickte von oben auf das nachgebaute elisabethanische Dorf, und es erschien ihr aus der Entfernung winzig klein, wie es geradezu unschuldig im Licht der untergehenden Sonne dalag.

Nachdem Sam gegangen war, schoß Penelope der Refrain durch den Kopf, den Sam angefangen hatte. Es war wie bei einem dieser Lieder, die, hatte man es einmal gesummt, einem nicht mehr aus dem Kopf gingen.

»›Schön ist wüst, und wüst ist schön.‹«

Sogar nachdem sie versucht hatte, alles von hinten aufzurollen, schien ihr das Rätsel der zwei Morde so unlösbar wie zuvor.

Mycroft saß ruhig auf der Mauer und schnurrte genüßlich, als Penelope ihm mit sanfter Bewegung das vom Wind zerzauste Fell glattstrich.

»Wir haben zu angestrengt darüber nachgedacht, Mikey. Ich glaube, es ist an der Zeit, daß ich ein wenig entspanne und sehe, was passiert.« Dies war ein ausgezeichneter Ratschlag, und Penelope wünschte, sie könnte ihn befolgen.

Stormy las gerade Drehbücher, als Penelope und Mycroft ankamen. Big Mike sprang gleich auf ihren Schoß.

»Mikey, gib mir einen Kuß. Hi, Penny.«

»Hi, Cassie. Ist irgendwas Gutes dabei?«

»Da sind ein paar, die mir gefallen. Myron möchte, daß ich das hier mache.«

Myron Schwartzman war Cassies Agent, genau der Mann, der unter dem Einfluß harter Getränke ihren Künstlernamen Storm Williams kreiert hatte, während er in der Polo Lounge in den Erinnerungen an die großartigen troddelschwingenden Stripperinnen seiner Jugendzeit geschwelgt hatte.

»Myron ist wahrlich ein großartiger Ratgeber, was unsterbliche Filmrollen für Frauen angeht.«

»Ach, Myron ist gar nicht so schlecht. Ich würde ohne ihn immer noch Bademodenreklame machen. Hier, schau mal.«

Penelope nahm das gebundene Skript und las.

Legs
Ein Originaldrehbuch
von
Stanley White

EINBLENDEN:

VORSPANN ÜBER einem Zeichenbrett, während ein nicht zu sehender Comiczeichner mit schnellen kräftigen Strichen VANESSA DIAMOND malt, eine Heldin in der Tradition der alten Hollywood-Filme. Während der Künstler Details hinzufügt, können wir sehen, daß Vanessa langes blondes Haar, ein schönes Gesicht, einen wohlproportionierten Körper und endlos lange, schlanke Beine hat.

»Was für ein Dreck«, sagte Penelope.

»Es ist mir genau auf den Leib geschrieben. Ich kann einen Bogart-Hut tragen. Lies weiter.«

VORSPANN FÄHRT FORT, als wir sehen, wie die knallharte, kurvenreiche Privatdetektivin drei Bösewichte mit Kick-Boxing überwältigt, ihnen die Handschellen anlegt und sie der Polizei übergibt.

VORSPANN endet, während wir zu Farbe ÜBERGEHEN und unsere Comicheldin real wird – Legs Diamond, Privatdetektivin.

Vanessa (erotisch):

»Was steht an, Süßer?«

»Ein weiblicher Humphrey Bogart«, sagte Penelope und warf das Skript zur Seite. »Was steht noch zur Auswahl?«

»Draculas Schwester.«

»Mach Humphrey«, sagte Penelope und begründete so, ohne es zu wissen, Stormys Karriere in dem Überraschungserfolg *Legs Diamond*. Dieser Entschluß würde schließlich zu zwei Fortsetzungen, einer Vanessa-Diamond-Mode, einer Super-Bra-Werbung, einem Auftritt bei Jay Leno und ganzseitigen Anzeigen in *Variety* und *Hollywood Reporter* führen.

»Was meinst du, Mikey?« fragte Tante Cassie.

Mikey stimmte Penelopes Wahl offensichtlich zu, obwohl er während Stormys Filmen immer einschlief – natürlich erst, nachdem das Popcorn serviert worden war. Er mochte eigentlich kein Popcorn, aber man konnte es zu kleinen Geschossen umfunktionieren und mit ein, zwei ordentlichen Schlägen durch den Raum schießen, so daß er manchmal aussah wie ein Hockeyspieler, der einen Schlagschuß lieferte. Dennoch hatte er es ganz gern, wenn man ihn in diesen wichtigen Angelegenheiten um Rat fragte. Er drückte seine Zustimmung dadurch aus, daß er *Draculas Schwester* auf den Boden stieß – zusammen mit *Kampffrau vom Mars, Sklaven der Exosphäre* und *Monster aus München* –, während er es sich auf Stormys Schoß bequem machte.

»Na, das wäre dann ja entschieden.«

Und das auch noch vor dem Abendessen.

Das Abendessen verzögerte sich jedoch ein bißchen, als Penelope darauf bestand, daß Dutch die Bemerkung wiederholte, die er – nach einem leidenschaftlichen Kuß für Stormy und einem brüderlichen für sie – gemacht hatte, um die Unterhaltung ein bißchen zu beleben.

»Wie war das?«

Dutch sah ziemlich selbstzufrieden aus, obwohl er die eigentliche Arbeit nicht gemacht hatte.

»Die Todesursache war Chondodendron Tomentosum«, sagte Dutch. »Curare. Der Dolch war in Gift getaucht.«

Genau wie das Florett, das Hamlet getötet hatte, dachte Penelope. Scheinbar hatte der Mörder einen Hang zum Zynismus. »Nun«, sagte sie, »ich habe auch ein oder zwei Neuigkeiten für dich.«

»Dudley ist in Süd- und Zentralamerika herumgereist«, sagte Dutch, »wo die Pflanze, die Curare produziert, beheimatet ist.«

Penelope nickte zustimmend. Zwiddeldei und Zwiddeldum hatten es also auch bemerkt. »Und Shakespeare hat früher als Apotheker gearbeitet«, sagte sie.

Und alle hatten den Kater vergessen, eine Situation, die man nicht tolerieren konnte. Big Mike korrigierte dies prompt mit einer ziemlich lauten Beschwerde.

Als die Iden des März näher rückten, hielt Penelope wachsam Ausschau nach irgendwelchen Anzeichen von verhüllten Toten, die in den Straßen von Empty Creek Amok liefen, nach brennenden Meteoren, die durch den Himmel rasten, nach einer möglichen Sonnen- oder Mondfinsternis und nach dunklen Wolken, aus denen es Blut regnete.

Aber nichts. In Empty Creek und Umgebung fehlte es an ungewöhnlichen himmlischen Zeichen. Die Sonne ging auf. Die Sonne ging unter. Der Mond ging auf und wieder unter. Der funkelnde Nachthimmel war kalt und klar, und die Tage waren angenehm warm. Die Iden des März schienen nicht sehr aufregend zu werden.

Penelope sah ein Flugzeug, das heißt eigentlich sogar mehrere, die für irgendein Bier Werbeslogans an den Himmel schrieben, aber da sie sich südlicher befanden und Penelope sie ziemlich spät bemerkte, lösten sich die Buchstaben bereits in kleine Wolken auf. Außerdem konnte man die Nachricht von Empty Creek aus nur seitenverkehrt lesen. Das hieß, daß Penelope nicht entschlüsseln konnte, was dort oben so groß geschrieben war. Außerdem bezweifelte sie, daß es »Sei auf der Hut, Penelope« lautete, und sie konnte es daher nicht als Omen werten. Es erinnerte sie jedoch daran, daß sie kein Bier mehr hatte, und das war ja schließlich auch was wert.

Mycroft seinerseits gab kein bißchen auf die Iden des März

– und auch nicht auf irgendwelche anderen Vorzeichen – und hielt Augen, Ohren und Nase klugerweise auf den Boden gerichtet. Dort fand er alle möglichen interessanten Dinge, einschließlich einer Maus, die einer Königin würdig war und die er prompt ins Haus jagte und genauso prompt vergaß, nachdem sie es sich bequem gemacht hatte.

»Oh, verdammt, Mycroft«, beschwerte sich Penelope, »was soll das?«

»Er ist nun mal ein Kater, Liebling«, sagte Andy.

»Dann fang du sie doch.«

»Hast du Mausefallen?«

»Fallen?« rief Penelope. »Du willst sie doch wohl nicht mit einer Falle fangen?«

»Wie soll ich sie den sonst fangen?«

Penelope zuckte die Achseln. »Mit den Händen, egal wie, aber bring sie ja nicht um«, warnte sie.

»Vielleicht hat sie ja die Beulenpest.«

»Dann kehr sie mit dem Besen raus. Mach irgendwas, aber keine Fallen«, sagte Penelope entschieden. »Mäuse haben auch Mütter.«

So kam es, daß Andy mit einem Besen bewaffnet auf der Suche nach der königlichen Maus durch das Haus schlich. Penelope half ihm hin und wieder.

»Da ist sie«, rief sie.

»Wo?« rief Andy, den Besen erhoben.

»Da!«

Big Mike beobachtete all dies und amüsierte sich köstlich. Er hätte ihnen sämtliche Verstecke der königlichen Maus zeigen können, aber niemand machte sich die Mühe, ihn zu fragen.

Nun, Penelope hatte keine Angst vor Mäusen – gewöhnlich auch vor nichts anderem, außer vor riesigen gelben Kohlrüben, die vom Himmel fielen. Es war nur, daß sie nicht der Meinung war, daß Mäuse mit richtigen Leuten und Katzen in einem Haus leben sollten. Was, wenn sie doch die Beulenpest hatte, obwohl es unwahrscheinlich war, daß so ein pummeliges süßes Wesen von tödlichen Krankheiten befallen war? Dennoch fragte sich Penelope, ob ihre Pestimpfung – sie hatte außerdem noch Angst vor Nadeln und Leuten, die Blut abnahmen – immer noch ausreichte. Wahrscheinlich nicht. Das *Marine Corps* und das Friedenscorps lagen schon ziemlich lange zurück.

»Da!«

»Wo?«

Das setzte sich während des Abendessens, des Abwaschs und der Spätnachrichten fort, in denen Lola LaPola – nicht mehr ganz so atemlos – den ersten Teil eines angekündigten dreiteiligen Berichts über verschiedene Arten von Fitneßtraining brachte. Der erste Teil beschäftigte sich mit Aerobickursen, und Lola reiste von einem Fitneßclub zum nächsten, um mit den Fitneßtrainern herumzuhüpfen. Wie die pinkfarbenen Shorts und das passende Oberteil zeigten, war Lola scheinbar ganz gut in Form, und Andy, der ganz hingerissen war, vergaß für einen Moment die königliche Maus. Zumindest bis Penelope, die spürte, wie sich das Monster Eifersucht zurückmeldete, brüllte: »Da!«

»Einen Moment noch, Liebling«, sagte Andy sanft, dessen Augen am Bildschirm klebten. »Ich möchte sehen, ob was rausfällt.«

Als Lola schließlich auf den zweiten Teil hinwies, der sich mit Eisenbiegen beschäftigen würde, und sich mit ihrem Spruch »Und nun zurück zum Sender« verabschiedete, hatte Penelope selbst ein paar Dinge zum Rausfallen gebracht, was Andys Aufmerksamkeit von den restlichen Abendnachrichten ablenkte.

Viel später murmelte Penelope: »Sport macht einen wirklich ziemlich müde.«

»Das müssen wir öfter machen«, flüsterte Andy, legte seinen Arm um Penelope und zog sie noch enger an sich – falls das überhaupt möglich war –, bevor er einschlief.

Penelope war kurz davor, selbst einzuschlafen, als sie die Maus hörte und plötzlich wieder hellwach war. Es war eins dieser ärgerlichen Dinge, die einen vom Schlaf abhielten, wie zum Beispiel ein tropfender Wasserhahn oder der Versuch, sich an etwas zu erinnern. Wie James Thurber, dem einmal der Name einer Stadt in New Jersey nicht einfiel, der aus zwei Wörtern bestand.

Und so knabberte die königliche Maus an Mikeys Leber-Crunchies herum, spielte in den Schlafzimmervorhängen, raschelte herum und amüsierte sich prächtig.

Wie zum Teufel hieß der Name der Stadt, der aus zwei Wörtern bestand?

Andy und Mikey verschliefen ungestört die nächtlichen Aktivitäten, während Penelope auf jedes nervige Geräusch hörte, das in der ruhigen Nacht noch lauter klang. Mit jedem quälenden schlaflosen Moment wurde sie immer verzweifelter.

Schließlich stieß sie Andy ihren spitzen Ellbogen in die Rippen und fühlte sich nur ein bißchen schuldig, da er nicht der wahre Übeltäter war. Aber es hatte keinen Sinn, zu dieser Stunde Mycroft zur Mäusejagd bewegen zu wollen. Die einzige andere Möglichkeit war, aufzustehen und Thurbers *My Life and hard times* zu lesen, aber es war ihr zu kalt im Haus.

»Umph«, sagte Andy.

»Nenn mir ein paar Städte in New Jersey.«

»Passaic«, murmelte Andy, »Hackensack.«

»Nein, eine mit zwei Wörtern.«

»Perth Amboy.«

»Ich hasse dich, wenn du immer alles sofort weißt«, sagte Penelope.

»Hm«, erwiderte Andy.

Master William Shakespeare und Sir Robert Dudely wurden vom ersten, zweiten und dritten Team zwecks Befragung aufs Polizeirevier geschleppt. Dutch ließ die Hauptverdächtigen, die eigentlich keine waren, mit ihrer linken Hand FANG MICH, WENN DU KANNST schreiben. All das bewies nur, daß es ein Rechtshänder mit der linken Hand hingekrakelt hatte.

»Natürlich habe ich es aufgegeben«, rief Shakespeare während seiner Sitzung. »Wissen Sie, wie langweilig es ist, den ganzen Tag Pillen zu zählen? Mein Gott, welcher Idiot will schon Apotheker sein.«

Idiot. Was er nicht sagte.

»Das ist kein hinreichender Tatverdacht«, unterbrach George Eden. »Mein Klient hat seit Jahren nicht mehr als Apotheker gearbeitet. Und außerdem wird Curare hauptsächlich für die Anästhesie bei Operationen benutzt.«

»Früher wurde es auch bei der Elektroschocktherapie benutzt«, sagte Shakespeare. »Vielleicht wird es das immer noch. Ich weiß es nicht. Das entzieht sich jetzt meiner Sachkenntnis.«

»Außerdem sind das alles nur Indizienbeweise«, sagte George Eden. »Sie haben die Liste der Verdächtigen auf diejenigen reduziert, die jemals in Süd- oder Mittelamerika waren, operiert worden sind oder Elektroschocktherapie bekommen haben. Da haben Sie wirklich eine überschaubare kleine Gruppe.« Er machte eine dramatische Pause. »Ich bin sicher, eine Jury würde mir da zustimmen.«

Und das Verflixte an der Sache war, daß George Eden recht hatte. Sogar Zwiddeldei und Zwiddeldum mußten ihm zustimmen.

Bobby, der auf sein Recht, zu schweigen und einen Anwalt hinzuzuziehen, verzichtet hatte, beteuerte immer wieder seine Unschuld. »Ich würde eine Curarepflanze nicht mal erkennen, wenn sie jetzt durch die Tür käme.«

Ich auch nicht, dachte Penelope später, als sie die Mitschriften der Befragungen durchlas, *aber ich wüßte, wo ich sie finden könnte, wenn es in Südamerika annähernd so zugeht wie in Äthiopien.* Dort kaufte man Luxusgüter auf der Straße oder auf der Veranda eines Hotels. Man saß dann bei ein paar Gin Tonic, und ein Straßenverkäufer nach dem anderen bot Zigaretten, Whiskey, Gold, Silber und Elfenbein feil. Bei einer denkwürdigen Gelegenheit sogar einmal ein Gewehr. Penelope war immer davon ausgegangen, daß man auch Sonderbestellungen aufgeben konnte. Sie hatte sich mit dem Versandkatalog eines gutsortierten Buchladens in Edinburgh und den Weihnachts- und Geburtstagspaketen von Muffy und Biff zufriedengegeben und ansonsten sehr sparsam gelebt.

»Whiskey, Madame?«

»Nein, danke, aber ich hätte gern eine Flasche Curare.«

»Jawohl, Madame, kommt sofort.«

So würde ich es machen, wenn ich in Südamerika wäre und zufällig Curare brauchte.

Aber laut Bobby war ihm so ein Gedanke nie gekommen.

Penelope wollte ihm Sharon zuliebe glauben, aber ...

Bobby und Sharon hatten gestritten, und sie war zurück nach Tempe gefahren, wo sie die Nacht allein verbracht hatte, bis Bobby reumütig zu ihr gekommen war, lange nachdem sie Burbages Leiche gefunden hatten.

Keine Frau, kein Pferd, keinen Schnäuzer und kein Alibi.

Und auch keinen hinreichenden Tatverdacht für eine Verhaftung oder eine Voranhörung.

Da Zwiddeldei stets loyal gegenüber den Bürgern war, für die er arbeitete, hielt er Bobby für den Täter.

»Nee«, widersprach Zwiddeldum. »Ich glaube, es war der Pillendreher.«

»Ehemaliger Pillendreher«, warf Penelope ein.

»Ja, aber er hatte Streit mit dem Opfer.«

»Du bist doch so schlau, wer, glaubst du, war es?« fragte Zwiddeldei.

»Ich habe nicht die leiseste Ahnung«, antwortete Penelope ehrlich. »Noch nicht.«

»Und was machen wir jetzt, Chef?« fragte Zwiddeldei.

»Wir behalten beide im Auge«, sagte Dutch. »Und wo wir schon mal dabei sind: Wenn du zufällig einen Kopfjäger mit Pfeil und Bogen siehst, verhafte ihn.«

»Hä?«

»Ach, vergiß es.«

»Da ist sie«, rief Andy triumphierend und griff nach dem Besen.

Mein Held.

»O Mist, sie ist schon wieder weg.«

Ein schöner Held.

Penelope ging die Mitschriften immer und immer wieder durch und suchte nach Hinweisen, fand aber nichts, was einen Verdacht begründete. Schließlich war Shakespeare ein prominentes Mitglied der Geschäftswelt Empty Creeks und gehörte der Handelskammer und dem Rotary Club an. Während des Jahres nahm er stets an zahlreichen gemeinnützigen Veranstaltungen teil. Und es war nicht seine Schuld, daß er in seiner Jugend bei seiner Berufswahl einen Fehler gemacht hatte. Penelope nahm an, daß es wirklich langweilig war, den ganzen Tag kleine Pillen zu zählen.

Bobby war ein bißchen exzentrisch, aber das war angesichts seines Status als Professor und Gelegenheitsschauspieler auch kein Wunder. Ganz zu schweigen von seiner andauernden Midlife-crisis. Zumindest hatte er keine Lederflicken auf den Ellbogen seines Tweedsakkos. Penelope war während ihrer Schul- und Studentenzeit einer Menge fröhlicher, exzentrischer Lehrer begegnet. Das war kein Verbrechen, genausowenig, wie dem Friedenscorps beizutreten oder nach Südamerika zu gehen.

»Tut mir leid, Mikey«, sagte Penelope und legte die Blätter ordentlich zusammen, »aber sie können es nicht gewesen sein.«

Mycroft berief sich auf den fünften Verfassungszusatz. Er hatte jegliches Interesse an dem Fall verloren, als Penelope ihn nicht mit den Unterlagen spielen ließ.

Aber wenn es nicht Shakespeare oder Dudley waren, die zumindest plausible Gründe dafür vorweisen konnten, Kenntnisse über Curare zu besitzen, wer war es dann?

Nachdem sie sich vergewissert hatten, daß die Maus genug Wasser und Nahrung für den ganzen Tag hatte, fuhren Penelope und Big Mike zur Arbeit. Sie konnte genausogut dort auf die Iden des März warten. Aber im Buchladen mußte sie auch ständig an Mord denken, was nur natürlich war, da beinah jedes Buch in *Mycroft & Co* auf die eine oder andere Weise von Mord handelte. Dies traf ebenfalls auf die meisten Werke der Weltliteratur zu. Samantha hatte recht. Die größten Stücke Shakespeares drehten sich um Mord. Könige und Kaiser wurden ermordet, damit andere ihren Platz einnehmen konnten. *Hatte jemand Carolyn ermordet, um den Thron für jemand anders frei zu machen?*

»Aber das ist ja absurd.«

»Was ist absurd, Euer Majestät?«

»Oh, ich spreche nur mit mir selbst«, sagte Penelope. »Ignorier mich einfach.«

Kathy nickte verständnisvoll. Der Umgang mit königlichen Hoheiten konnte manchmal recht anstrengend sein.

»Würde jemand die Königin umbringen, um ihren Platz einzunehmen? Wer würde das wollen? Und was hat Burbage damit zu tun?«

»Ja, Euer Majestät.« Kathy fuhr einfach damit fort, Bücher aus dem Frühjahrskatalog zu bestellen.

Penelope erwischte Bobby in seinem Büro an der ASU. »Erzählen Sie mir von Carolyn Lewis.«

»Schon wieder?«

»Ich fürchte, ja.«

Penelope stellte die gleichen Fragen und erhielt ungefähr die gleichen Antworten und kam ungefähr zu den gleichen Schlüssen, als sie den Hörer wieder auflegte. Carolyn Lewis war Dr. Jekyll und Mrs. Hyde, die sich während ihrer Regierungszeit als Königin scheinbar nach Macht und Männern verzehrte, die sie eigentlich nicht leiden konnte. In der Schule war sie dann wieder die hingebungsvolle Lehrerin.

Und was sagt mir das? fragte sich Penelope.

Absolut gar nichts, antwortete sie.

»Ich gehe Master William Shakespeare besuchen«, teilte sie Kathy mit. »Ich bin bald wieder zurück.«

»Sie nicht auch noch, Penelope«, stöhnte Master Will, als sie in sein Büro platzte. »Ich bin unschuldig. Ich habe niemanden umgebracht.«

Penelope hob die Hände. »Ich will nur ein paar Informationen.«

»Ich sollte George anrufen.«

»Ich bin nicht von der Polizei.«

»Könnte man aber fast meinen.«

»Wir wollen beide den Mörder finden. Helfen Sie mir.«

»Nun ...«

Nach einigem Sträuben kooperierte Shakespeare schließlich und wiederholte alles, was Penelope schon einmal gehört und gelesen hatte.

Sie hoffte auf irgendwelche Kleinigkeiten, die sie in eine lohnendere Richtung weisen würden. *Ist das zuviel verlangt?* fragte sie sich.

Offensichtlich.

»Vielen Dank jedenfalls«, sagte Penelope, als Shakespeare schließlich geendet hatte.

»Es tut mir leid, wirklich. Der Streit ist einfach eskaliert. Ich habe einen kleinen Vorschlag gemacht, und er hat einen seiner künstlerischen Temperamentsausbrüche bekommen. Künstler! So sind sie alle. Schauspieler, Maler, Schriftsteller.«

»Auch Dramatiker?«

»Die besonders«, gab Shakespeare verlegen zu, »aber ich habe ihn nicht umgebracht.«

So zog sich die Woche hin und wurde nur vom zweiten und dritten Teil von Lolas Fitneßbericht, weiteren Suchaktionen nach Harold – wenn die Maus schon weiter bei ihr wohnte, konnte sie auch einen Namen haben – und Penelopes wachsendem Frust unterbrochen, der sich ob ihrer Unfähigkeit,

Klarheit in die Mordfälle zu bringen, ansammelte. Sie beschloß wieder einmal, nicht mehr darüber nachzudenken, und hoffte, daß ihr die Antwort auch so einfallen würde. Wie Perth Amboy. Und dann fiel ihr ein, daß ihr Perth Amboy gar nicht selbst eingefallen war, sondern Andy. Und auch noch im Schlaf.

Penelope wartete mit angriffsbereitem Ellbogen und hatte Mühe, die Augen offenzuhalten, bis Andy fest eingeschlafen war.

Rumms.

»Umph.«

»Schnell, wer hat die Königin und Richard Burbage umgebracht?«

»Daryl Hannah.«

Na ja, es war ein Versuch wert gewesen. Penelope machte es sich bequem, zog die Decke bis zur Nasenspitze hoch und schloß die Augen. Sie war beinah eingeschlafen, als sie sich kerzengerade aufsetzte und Andy noch einmal den Ellbogen in die Rippen stieß.

»Aua.«

»Das ist dafür, daß du von Daryl Hannah geträumt hast.«

Nachdem sie in Vorbereitung für das Wochenende die Pflanzen draußen gegossen hatte, ging Penelope mit ihrer Gießkanne durch das Haus und tat dasselbe mit den anderen Pflanzen.

Und da war er.

Du bist verhaftet, Harold! Pfoten an den Kübel.

Die königliche Maus schaute mit großen braunen Augen zu ihr auf und zuckte nervös mit den Schnurrbarthaaren. Ohne Zweifel hatte Harold die Befürchtung, daß das faule Leben vorbei war.

Er war sehr niedlich.

»Nein, du kannst nicht bleiben. Tut mir leid«, sagte Penelope, hob die Pflanze hoch und trug sie nach draußen. Dabei summte sie *Born Free* vor sich hin.

Harold schaute Penelope an und zog die Nase kraus.

»Ach, was soll's.«

Penlope ging zurück in die Küche, füllte eine kleine Schüssel mit Leber-Crunchies und eine andere mit Wasser und trug sie zurück zu Harold.

»Merk dir für die Zukunft, Abendessen gibt es um sieben«, sagte sie, »und sei pünktlich.«

Die königliche Maus zu fangen und mit Segenswünschen, Glückwünschen und genug Futter für eine Party wieder freizulassen war nach Penelopes Ansicht die einzig sinnvolle Tat der Woche. Das heißt, falls man die Tatsache nicht dazuzählte, daß Lola LaPola während des zweiten Teils eine Hantel auf den Fuß ihres Trainers hatte fallen lassen. Was Penelope natürlich tat.

»Und was dich angeht«, sagte Penelope, »du sollst Mäuse aus dem Haus fernhalten und sie nicht reintreiben.«

Mycroft schaute sie mit diesem spöttischen Ausdruck an, den er so mochte, und fragte sich ganz bestimmt, was denn in sie gefahren war.

Aber zumindest waren die Iden des März endlich da, oder sie würden es zumindest um Mitternacht sein.

»Nun, Mikey, das wird bestimmt ein interessantes Wochenende.«

Der Bauernaufstand von 1595, wie es später in den Annalen der *Elisabethanischen Frühlingsfestspiele von Empty Creek* heißen würde, schrieb die Geschichte um und nahm sich Freiheiten heraus wie nie zuvor. Es war Tradition bei den Bauern, die lange Zeit gelitten hatten, am letzten Wochenende zu rebellieren. Schließlich hatten sie mehr als einen Monat lang jedes Wochenende vor ihren Höhergestellten gekatzbuckelt, alle mit ihren regelmäßigen Ausflügen zum Tauchbecken und an den Pranger belustigt und überhaupt das Los von ... nun, von Bauern ertragen. Nie zuvor in den vergangenen Jahren hatten es die Bauern jedoch mit ihrer Revolte so weit getrieben, daß ihnen von seiten einer großmütigen Königin Dankbarkeit zuteil wurde.

Es fanden all die üblichen Aktivitäten statt, die mit den Festspielen in Verbindung gebracht wurden – die königlichen Festzüge, verschiedene Proklamationen, Darbietungen auf den unterschiedlichen Bühnen sowie Turniere und Wettkämpfe auf dem Feld der Ehre. Schließlich erwarteten die Tölpel, unterhalten zu werden. Aber nach dem letzten Lanzenstechen liefen die Bauern Amok.

Bis dahin verlief alles wie gewöhnlich. Die Besucherzahlen der Festspiele waren höher denn je. Die gleichen morbiden Gaffer, die auf Autobahnen an Unfallstellen langsamer fuhren, schwärmten nun über das Gelände. Zu sehen, wie das

Königshaus, die Angehörigen der oberen Schichten und die Gentry ihr Fett abkriegten, war nur einer der Gründe dafür.

Die üblichen Verdächtigen versammelten sich im königlichen Pavillon.

Die zwei größeren Mitglieder der königlichen Leibgarde saßen in einer Ecke und zeigten ihren Frauenzimmern etwas, das verdächtig nach dem Versandkatalog eines Sexshops aussah. Die Frauen kicherten und erröteten und nickten mit unschicklicher Begeisterung.

Das kleinste Mitglied des Trios zupfte mißtönend an einer Leier und sang seiner jungen hübschen Maid etwas vor. Glücklich nahm er die Trauben an, die sie ihm in den Mund steckte – wahrscheinlich, um ihn zum Schweigen zu bringen, da sein Gesang noch schlimmer war als sein Spiel.

Der allzeit treue Sir Walter Raleigh nahm seinen Platz an der Seite der Königin ein. Der königliche Kater jedoch war mal wieder verschwunden, ohne Zweifel zu einem seiner Lieblingsverstecke.

Der *Lord High Mayor* und der *Lord High Sheriff* standen an ihrem Stammplatz an der Theke und bestellten einen weiteren Krug Ale.

Sir Francis Bacon führte eine ernste Unterhaltung mit dem spanischen Botschafter und diskutierte über irgendwelche schwierigen philosophischen Fragen.

Sir Francis Drake prahlte großspurig vor den Tölpeln.

Ritter klapperten in ihren Rüstungen, und die Knappen hielten sich in ihrer Nähe auf, um zu helfen, falls es nötig sein sollte.

Im England Elisabeths war alles in schönster Ordnung, wenn man davon absah, daß Sir Robert Dudley und Master Will Shakespeare fehlten.

Penelope schloß die Augen und lauschte auf die Geräusche am königlichen Hofe. *Ich werde das ein bißchen vermissen,* gestand sie sich ein. *Wären die Umstände anders gewesen, dann hätte es Spaß gemacht ... nein, es hat Spaß gemacht, aber ...*

Penelope öffnete abrupt die Augen. Es waren schließlich

die Iden des März, und es war nicht sehr klug, mit geschlossenen Augen herumzusitzen.

Lola LaPola betrat Hand in Hand mit ihrem Gerichtsdiener den Pavillon. Obwohl sie kein Kostüm trug, machte sie einen Knicks, als sich der Gerichtsdiener vor seiner Monarchin verbeugte. »Euer Majestät«, sagte sie ernst und ganz und gar nicht atemlos. Sie machte ja wirklich Fortschritte. Seit dem dritten Teil ihres Fitneßberichts war sie gar nicht mehr so atemlos gewesen. Und da sie über die Beliebtheit des Joggens berichtet hatte, konnte das bißchen Atemlosigkeit verziehen werden.

»Berichten Sie heute etwa wieder über die Festspiele?«

»O nein, ich bin nur so hier. Man hat mir gesagt, daß das letzte Wochenende sehenswert ist.« Sie lächelte ihren Gerichtsdiener an. »Aber ich habe für alle Fälle ein Kamerateam bereitstehen. Gibt es irgendwelche Fortschritte?«

»Nein, leider nicht.«

Die königliche Leibgarde schien erleichtert, als die Königin verkündete, daß ihre Dienste für den Moment nicht gebraucht würden. Die drei hübschen Mädchen schienen noch glücklicher darüber. »Danke, Euer Majestät«, sagten sie gleichzeitig.

Nun, während sie mit ihrem eigenen Begleiter über das Gelände schlenderte, wurde Penelope sich erneut bewußt, daß sie die königlichen Festzüge, das Begrüßen ihrer Untertanen, die böllernden Kanonen und Fanfarenstöße, die bunten Farben und die köstlichen Gerüche vermissen würde.

»Es hat Spaß gemacht, nicht wahr?«

»Ja«, sagte Sir Walter versonnen, »obwohl ich nicht dazu gekommen bin, dich an den Pranger zu stellen. Schau, was es mit Lola gemacht hat.«

»Also, wirklich, manchmal benimmst du dich genau wie ein Mann.«

»Aber das bin ich doch.«

»Natürlich bist du das, Liebling.«

Sie schlenderten weiter, und Penelope wählte schlauerweise den Weg, der sie zur *Kissing Bridge* führen würde.

»In der Öffentlichkeit?« fragte Sir Walter und blickte sich nervös zu den Leuten um, die sie beobachteten.

»Ich bin die Königin«, sagte Ihre Äußerst Huldvolle Majestät, »und die Königin wünscht, geküßt zu werden.«

Lauter Jubel brach aus, als Sir Walter sie küßte. Es war zwar nur eine Neun auf ihrer Kußskala (eine verdammt gute), aber es wäre eine Zehn oder sogar eine Elf geworden, wären da nicht die Zuschauer gewesen, vor denen sich Sir Walter genierte.

»Ich werde es James dem Ersten niemals verzeihen, was er dir angetan hat«, sagte Penelope und klang dabei genau wie Lola. »Vielleicht sollten wir heute abend halt am guten alten Pranger machen, bevor es zu spät ist.«

»Marlowe, Marlowe, Marlowe.«

Die ausgesuchten Szenen aus *Die tragische Historie von Doktor Faustus,* in denen Marlowe die Titelrolle gespielt hatte, waren gerade zu Ende.

Die schäbige Schauspieltruppe rief im Chor seinen Namen, bis das Publikum mit einstimmte. Ihre Vorstellung war gut gewesen, und Marlowe als tragischer Held, der seine Seele dem Teufel im Austausch für Wissen verkauft hatte, hatte eine ausgezeichnete Darstellung geboten. Aber im großen und ganzen reichte es nicht an den Standard der Schauspieler des *Globe Theater* heran. Aber was schadete es, Marlowe seinen Moment des Triumphes zu gewähren?

Shakespeare hatte so einen Bammel gehabt, daß er in Zivilkleidung aufgetaucht war. Aber zumindest war er schließlich doch hinter der Bühne aufgetaucht und hatte seinen Schauspielern »Hals- und Beinbruch« gewünscht. Von Sir Robert Dudley war immer noch nichts zu sehen.

Penelope ging hinter die Bühne, um Marlowe zu gratulieren, aber er war nicht aufzufinden. »Wo ist Marlowe?« fragte Penelope Helena von Troja, wobei sie bezweifelte, daß ihr Gesicht tausend Schiffe auf den Weg bringen würde. Zwei oder drei bescheidene Ruderboote vielleicht oder sogar einen alten Schaufelraddampfer, aber tausend Schiffe? Das war ein bißchen zu hoch gegriffen. Dennoch war Marlowe sehr überzeugend gewesen, als er flehte: »›Süße Helena, mach mich durch einen Kuß von dir unsterblich! Es saugen ihre Lippen meine Seele aus mir – da fliegt sie, schau! – Komm, Helena, komm, gib mir küssend meine Seele wieder.‹«*

»Ach, Kit verdrückt sich immer ganz unerwartet. Das macht er ständig.«

»Wissen Sie, wo er hingeht?«

»Nein, eigentlich nicht«, sagte Helena von Troja. »Sie können es ja mal auf dem Zeltplatz versuchen. Er hält sich da gern auf, wenn wir nicht auf der Bühne sind. Er ist manchmal ganz furchtbar deprimiert. Ich glaube nicht, daß seine Therapie viel bringt.«

Penelope spürte, wie ihr Schauer über den Rücken liefen. Depressionen wurden manchmal mit Elektroschocktherapie behandelt, und Curare wurde früher injiziert, um die krampfartigen Symptome zu lindern, die bei der Behandlung auftraten.

Marlowe?

Nein, das war ja verrückt.

Nach ihrer Rückkehr zum königlichen Pavillon bemerkte die Königin, daß die Mitglieder ihres Hofes nervöser waren als zuvor. Draußen rottete sich langsam der Pöbel zusammen und wartete darauf, daß das Klirren der Breitschwerter erstarb und die Kämpfe des Tages zu Ende gingen.

»Verzeiht, Euer Majestät«, bat Lady Kathleen, »aber darf ich mich zurückziehen?«

»Natürlich, Kind, aber warum?«

»Um meine Verkleidung anzuziehen. Ich habe diese Bauernaufstände schon miterlebt. Sie benehmen sich wie ... Bauern.«

* Dieses und folgende Zitat aus:
Christopher Marlowe: Die tragische Historie vom Doktor Faustus, Dt. Adolf Seebess, Reclam, Stuttgart 1964, S. 60.

»Aber du hast doch auch einmal dazugehört.«

Kathy lächelte. »Ich weiß. Ich war eine der Schlimmsten.«

»Warum versteckst du dich nicht in meinem Wohnwagen?«

»Oh, aber das wäre ja gegen die Regeln.«

Nachdem Königin Elisabeth die letzte königliche Segnung für den Tag ausgesprochen und die Ritter für ihren guten Kampf gelobt hatte, ertönte ein Schrei.

»Rebellion!«

Die Person der Königin war natürlich sakrosankt, wie auch Sir Walter durch ihren königlichen Erlaß. Während die anderen Mitglieder des Hofes und der Gentry vom Heugabeln und Harken schwingenden Pöbel die engen Straßen hinauf- und hinabgejagt wurden, brauchte sich die Königin um nichts Sorgen zu machen. Besonders, da man die königliche Leibgarde auf Drängen ihrer neuen weiblichen Freunde zu Ehrenbauern ernannt hatte.

Aber wo war die Leibgarde? Sie waren zu spät dran und ohne Zweifel durch ein allzu begeistertes Teilnehmen an lüsternen elisabethanischen Vergnügungen aufgehalten worden.

Als die in Bauernkleider gehüllte Lady Kathleen nun mit geschürzten Röcken an Penelope vorbeistürmte, um dem Pöbelhaufen zu entkommen, der ihr dicht auf den Fersen war, brauchte die Königin nur einen Schritt zurückzutreten und ihrer rasenden Hofdame Schnellfüßigkeit zu wünschen.

Leider waren ihre guten Wünsche nicht von Erfolg gekrönt, da sie Kathy kurz vor der Kirchentür einholten, hinter der sie hätte Schutz suchen können. Sie wurde rasch an den Händen gefesselt und zurückgebracht und mußte nun warten, bis sie am Tauchbecken oder dem Pranger oder beidem an der Reihe war. Es sei denn, sie gewährte ihren Häschern ein oder zwei Küsse. Es war allgemein bekannt, daß eine junge hübsche Maid auf diese Art und Weise freikommen konnte.

»Teure Dame, Ihr könnt auf eine Begnadigung hoffen, wenn Ihr ...«

Lady Kathleen spielte ihre Rolle bis zum letzten, blähte aufgebracht die Nasenflügel und vekündete mit wogendem Busen, der jeder Heldin des verführerischen Rotschopfes würdig gewesen wäre: »Niemals! Eher will ich sterben!«

»Aber nur ein Kuß für einen armen Jongleur ...«

»Niemals, Kerl, nicht für einen Wurm wie dich.«

»Führt sie ab«, sagte Timmy schadenfroh, denn es war tatsächlich Lady Kathleens eigener Jongleur, der ihre Verkleidung verraten hatte und sie nun verurteilte. »Nach ein oder zwei Stunden am Pranger besuche ich meine Dame vielleicht noch einmal.«

Lady Kathleen wurde von zwei riesigen grinsenden Bauern gepackt und abgeführt.

Es schien, daß Lady Kathleen die Festspiele genauso beendete, wie sie sie begonnen hatte – indem sie eine Strafe absaß. Aber Penelope mußte lächeln. Sie wußte, daß Kathy den armen Timmy das restliche Jahr dafür bezahlen lassen würde, daß er sie so bereitwillig verraten hatte.

Unglücklicherweise genoß die Königin der Pikten nicht das Privileg einer Amnestie. Sie wurde durch das Dorf geführt und trug eine *Scold's Briddle,* während eine Gruppe von Wäscherinnen, Fischweibern und Metzen sie verspotteten. »Zum Tauchstuhl.«

Während sie, ihrem Schicksal entgegen, an Penelope vorbeiging, blickte Stormy sie mit großen blauen Augen an. Vielleicht bat sie ihre Schwester, zu ihren Gunsten einzugreifen. Sie versuchte außerdem, etwas zu rufen, aber ihre Worte wurden von der Vorrichtung in ihrem Mund erstickt.

Penelope hatte nicht einmal gewußt, daß die Bauern einen eigenen Tauchstuhl hatten. Vielleicht hatten sie ihn extra für ihren Aufstand aufgestellt. Außerdem war Stormy an solche Sachen gewöhnt, wenn man all die Schwierigkeiten bedachte, in die sie auf der Leinwand stets geriet ... Sie war häufiger in Gefahr geraten als die berühmte Pauline, obwohl man sie noch nie an Eisenbahnschienen gefesselt hatte.

Vielleicht kam es jetzt dazu. Und außerdem brachte ein

ordentliches Tauchen Stormy ein paar Manieren bei und war die Rache dafür, daß sie Penelope von der Schaukel geschubst hatte.

Der *Lord High Sheriff*, der zugleich der königliche Steuereintreiber war, und seine Günstlinge zählten zu den meistgehaßten Personen und waren daher preisgekrönte Gefangene. Sie wurden in das königliche Kittchen getrieben, um darauf zu warten, daß sie am Pranger an die Reihe kamen. Für sie gab es keine Gnade.

Penelope sah, daß Lola schon in der Schlange stand, um eine Tomate zu kaufen, die sie als kleine Rache auf ihren Gerichtsdiener werfen wollte. Sie hätte gern gewartet, um Lolas Wurfkünste zu sehen, aber es wurde spät. Penelope warf einen Blick zum Himmel hinauf. Es war immer noch Zeit genug, Marlowes Zeltlager aufzusuchen und Mycroft zu finden, bevor es dunkel wurde. Und außerdem war nirgendwo auch nur ein einziges Vorzeichen zu sehen.

Der Pöbel schrie, man solle den königlichen Steuereintreiber bringen, als sich Penelope zu Sir Walter Raleigh umwandte und sagte: »Ich mache mir langsam Sorgen um Mikey. Sieh du doch mal nach, ob er sich gerade eine Truthahnkeule genehmigt, und ich gehe zum Würstchenstand.«

»Hältst du das für klug? Vielleicht sollten wir zusammen gehen.«

»Es ist noch hell genug, und so geht es schneller. Ich treffe dich hier in einer Stunde. Bis dahin sind Robin und seine kleine Truppe wieder da.«

»Nun ...«

»Es wird schon alles gutgehen, Liebling.«

Gerade als Penelope an der Wahrsagergasse vorbeikam und bemerkte, daß das Zelt der königlichen Astrologin geschlossen war, wurde sie von einer verkleideten Erscheinung begrüßt, die entweder einen Baum oder einen Imker darstellen sollte, der mit Blättern beklebt war.

»Ich bin es«, zischte die Erscheinung.

»Wer ist ich?«

»Dudley. Ich bin als Geist des Waldes verkleidet.«

»Das sehe ich auch.«

»Damit schüttele ich die Bauern ab. Sie rechnen nicht damit, daß die Oberschicht als Baum herumrennt. Sie glauben, ich bin einer von ihnen.«

»Verkleiden Sie sich oft als Baum?«

»Nur für das Saatfest. Das findet morgen statt. Sharon ist als Milchmädchen verkleidet, aber ich kann sie nicht finden. Haben Sie sie irgendwo gesehen?«

»Nein, aber wenn, dann sage ich ihr, daß ein Baum nach ihr sucht.«

»Danke.«

Penelope sah erstaunt zu, wie Sir Dudley davontrippelte. *Hoffentlich läuft er Sir Hund nicht über den Weg,* dachte Penelope.

»Nein, wir haben ihn nicht gesehen, Euer Majestät«, teilte man Penelope am Würstchenstand mit. Sie setzte ihren Weg fort und rief immer wieder: »Mikey, Mikey.«

Penelope versuchte es im Zeltlager. Big Mike war auch nicht beim Wohnwagen, um ungeduldig auf ein frühes Limabohnenmahl zu warten. Zumindest klebte keine Nachricht an der Tür. *Noch nicht,* dachte Penelope grimmig.

Marlowes Zelt war leicht zu finden. Ein paar Leute seiner Truppe waren dort und tranken Ale und stießen auf ihren Triumph an. Sie erhoben sich, um ihre Königin zu begrüßen. »Können wir Eurer Majestät eine Erfrischung anbieten?«

»Nein, danke, ich suche Marlowe.«

»Oh, er müßte bald zurück sein. Er hatte vor den abendlichen Festivitäten noch etwas Wichtiges zu erledigen.«

Aus einem tragbaren Radio dröhnte ein schriller Heavymetal-Song – falls man so eine Kakophony überhaupt als Song bezeichnen konnte.

Penelope drückte einen Knopf, um den Sender zu wechseln. Und noch mal, obwohl Marlowes Gefolgsleute protestierten. Und noch mal.

Alle Knöpfe waren auf Heavy-metal-Sender eingestellt. Penelope schaltete zum ersten Sender zurück.

»Ich bin ja kein so großer Fan davon«, sagte Penelope. »Gefällt euch das?«

»Es ist das einzige, das wir uns anhören«, erwiderte ein junger Schauspieler. Er spielte im Stück den Mephistopheles. »Marlowe sagt, alles andere sei Scheiße.«

Und wieder liefen ihr Schauer über den Rücken. »Danke«, sagte Penelope und hoffte, daß sie ihr nichts angemerkt hatten. Es war an der Zeit, Mikey zu finden und sich aus dem Staub zu machen. »Sagt Marlowe, ich hätte nach ihm gesucht.«

»Vielleicht ist er irgendwo und spielt Flöte«, sagte Helena von Troja, »oder vielleicht übt er Kalligraphie.«

»Flöte? Kalligraphie?« Penelope fand, daß die Schauspielerin ohne Bühnen-Make-up viel hübscher war und ein richtig frisches und liebes Gesicht hatte. Sie konnte mindestens fünfhundert Schiffe auf den Weg bringen und gleichzeitig noch ein paar Türme verbrennen.

»O ja«, schwärmte Helena von Troja. »Er ist ein richtiger Renaissance-Mensch. In allen Künsten geschult. Sie haben doch heute seine Vorstellung gesehen. Und sieht er nicht toll aus?«

»Ja, er war sehr gut«, sagte Penelope. *Vielleicht zu gut,* dachte sie. *Gut genug, uns allen was vorzumachen.* »Nun, ich muß nun gehen und meinen Kater finden.«

»Wir sehen Sie später«, sagte Mephistopheles, »im *Star Chamber.*«

»Ja, klar«, sagte Penelope und ging vorsichtig ein paar Schritte zurück. Sie drehte sich um und eilte davon. Dabei sah sie sich ein paarmal um und wünschte, sie hätte die königliche Leibgarde nicht so unbekümmert entlassen und Sir Walter in die entgegengesetzte Richtung geschickt. Es war das gleiche Gefühl, das sie beim Verlassen von Alyce' Laden gehabt hatte.

Er beobachtete sie.

Und was hatte es mit dem *Star Chamber* auf sich? Das war ein mittelalterliches Femegericht, das vom König einberufen wurde und sich heimlich und ohne Jury traf. Geständnisse wurden unter Folter erzwungen, und die Urteile waren streng und willkürlich. *Habe ich ein Star Chamber einberufen, ohne es zu wissen?* fragte sich Penelope. *Vielleicht war es einer dieser endlosen Erlässe, die sie mir ständig zum Unterzeichnen zuschieben?* Manchmal war das politische Treiben der Festspiele zu verworren, um es zu begreifen.

In der Ferne war Jubel zu hören, als ein weiteres glückloses Mitglied des Adels an den Pranger gestellt wurde.

Penelope eilte weiter, und ihre Gedanken überschlugen sich. »Mikey«, rief sie, »Mikey.«

Wenn sämtliche Musik mit Ausnahme von Heavy metal Scheiße war, warum war Marlowe dann irgendwo da draußen und spielte die Flöte? Und warum war Carolyns Radio auf einen Heavy-metal-Sender eingestellt gewesen? Welchen Grund hatte Marlowe, die Königin umzubringen? Er war nie ein Sir Robert Dudley gewesen. Er wollte vielleicht Richard Burbage tot sehen – er war schließlich ein Rivale Marlowes. Aber die Königin?

Es gab eine Erklärung, aber die war einfach zu verrückt. Dutch würde sie glatt aus der Stadt lachen, aber was, wenn ...

Es waren Unmengen an Büchern verfaßt worden, die die These aufstellten, daß William Shakespeare seine Stücke nicht selbst geschrieben hatte. Unter den vielen Kandidaten, die noch am ehesten als Autor von Shakespeares Kanon in Frage kamen, war ein gewisser Marlowe. Es gab Gelehrte, die argumentierten, daß Marlowes Tod bei einer Kneipenschlägerei im Rahmen eines elisabethanischen Zeugenschutzprogramms vorgetäuscht worden war, um ihn für seine Tätigkeit als Spion im Dienste Königin Elisabeths zu belohnen.

Verrückt. Verrückt. Verrückt!

Die, die Marlowes Kandidatur um die Rolle des Barden von Avon unterstützten, wiesen darauf hin, daß Shakespeares Auftreten in der Londoner Theaterszene recht passend mit dem Ableben Marlowes zusammenfiel und daher Marlowe Shakespeare war.

Penelope war es ziemlich egal, wer die Stücke geschrieben hatte. Alles, was zählte, waren die Stücke selbst. Aber ...

Falls Carolyn Marlowe gesagt hatte, daß er nicht aus dem Exil zurückkehren konnte ...

Aber das war doch kein Grund, jemanden umzubringen.

Oder doch?

Erst als Penelope an den weniger bekannten Bühnen vorbeikam, wurde ihre Suche mit einem Miau belohnt. Eigentlich sagte Big Mike: »Meowurgle.« So hörte er sich immer an, wenn er aus dem Tiefschlaf erwachte. »Ich bin hier drinnen«, hieß es übersetzt.

Penelope schaute durch das staubige Fenster, aber das Innere des Raums war dunkel. »Mikey?«

»Meowurgle!«

Penelope fand die Tür und den Lichtschalter des Lagerraums. Ein verschlafener Mikey lugte über den Rand seines Versteckes auf sie hinunter.

»Was machst du da oben?« fragte Penelope, obwohl sie genau wußte, daß es eine ziemlich blöde Frage war.

Big Mike stand auf und streckte sich gemütlich. Vom Schrank war ein dumpfes Klirren und das Rascheln von Papier zu hören.

Penelope kletterte auf einen Stuhl. Der Schrank war immer noch zu hoch, als daß sie daraufschauen konnte. Also tastete sie mit ihrer Hand darüber und fand eine kalte Phiole. Sobald sie die Aufschrift sah, ließ sie die Phiole fallen, als habe sie sich plötzlich in eine Kobra verwandelt. Ein Blick genügte, um zu wissen, was es war. Und vielleicht waren Fingerabdrücke darauf.

Sie tastete auf dem Schrank herum und fand das Papier. Es war zerknittert und von Mikeys Körper ganz warm, aber die Nachricht war deutlich lesbar.

WER WIRD DER NÄCHSTE SEIN, MISS QUEENY?

Es war nicht gerade die beste Kalligraphie, die Penelope je gesehen hatte, aber mit dem Schreibset, das sie fand, war sicherlich die Iden-des-März-Nachricht geschrieben worden.

»Mikey«, rief Penelope, »du hast es mal wieder geschafft.«

Big Mike, der immer noch ein bißchen verschlafen war, wußte zwar nicht genau, was er geschafft hatte, aber der Ton in ihrer Stimme versprach eine Extraportion Limabohnen. Von daher war er gewillt, sämtliches Lob zu akzeptieren.

»Laß uns hier verschwinden, Mikey, und Dutch suchen.« Oder Zwiddeldei und Zwiddeldum oder Lothario. Irgendwen.

Aber genau in diesem Moment wurde der Raum in Dunkelheit getaucht.

Da sie nicht wußten, was ihrer Königin und dem königlichen Kater widerfahren war, setzten die Bauern ihren Aufstand fort. Wie sich herausstellte, besaß Lola LaPola tatsächlich eine ganz passable Wurftechnik. Wäre Penelope nicht anderweitig beschäftigt gewesen, wäre sie auf Lolas zielsicheren Wurf sehr stolz gewesen, der eine witzige Anekdote für *Die Traumhochzeit* abgab.

Penelope wäre außerdem sehr stolz auf die gelassene und tapfere Art und Weise gewesen, in der Lady Kathleen ihrem Schicksal am Pranger entgegensah.

Und als sich der junge Jongleur, der nicht mehr fähig war, den Anblick seiner gequälten Liebsten zu ertragen, vor die Tomate warf, die für das Gesicht der besagten Liebsten gedacht war, wäre sie schier vor Stolz geplatzt. Schließlich war sie hoffnungslos und unheilbar romantisch.

Stormy, die während ihrer Rettung durch die Pikten das letzte gab, hätte ähnliche Gefühle bei ihrer Schwester geweckt.

Aber da die Königin mit ihren eigenen Sorgen ziemlich beschäftigt war, erfuhr sie von all dem erst viel später.

Der Kampf war erbittert, wenn auch kurz, und wurde durch mörderische Schreie unterbrochen, als jemand aus Versehen auf Big Mikes Schwanz trat. Penelope teilte ein paar wohlplazierte Schläge aus, bevor ihr einer der Angreifer ein Beinchen stellte und sie hart auf den Boden schlug. Einen Moment lang blieb ihr die Luft weg, aber der reichte aus, um die Königin außer Gefecht zu setzen. Sie zogen ihr eine kunstvoll gearbeitete *Scold's Briddle* über den Kopf, die einer Königin würdig war, und legten ihre Handgelenke in Eisen.

Grobe Hände zerrten sie auf die Füße.

»Murmph«, sagte die Königin, als das Licht wieder anging. *Was zum Teufel geht hier vor?* fragte sie sich, als sie ihren Häschern gegenüberstand.

Marlowe blickte sie höhnisch an. Helena von Troja war ebenfalls da. Sie kümmerte sich um einen Teufel des Stücks, der den offensichtlichen Fehler begangen hatte, sich im Dunkeln mit Big Mike anzulegen. Es waren außerdem zwei Gelehrte und ein Mönch da – sie spielten alle bei *Faustus* mit –, und obendrein Master Edwards, der Eisenwarenhändler, der sie anlächelte. *Was machte er hier? Waren sie alle Mörder?*

»Murmph«, wiederholte die Königin, rasselte mit den Ketten und blickte sich suchend nach Mycroft um. Ihm schien die Flucht gelungen zu sein. *Wenn sie ihm weh getan haben, können sie was erleben,* dachte Penelope.

Marlowe stellte sich dicht vor sie und flüsterte: »Erwarten Sie nicht, daß Ihnen Ihre Freunde von der Polizei helfen. Ich habe eine kleine Ablenkung für sie arrangiert.« Er drehte sich zu den anderen um. »Führt sie fort.«

Der Lärm und das Getöse des Bauernaufstands wurden leiser, als Penelope durch die leeren, unheimlichen Dorfstraßen geführt wurde.

Big Mike, der mit angelegten Ohren und bedrohlich hin und her schlagendem Schwanz im Schatten hockte, beobachtete sie. Hätten sie ihn bemerkt, wie er sich langsam erhob und anfing, sich anzupirschen, hätten sie ihn für ein Löwenjunges gehalten, das übte, wie man durch das Gras der afrikanischen Steppe schlich. Aber sie hätten sich geirrt. Er war kein Junges, und er brauchte auch nicht zu üben.

Die ganze Truppe Marlowes befand sich auf dem kleinen Dorfanger am entgegengesetzten Ende des Dorfes, weit weg vom

Tumult des Bauernaufstandes. Die Teufel, Gelehrten und Priester waren dort. Außerdem der Gute Engel und der Böse Engel, zusammen mit den Sieben Todsünden. Es gab noch ein paar andere, die Penelope nicht kannte, Leute, die bei den verschiedenen Zünften rumhingen. Sie waren nun alle Rebellen.

Die Menge teilte sich, und die Königin war geschockt, Alyce und Sharon zu sehen, die man, ähnlich wie sie, gefesselt und ruhiggestellt hatte. Sie blickten sie hilflos an, als Penelope vorwärts gestoßen wurde.

»Die Verhandlung des *Star Chamber* ist eröffnet«, verkündete Marlowe feierlich.

Er zog den Mantel eines Zauberers an, und Penelope fand, daß er wie der *Wizard of Id* aussah. Sie erwartete beinah, daß er etwas sagen würde wie »Simsalabim« oder was auch immer der *Wizard of Id* während seiner Beschwörungen sagte.

»Ihr seid des Hochverrats und anderer Verbrechen gegen die Künste angeklagt«, sagte Marlowe, »und für schuldig befunden. Es gibt keine Berufung.«

Trotz Marlowes Verkündung drehte sich Penelope um und blickte Helena von Troja hilfesuchend an.

»Ist das nicht ein Spaß«, sagte Helena atemlos. »Man weiß nie, was in der letzten Nacht der Festspiele alles passiert.«

Penelope runzelte die Stirn. Zumindest dachte sie, daß sie die Stirn runzelte. Aber bei dieser Vorrichtung über Kopf und Mund war das schwer festzustellen. Sie kam zu dem Schluß, daß diese Narren nicht einmal wußten, was los war.

Penelope wurde langsam klar, wie es sich zugetragen hatte. Zumindest nahm sie das an. Marlowe hatte in ihrem Zelt auf Carolyn gewartet und sich die Zeit damit vertrieben, seine Musik zu hören. Als er die Königin dort nicht antraf, hatte er sie auf dem Dorfanger abgepaßt. Als seine Petition erfolglos blieb, hatte er sie umgebracht.

Ich habe mein Leben wahrscheinlich gerettet, dachte Penelope, *als ich an jenem ersten Tag erlaubte, daß Marlowes Stücke weiter aufgeführt werden. Aber das hat Marlowe nicht gereicht, und er ermordete Burbage, um Shakespeares Aufführungen zu sabotieren.*

Es gab noch ein paar andere kleine Details, die sie klären mußte, aber zusammen mit dem Kalligraphieset und dem Curare hatte Penelope einen ausreichenden Tatverdacht, um ihn festnehmen zu lassen. Es gab nur einen kleinen Haken, den sie beseitigen mußte, und zwar verdammt schnell, wenn sie das irre Glitzern in Marlowes Augen richtig deutete.

Sharon wurde rasch verurteilt, da sie sich geweigert hatte, sich Marlowes Schauspielertruppe anzuschließen. Alyce wurde wegen Hexerei und der Entfremdung ehelicher Zuneigung schuldig gesprochen. An dem Punkt wurde es ein bißchen verwirrend, da Marlowe abwechselnd in Raserei verfiel und unzusammenhängend vor sich hin murmelte.

Das war ja vielleicht ein Skript.

Penelope beschloß, daß es an der Zeit für ein bißchen »Simsalabim« von ihrer Seite war.

Während das *Star Chamber* am entgegengesetzten Ende des Dorfes, weitab vom Frohsinn des Bauernaufstandes, zügig mit seinen Angelegenheiten fortfuhr, organisierte Sir Walter eiligst eine Suchmannschaft. Die Königin war schon viel zu lange weg.

»Penelope müßte mittlerweile zurück sein«, sagte er und versammelte die Reste des königlichen Gefolges um sich.

»Ich wußte, wir hätten mit ihr gehen sollen«, lamentierte Robin Hood.

Little Ralph und Little Russell richteten sich drohend auf.

»Ist etwas nicht in Ordnung?« fragte Sir Francis Drake.

»Die Königin ist verschwunden.«

Drake zog sein Entermesser. »Wir segeln mit der Flut.«

»Ich glaube nicht, daß sie im See ist«, machte ihn Raleigh aufmerksam. Er fand, daß er unter den gegebenen Umständen noch recht geduldig geklungen hatte.

»Das ist nur so eine Redewendung«, sagte Drake. »Wir werden sie schon finden.«

Sobald Lola die kleine Gruppe Männer um Andy herumstehen sah, gesellte sie sich zu ihnen. »Was ist los?« fragte sie.

»Irgendein Schuft hat die Königin entführt.«

»Das wissen wir noch gar nicht«, sagte Andy, »aber ...«

Lola zog ein Mobiltelefon aus ihrer Handtasche und tippte schnell eine Nummer ein. »Es geht los.« Sie steckte das Telefon zurück und sagte: »Los, gehen wir sie suchen.«

Während sie die Suchtruppe zusammentrommelten, umstellte der Polizeichef von Empty Creek, seine Detectives und mehrere uniformierte Polizisten nach einem anonymen Telefonanruf ein baufälliges kleines Haus, daß nicht sehr weit draußen in der Wüste lag.

Obwohl im Haus die Lichter brannten, konnte man nicht sehen, was drinnen vor sich ging, da alle Vorhänge zugezogen waren.

Zwiddeldei und Zwiddeldum standen an beiden Seiten der Haustür und lauschten angestrengt, aber drinnen war alles still. Sie schauten zu Dutch herüber, der mit einem Nicken das Zeichen gab.

Zwiddeldei bewegte sich auf die Tür zu, schätzte sorgfältig die Entfernung ab und versetzte ihr einen gewaltigen Tritt. Das hatte er schon immer mal machen wollen.

Mit einem Knall flog die Tür auf.

Polizisten stürmten hinein und brüllten Befehle, die sich widersprachen.

»Polizei! Keine Bewegung!«

»Hände hoch!«

»Alle auf den Boden! Ein bißchen plötzlich!«

Ihr plötzliches Auftauchen schockte den bärtigen jungen Künstler dermaßen, daß sein Pinsel zielsicher in die eine Richtung und seine Palette mit Ölfarben in die andere flog. Der Pinsel traf Dutch und hinterließ einen hübschen Streifen Magentarot auf seiner Wange. Zwiddeldei hatte nicht soviel Glück. Die Palette traf ihn mitten ins Gesicht und bedeckte ihn mit sämtlichen Grundfarben.

Das Nacktmodell – es war die Frau des Künstlers – kreischte, griff nach ihrem Bademantel und ließ ihn wieder fallen. Sie griff erneut danach, verfehlte ihn jedoch und rannte, immer noch schreiend, ins Badezimmer. Dort schloß sie sich ein und weigerte sich herauszukommen, bis das Gerichtsverfahren zu ihren Gunsten entschieden war.

Währenddessen im *Star Chamber*...

Die Königin wurde zum Tode verurteilt.

Die Schauspielerin wurde zum Tode verurteilt.

Die Hexe wurde zum Tode verurteilt.

Die Königin erwartete der Scharfrichter, die Schauspielerin und die Hexe der Scheiterhaufen.

»Zum Tower«, rief Marlowe.

Er war ganz klar völlig übergeschnappt. *Das kommt davon, wenn man in so einem zarten Alter Atheist wird,* dachte Penelope. *Oder Spion. Oder beides.*

»Oh, ist das ein Spaß«, rief Helena von Troja.

Du hast leicht reden. Die schweren Handfesseln des Eisenwarenhändlers umspannten die Handgelenke der Königin. Sie rasselte wütend mit den Ketten.

Die zierliche junge Schauspielerin blickte ihre Königin hilflos an. Nach der Verkündung des Todesurteils gab sich die Schauspielerin keine Mühe mehr, sich ihrer Rolle entsprechend zu verhalten. »Wsmchnwrjtzt?« fragte Sharon.

Es fiel Penelope nicht schwer, dies mit »Was machen wir jetzt?« zu übersetzen.

»Wrhnszsmmn«, erwiderte Penelope. Es war eine äußerst unkönigliche Äußerung. Die Königin blickte Alyce an. Auch sie zuckte hilflos mit den Achseln.

Wo zum Teufel war Stormy? Wahrscheinlich rannte sie immer noch herum und versuchte, sich aus der *Scold's Briddle* zu befreien, aber niemand würde ihr dabei helfen. Sie hatten alle gehört, wie ihr Urteil unter Gelächter verkündet wurde.

Wo zum Teufel war Kathy? Ohne Zweifel verbüßte die Hofdame immer noch ihre Strafe am Pranger.

Und überhaupt. Wo waren Ralph und Russell? Wahrscheinlich jagten sie hinter ihren Frauenzimmern her. Sie hatten sich ja als eine schöne Leibgarde entpuppt. Aber es war ja ihre eigene verdammte Schuld, daß sie sie von ihren Pflichten entbunden hatte.

Aber wo zum Teufel war Mycroft? Es gab absolut keine Entschuldigung dafür, daß er seine Königin in der Stunde der Not allein ließ.

Ein Schinderkarren, der von einem lahmen Gaul gezogen wurde, kam quietschend neben den verurteilten Gefangenen zum Stehen.

In *Die Amazonenprinzessin und das Schwert der Verdammnis* hatte Stormy ihre Fesseln gelöst, als sie auf den Scheiterhaufen gebunden wurde. Penelope versuchte das gleiche, aber vergeblich. Natürlich konnte Prinzessin Leogfrith ihr magisches Amulett zu Hilfe nehmen.

Da sie kein Amulett besaß – magisch oder sonstwie –, griff die Königin nach dem durchhängenden Teil ihrer Ketten, holte Schwung und versetzte Christopher Marlowe einen ordentlichen Schlag auf den Kopf. Ganz genau wie eine Amazonenprinzessin oder die Königin von England. Als Marlowe auf dem Boden aufschlug wie ein gefällter Baum, schrie Penelope höchst unköniglich: »Lftls!«

Die Königin, die Hexe und die Schauspielerin türmten, jede in eine andere Himmelsrichtung. Als Marlowes kleine Truppe sich von ihrem Schock erholt und ihrem Führer auf die Beine geholfen hatte, kroch Penelope am Ufer des Sees entlang. Sie suchte nach einem anderen Weg zurück ins Dorf, bei dem sie sich nicht auf der Brücke zeigen mußte.

Auf der anderen Seite amüsierten sich die Bauern offensichtlich immer noch prächtig, schwenkten ihre Fackeln, bewarfen den Steuereintreiber und trieben sich nach Herzenslust mit den Frauenzimmern herum.

Penelope war versucht, aufzugeben und über die Brücke zu rennen, als die Gestalten der königlichen Leibwache, angeführt von Sir Walter, aus der Wahrsagergasse kamen und am Fuß der Brücke anhielten, um sich zu beraten.

Penelope fühlte sich wie Moses in seinem kleinen Binsenkorb, als sie vorwärts kroch und leise rief: »Hrbnch.«

»Penelope, was ist passiert?« rief Sir Walter. »Wo warst du? Ich habe mir solche Sorgen gemacht.«

»Shbnmchgfsslt«, erwiderte Penelope.

»Das sehe ich auch, Liebling.«

»Wer war das?« fragte Ralph – oder Russell. »Das wird er büßen.«

»Mrew!«

»Ich kann kein einziges Wort verstehen, Penelope.«

»Ich hab' die Lösung«, sagte Robin Hood. »Holen wir sie aus diesem Ding da raus.«

Gute Idee, Beamish, dachte Penelope und nickte begeistert. *Wirklich eine gute Idee.*

Die kleine Gruppe eilte über die Brücke und verstieß gegen die Tradition, da sie nicht stehenblieb, um sich küssen. Es wäre sowieso unter all dem Leder zu schwierig gewesen, die Lippen der Königin zu finden.

Penelope hatte sich in ihren Bauern ziemlich geirrt.

Captain Sneddon's Companie of Foote hatte sich zum Gefecht aufgestellt. Zu ihrer Rechten schwenkte Drakes Mannschaft drohend ihre Breitschwerter. Der schwarze und der weiße Ritter saßen zu Pferde und hielten ihre Lanzen bereit. Männer standen an den Kanonen der königlichen Artillerie. Stormy führte die Pikten an. Die Bauern drängten sich zusammen und streckten Harken und Heugabeln angriffsbereit in die Höhe.

Die Königin und ihre Gruppe traten aus dem Schatten der Bäume hervor.

Die Armee und Marine von England begrüßten sie mit einem schallenden, wenn auch etwas überraschten »Hurra!« Welch heimtückischer Bauer hatte es gewagt, die Königin in Ketten zu legen und sie wie ein ordinäres Fischweib zu behandeln?

Die Königin erwiderte: »Mchtsls!«

Der *Lord High Sheriff* holte eilig den Generalschlüssel, und in wenigen Minuten war die Königin von der Apparatur und ihren Fesseln befreit. Wie sie nun vor ihren Truppen stand, lief sie wieder zur Höchstform auf und beschloß, eine Kurzfassung der Rede Königin Elisabeths zu halten, die diese in Tilbury beim Näherkommen der spanischen Armada an ihre Truppen gerichtet hatte.

Penelope griff sich von einem vorbeikommenden Bauern eine Fackel und ein Entermesser von einem von Drakes Seebären, hob sie hoch und schrie: »›Ich weiß, ich hab' den schwachen Körper einer schutzlosen Frau, aber das Herz und die Eingeweide eines Königs von England ...‹«

»Hurra!«

Penelope war gerade bereit, Henrys Rede zu zitieren, die er am Abend vor Agincourt gehalten hatte, als man plötzlich vom Lager der Rebellen einen schrillen Aufschrei mit irischem Akzent hörte. »Nmdndrckgnpftnwg.«

Dem folgte ein erstickter Schmerzensschrei und eine nicht ganz so erstickte Reihe von Flüchen. Offensichtlich hatte man die Schauspielerin nach einigem Widerstand wieder gefangengenommen.

Alyce war ebenfalls eingeholt worden, da sie rief: »Wrmhlftmrdnknr?«

Henrys Rede mußte warten, beschloß Penelope. Es wäre viel dramatischer gewesen, wären die Rebellen langsam aus dem Dunkeln aufgetaucht, aber es sollte nicht sein. Lolas Kamerateam erhellte die Szene mit seinen Scheinwerfern.

Der bunt zusammengewürfelte Haufen hatte sich in Kampfformation aufgestellt. Hinter ihnen konnte man Alyce und Sharon sehen, die an den Scheiterhaufen gebunden waren und zu deren Füßen Reisigbündel lagen.

»Seht dort drüben in den sanften Strahlen der Morgendämmerung«, rief der schwarze Ritter und ignorierte dabei die Tatsache, daß die Morgendämmerung noch etliche Stunden entfernt war. »Schöne Damen in Not. Mich dünkt, ich solle sie retten, auf daß ich gewiß von ihren sanften Lippen belohnt werde.«

»Mich dünkt, ich sah sie zuerst, Schurke«, sagte der weiße Ritter. »Sie sind mein Gral.«

Aber unter Königin Elisabeths treuen Untertanen gab es noch viele, die eine schöne Dame retten wollten und sich eine süße Belohnung erhofften.

Sir Robert Dudley legte rasch sein Blätterwerk ab und zog sein Rapier.

Lothario holte eine recht unelisabethanische, halbautomatische Neun-Millimeter-Beretta unter seinem Wams hervor.

Little Ralph und Little Russell küßten ihre Frauenzimmer zum Abschied und machten sich mit ihren Stäben zum Angriff bereit.

Robin Hood tat das gleiche, bevor er einen Pfeil in den guten alten englischen Langbogen spannte, der doppelt so groß war wie er selbst.

»Sind sie nicht mutig?« riefen die Frauenzimmer hingerissen.

Königin Elisabeth war kurz davor, den Befehl zum Angriff zu geben, als der königliche Kater aus dem Schatten geschossen kam und sich auf Marlowe stürzte. *Dir werd' ich's zeigen.*

Big Mike landete auf Marlowes Rücken und krallte sich fest.

Marlowes Schmerzensschreie hallten durch die Nacht, während er herumsprang und wild mit den Armen fuchtelte. Verzweifelt versuchte er, den königlichen Kater abzuschütteln.

Ha!

Big Mike saß auf ihm wie ein Cowboy auf einem sich aufbäumenden Wildpferd.

Das war der richtige Augenblick, um anzugreifen. Also los ...

»Zum Angriff!« rief Königin Elisabeth.

Als sie an der Spitze ihrer Truppen über den Dorfanger raste, drehte sich Penelope zu Lothario um und rief: »Übrigens, es war Marlowe. Er ist der Mörder.« Penelope konnte sich nicht erklären, wieso sie dieses Detail nicht schon früher erwähnt hatte.

Das darauffolgende Handgemenge war nur kurz. Marlowes Truppe verlor rasch den Mut, und die Reihen lösten sich auf.

Sie versuchten zu fliehen, wurden aber von Bauern, Soldaten, Seeleuten und zahlreichen anderen umzingelt und mit den Waffen in die Enge getrieben.

Lothario zwischen Pflicht und dem Wunsch, Alyce vom Scheiterhaufen zu retten, hin- und hergerissen, entschied sich für die Pflicht und näherte sich Marlowe vorsichtig. Nicht, weil er Angst hatte, sondern weil er absolut nicht wußte, wie er den fauchenden Mycroft von dem Schuldigen entfernen sollte. Er hatte kein Verlangen danach, für den Rest seines Lebens von Katzenkrallen entstellt zu sein.

Marlowe löste das Problem selber, als er auf den Boden fiel und auf Big Mike rollte. Dies war offensichtlich ein schwerwiegender Fehler von ihm, da er rasch auf die Füße sprang und laute Schmerzensschreie ausstieß. Big Mike hatte nämlich sein eigenes Problem gelöst, indem er Marlowe in den Hintern biß.

Lothario wiederum löste sein Problem, indem er Marlowe den Lauf seiner Pistole ins Ohr steckte. »Los, auf den Boden«, rief er.

Für den zweitwichtigsten Dramatiker Englands war das ja wirklich ein Abend mit Höhen und Tiefen gewesen.

Beschäftigt wie er war, verpaßte Lothario die Befreiung seiner geliebten Alyce vom Scheiterhaufen. Das war auch ganz gut so, da Alyce, sobald Sir Walter sie von ihren Fesseln befreit hatte, von Gefühlen übermannt wurde, ihm um den Hals fiel und ihm einen dicken, fetten Kuß zur Belohnung und einen lebenslangen Gutschein für astrologische Konsultationen gab.

Sir Robert Dudleys Midlife-crisis war offensichtlich vorbei, da er, während er Sharon vom Scheiterhaufen losband, rief: »Ich liebe dich. Willst du mich heiraten?«

»Chwll«, rief Sharon zurück, »chwll.« Also, wenn das kein Heiratsantrag war, der in *Die Traumhochzeit* gehörte.

Die Ritter erreichten die schönen Damen als erste, aber so beladen, wie sie mit den schweren Rüstungen waren, konnten sie nicht ohne die Hilfe ihrer Pagen absteigen, die während des tapferen Angriffes weit zurückgeblieben waren. So konnten sie nur hilflos zuschauen, wie die Belohnungen verteilt wurden.

»Scheiße«, sagte der schwarze Ritter.

»Das kannst du laut sagen«, erwiderte der weiße Ritter.

Sirenen durchdrangen die Nacht, und Polizeiwagen fuhren mit quietschenden Reifen über die grünen Felder des elisabethanischen Englands. Sie waren ein bißchen spät dran, aber das konnte man ihnen nicht zum Vorwurf machen.

Als sich die Schlacht ihrem Ende näherte, kroch die Königin auf allen vieren langsam auf den königlichen Kater zu. Dabei flüsterte sie beruhigend: »Hey, Mikey, ich bin es. Es ist jetzt alles in Ordnung. Es ist alles vorbei.«

Big Mike sah enttäuscht aus. Na ja, vielleicht würde die spanische Armada doch noch mal auftauchen.

Als Marlowe von den Männern des *Lord High Sheriff* abgeführt wurde, zitierte er die tragischen Worte, die sein Namensvetter geschrieben hatte: »›Ah, Faustus! Nun hast du nur ein einzig Stündlein noch zu leben, dann kommt ewige Verdammnis. Steht still, ihr rastlos regen Himmelssphären! Zeit, höre auf! Nie werd' es Mitternacht ...‹« *

Marlowe widersetzte sich kurz an der Tür des Polizeiwagens. »›O Seele, wandle dich zu Wassertropfen, und fall ins Weltmeer, ewig unauffindbar! Ach Gott, mein Gott, blick nicht so voller Grimm!‹«

Aber Zwiddeldei schaute Marlowe grimmig an.

»›Ottern, Schlangen, laßt mir noch den Atem! Schreckliche Höll', öffne dich nicht.‹«

Zwiddeldei schob Marlowe grob durch die offenstehende Tür des Polizeiwagens, aber bevor er sie zuschlagen konnte, tauchte Marlowes Kopf noch einmal auf. »›Nein, komm nicht,

* Dieses und folgende Zitate aus:
Christopher Marlowe, Die tragische Historie von Doktor Faustus. Reclam, Stuttgart 1964.

Luzifer!‹« rief er. »›Ich will verbrennen meine Zauberbücher – ah, Mephistopheles!‹«

Bei diesen letzten Worten von Faustus fiel die Tür endlich zu.

Eines mußte man ihm lassen, dachte Penelope. *Er hat ein wundervolles Gefühl für den rechten Augenblick.*

Schließlich feierten die Elisabethaner mit großer Erleichterung so ausgelassen, als hätten sie Jahrhundertwende. Die beklemmende Stimmung, die Carolyn Lewis' und Richard Burbages Tod hervorgerufen hatte, verschwand nach der großen Schlacht, als sie begriffen, daß der Mörder nicht mehr unter ihnen weilte.

Überall, wo sie hingingen, wurden Penelope und Big Mike mit Lob und lautem Jubel begrüßt. »Was für 'ne Königin«, war die einhellige Meinung. »Und was für ein Kater.«

Aufgrund des tapferen Angriffs, der Marlowes Truppe in die Flucht geschlagen hatte, meinte jeder, eine Hand – oder eine Pfote – bei der Verhaftung eines Mörders mit im Spiel gehabt zu haben.

Master Will Shakespeare, nun vom Verdacht des Mordes freigesprochen, rezitierte Henrys Rede vor der Schlacht von Agincourt und klang mit jedem Pint Ale, das er trank, immer ausgelassener.

»›Uns wen'ge, uns beglücktes Häuflein Brüder:
Denn welcher heut sein Blut mit mir vergießt,
Der wird mein Bruder; sei er noch so niedrig,
Der heut'ge Tag wird adeln seinen Stand,
und Edelleut' in England, jetzt im Bett
Verfluchen einst, daß sie nicht hier gewesen,

und werden kleinlaut, wenn nur jemand spricht,
Der mit uns focht am Sankt-Crispinius-Tag.‹«*

Penelope fand Master Wills ersten Vortrag recht gut, aber als der Abend fortschritt, wünschte sie, sie hätte die Rede selbst gehalten, die richtigen weiblichen Formen benutzt und am Schluß die Iden des März eingefügt.

Sogar einige derjenigen, die bei Marlowes *Star Chamber* mitgemacht hatten, prangerten ihn nun öffentlich an und führten sich auf, als wären sie an seinem Niedergang mit beteiligt gewesen. Sie beanspruchten mehr Anerkennung, als ihnen zustand.

»Ich wußte, daß da etwas Merkwürdiges vor sich ging«, sagte ein eingebildeter Master Edwards jedem, der ihm Aufmerksamkeit schenkte, »deshalb habe ich bei der Sache mitgemacht. Die Königin und die beiden Damen befanden sich zu keinem Zeitpunkt in Gefahr.«

Ja, klar.

»Er konnte es gar nicht abwarten, mich an den Pfahl zu binden«, flüsterte Alyce. »Er hat sich köstlich amüsiert.«

»Er ist richtig pervers«, stimmte Sharon ihr zu, »und außerdem hat er sich mit seinen Händen einige Freiheiten erlaubt.« Ihr frischgebackener Verlobter wurde bei dem Gedanken, jemand könnte seine teure Zukünftige angerührt haben, ziemlich wütend, aber Sharon beruhigte ihn: »Mach dir nichts draus, Liebling, die Sache hat sich gelohnt, wenn man bedenkt, wie du mich gerettet hast ... Ich war so stolz auf dich. Du kannst mich jederzeit losbinden.«

Ganz der Unternehmer, bot Ralph – oder Russell – Sharon prompt einen Katalog an. »Das könnte Sie vielleicht interessieren, und es gibt einen Preisnachlaß für Paare.«

Die Königin sah über die Vergehen des Eisenwarenhändlers

* William Shakespeare: Heinrich V., in: Shakespeare's Dramatische Werke, Band 1, übersetzt von A. W. von Schlegel, Grote'sche Verlagsbuchhandlung, Berlin 1899.

großzügig hinweg, für den Moment jedenfalls. Es war noch ein Tag ihrer Regentschaft übrig, und daher blieb ihr genug Zeit, ein oder zwei Aufschneider an den Pranger und in das Tauchbecken zu schicken. Penelope fand es an der Zeit, daß Master Blaine Edwards, Hoflieferant Seiner Königlichen Hoheit, auch einmal eine Kostprobe seiner Waren bekam. So manch ein Frauenzimmer und so manch schöne Maid würde glücklich applaudieren.

Helena von Troja jedoch war völlig verstört. »Ich kann es nicht glauben«, wimmerte sie. »Ich kann es einfach nicht glauben. Er schien so nett zu sein.«

Penelope hatte Mitleid mit ihr, weil sie scheinbar wirklich geglaubt hatte, daß es nur ein Spiel war. »Kathy, kennst du noch irgendwelche Renaissance-Männer, die noch nicht vergeben sind?«

»Nun, Timmy hat da einen Freund. Er ist gerade von einem Milchmädchen sitzengelassen worden, die mit einem fahrenden Troubadour durchgebrannt ist.«

»Dieser Freund ... schreibt der zufällig Gedichte?«

»Oh, doch, aber nicht wie Timmy. Er ist eher der Ode-an-den-stattlichen-Saguaro-Typ.«

»Perfekt. Würdest du ihn bitte mit Helena von Troja bekannt machen?«

Und was den Rest von Marlowes Schauspielern anging, war Penelope bereit, sogar den Teufeln und den Sieben Todsünden zu verzeihen, die Marlowe im *Star Chamber* so begeistert unterstützt hatten. Marlowe hatte sie alle betrogen und sie unter dem Vorwand gewonnen, die Festspiele auf spektakuläre, wenn auch verräterische Art zu beenden.

All dies und noch mehr kam heraus, als mal wieder alle von gleich mehreren Polizisten befragt wurden. Angesichts der Überstunden bekam Dutch beinah einen Herzanfall. Die Mitverschwörer wurden vom Verdacht der Mittäterschaft freigesprochen und freigelassen, so daß sie sich wieder an den Parties beteiligen konnten.

Penelope hatte immer noch eine Gänsehaut. Sie hatte die Axt des Scharfrichters ausprobiert und festgestellt, daß die Klinge extrem scharf war. Bei dem bloßen Gedanken daran sträubten sich ihr die feinen Nackenhaare. Sie fragte sich, wie weit Marlowe gekommen wäre, bis irgend jemand gemerkt hätte, daß er es ernst meinte.

Sogar »Völlerei«, ein übergewichtiger und ängstlicher junger Computerprogrammierer, der unter Tränen gestand, daß er auf Marlowes Geheiß Amanda hatte abstürzen lassen, durfte gehen. Quentin Parnelle würde jedoch Anklage gegen ihn erheben. »Aber ich habe doch nicht gewußt, daß er Leute umgebracht hat.«

»Warum die Sache mit Amanda?« hatte Penelope gefragt.

»Marlowe wollte ein paar seiner Freunde dazuholen, ohne daß es jemand bemerkte, aber sie wurden bei einem Banküberfall festgenommen.«

Das war eine Erklärung für Marty und Carl, die Dick und Doofs unter den Bankräubern.

Laney, Wally und Alex waren prompt zur Stelle, als die Festlichkeiten nach der Verhaftung losgingen. Irgendeiner ihrer Informanten hatte offensichtlich angerufen, um Laney zu sagen, daß eine Polizeiwagenkolonne zum Festspielgelände hinausfuhr.

»Warum hast du mir nicht Bescheid gesagt?« fragte Laney.

»Ich wußte nichts davon.«

»Immer verpasse ich den ganzen Spaß.«

Ja, es war wirklich ein toller Spaß, dachte Penelope. In Ketten und aufgezäumt wie ein Pferd herumgeführt und zum Tode verurteilt zu werden, praktisch schon auf dem Weg zum Tower und dem Scharfrichter zu sein und dann noch in der Nacht herumzukriechen und vor Sorge um Mikey fast verrückt zu werden. »Nächstes Mal kannst du es gern machen.«

»Darf ich wirklich?«

Lola übertrumpfte jeden mit ihren Exklusivbildern über Marlowes Verhaftung und den Interviews mit Penelope und Big Mike.

Laut Penelope war es ausschließlich Mycrofts Verdienst, da er das Versteck mit dem belastenden Beweismaterial gefunden hatte.

»Wann haben Sie Marlowe zum erstenmal verdächtigt?«

Zu spät, dachte Penelope, *viel zu spät.* »Es war eine Kombination aus seinem Musikgeschmack und einer zufälligen Bemerkung, daß er oft unter Depressionen litt. Und wie Sie wissen, wird Curare für mehrere medizinische Zwecke benutzt und manchmal bei der Behandlung von psychischen Störungen angewendet, wie zum Beispiel bei Schizophrenie ...«

Penelope fragte sich, ob Marlowes Verteidiger die Aufzeichnungen von Marlowes großem Auftritt als Beweis für Unzurechnungsfähigkeit benutzen würde.

»Und das wär's vom Schauplatz der zwei brutalen Morde, die nun dank der enormen Leistung von Penelope Warren und ihrem Partner aufgeklärt sind, der nicht umsonst Big Mike genannt wird.«

Der Bericht endete damit, daß Lola die Hand nach Mycroft ausstreckte und ihn liebevoll unter dem Kinn kraulte. »Ist er nicht tapfer?« Mycroft war scheinbar für die Kamera geboren, denn er schnurrte aufs Stichwort.

Nachdem sie das Füllmaterial gedreht hatte, raste Lola zum Studio, um den Bericht noch rechtzeitig für die Abendnachrichten fertigzumachen. »Beendet die Party nicht ohne mich«, rief sie über die Schulter zurück.

Das war nicht zu befürchten. Die lüsternen Elisabethaner waren bereit, sich ausgiebig einen auf die Lampe zu gießen.

Die Nacht kühlte sich langsam ab, und daher stahl sich Penelope zum Zeltlager zurück, um sich etwas Wärmeres anzuziehen. Sie hatte schon eine richtige Gänsehaut auf den königlichen Melonen, und es hatten sich schon mehrere angetrunkene Elisabethaner freiwillig gemeldet, sie ein bißchen zu wärmen. Sie wies die Hilfe höflich zurück und entschied sich statt dessen für ein dickes Sweatshirt.

Es war angenehm, durch die Nacht zu schlendern, ohne daß man sich die ganze Zeit über die Schulter umsehen mußte. Es war genauso angenehm, daß niemand die Tür als Nachrichtenbord für eine weitere Drohung benutzt hatte. Penelope hatte sich gerade vor dem Heizlüfter umgezogen und war zum Kühlschrank gegangen, um sich ein Stück Käse abzuschneiden – bei all dem hatte sie das Abendessen vergessen –, als das Scheinwerferlicht eines Autos durch die Scheiben des Wohnmobils fiel. Ein Motor wurde abgewürgt, Türen knallten zu, und jemand klopfte.

Was denn nun schon wieder?

Penelope öffnete die Tür und stand Zwiddeldei und Zwiddeldum gegenüber. »Hi«, sagte sie.

»Penelope«, sagte Zwiddeldei. Für ihn war das eine formelle Begrüßung.

»Kommt doch rein. Ich wollte mir gerade einen Snack machen. Wollt ihr ein paar Cracker mit Käse? Und ein Bier?«

»Hm ...«

»Ich werde es Dutch nicht sagen, versprochen.«

Die Detectives grinsten. »Wenn das so ist ...«

Penelope verteilte Bier und bereitete schnell eine Platte mit Käse und Crackern zu.

»Du warst gut«, sagte Zwiddeldei. »Die Katze auch.«

»Sehr gut«, sagte Zwiddeldum und klang dabei wie ein Echo.

Penelope errötete. Wenn man die manchmal antagonistische Beziehung zwischen dem Diebstahl- und Morddezernat und *Mycroft & Co* in Betracht zog, war das wirklich ein sehr großes Lob.

»Wir wollten nur, daß du das weißt.«

»Du würdest eine gute Polizistin abgeben.«

»Ach, ich weiß nicht ...«

»Es ist noch nicht zu spät.«

»Wollt ihr noch ein Bier?«

»Klar, da sag' ich nicht nein.«

»Wir müssen noch ein paar Fragen stellen und ein paar Sachen klären, aber das kann auch bis Montag warten.«

»Gibt es genug Beweismittel, um ihn anzuklagen?«

»Oh, er hat gestanden.«

»Irgendwie jedenfalls. Der ist total verrückt.«

»Faselt ständig irgendwas von seinen treuen Diensten, die durch Exil belohnt wurden. Weißt du, wovon er redet?«

Penelope erklärte die Shakespeare-war-in-Wirklichkeit-Marlowe-Theorie.

»Du meinst, dieser Irre glaubt wirklich, er ist irgend so ein Schriftsteller von vor vierhundert Jahren?«

Penelope nickte. »Ich glaube schon.«

»Kein Wunder, daß der seine Bücher verbrennen will«, sagte Zwiddeldei.

»Ist einfacher, als sie dauernd abzustauben«, sagte Zwiddeldum.

Als die Königin, verkleidet als Buchhändlerin Penelope Warren, ins Jahr 1595 zurückkehrte, fand sie Big Mike, der von einem Schwarm bewundernder Maiden und Frauenzimmer gefeiert wurde. Wenn es irgendwas gab, daß Mikey lieber mochte als Limabohnen, dann war es, von einer Gruppe hübscher junger Frauen bewundert zu werden. *Wenn sie so weitermachen,* dachte Penelope, *geht sein Schnurrmotor noch kaputt.*

Die Königin hätte den königlichen Kater gerettet – jedoch nur mit dem Risiko, Verletzungen zu erleiden, da Big Mike Rettung weder wollte noch brauchte –, aber sie wurde wieder schnell von ihren eigenen Bewunderern umringt, die alle mit der Heldin gesehen werden wollten.

Ach, Jungs, das war doch noch gar nichts.

Es schien Country-und-Western-Nacht im elisabethanischen England zu sein, und die Königin wurde nacheinander von Andy, Sir Francis Drake, dem spanischen Botschafter, Quentin Parnelle, wieder Andy und Sir Francis Bacon zum Tanzen aufgefordert – und das alles zu den Balladen von George Strait und Garth Brooks.

Dutch gesellte sich dazu und klatschte Bacon ab, der aussah, als wollte er dem Polizeichef sagen, er solle sich verziehen. Er gab jedoch nach, als Penelope ihm sagte, er könnte den zweiten Tanz später haben.

»Wo ist Stormy?« fragte Dutch.

»Ich weiß nicht. Ich habe sie schon eine Weile nicht gesehen.«

Nebenan ertönte lautes Geschrei.

»Was ist da los?«

»Der *Wet T-Shirt Contest*«, sagte Penelope. »Sie wollten, daß ich auch mitmache, aber keine Chance. Die Königin muß ein gewisses Niveau wahren.«

»Wie schade«, sagte Dutch und schaffte es kaum, sein lüsternes Grinsen zu verbergen.

»Das hat Andy auch gesagt. Ihr seid alle gleich.«

»Du warst gut, Penelope, aber du mußt vorsichtiger sein. Mit dir und Stormy werde ich noch vor meiner Zeit alt und grau.«

»Burke und Stoner haben mich auch gelobt. Ich glaube, sie fangen an, mich zu mögen ...«

»Bis zum nächsten Mal ...«

»O Gott, ich hoffe, es gibt kein nächstes Mal.«

Stormy kam durch die Tür gestürzt und hielt eine Trophäe in die Höhe.

Dutch stöhnte. Seine Geliebte trug ein klatschnasses T-Shirt mit der Aufschrift *Elisabethanische Frühlingsfestspiele von Empty Creek,* das ihr am Körper klebte und ihren üppigen Busen ziemlich gut zur Geltung brachte.

»Mein Gott, Stormy«, rief Penelope, »du hast doch wohl nicht?«

»Doch, hab' ich«, sagte Stormy und warf ihre goldene Mähne triumphierend zurück, »und ich habe auch gewonnen.«

Eine verdrossene Debbie, gefolgt von einem ebenso verdrossenen Sam Connors, kam herein und hielt eine viel kleinere Trophäe in der Hand. »Ich kann es nicht fassen«, sagte Debbie, »ich habe vorher noch nie verloren.«

»Es waren all diese Pikten«, sagte Laney, als sie hereinkam.

Ihre Trophäe war winzig. »Es war manipuliert.«

»Ach, Schatz«, sagte Wally, »in meinem Herzen wirst du immer die Nummer eins sein.«

»Ist er nicht der süßeste Cowboy, den die Welt je gesehen hat?«

Penelope reservierte den letzten Tanz für Andy, kuschelte sich dicht an ihn und war glücklich, in seinen Armen über die Tanzfläche zu schieben (er war nicht der beste Tänzer). Penelope fand, daß Andy für seinen Teil bei ihrer Rettung eine Belohnung verdiente, obwohl sie eigentlich wußte, daß sie auch ohne Hilfe zu ihren Truppen zurückgekehrt wäre. Es war aber ganz nett, gelegentlich gerettet zu werden.

Penelope nahm Andys Hand und sagte: »Komm, laß uns ein bißchen von hier verschwinden.«

»Wohin gehen wir?«

»Nur ein bißchen an die frische Luft.«

Penelope führte ihn ein letztes Mal über die *Kissing Bridge,* um wiedergutzumachen, daß sie zuvor die Tradition gebrochen hatten.

Als sie vor dem Pranger standen, der leer dastand und darauf bedacht schien, seine erotisierende Wirkung unter Beweis zu stellen, sagte Penelope: »Los, du kleiner Schuft, mach mit mir, was du willst.« Er mußte eben einfach die Rolle des Häschers und des Retters spielen.

Wie sich herausstellte, machte Andy mit ihr nicht nur das, was er wollte, sondern auch, was sie wollte. Und das gar nicht mal so schlecht, wenn man bedachte, wie verkrampft ihre jeweilige Position war.

Ausgestreckt lag der königliche Kater auf einem Ast in seinem Lieblingsbaum und sah zu. Es war nicht so einfach, den unergründlichen Ausdruck auf seinem Gesicht zu deuten, aber vielleicht wunderte er sich über die seltsamen Dinge, die Penelope und Andy manchmal anstellten.

Und so fanden die Iden des März ein erfreuliches Ende.

Ein Epilog

In dem, verehrter Leser, unsere kleine Geschichte, die inmitten der nachgemachten Felder des alten Englands spielt, zu einem glücklichen Ende kommt, sieht man von dem atheistischen Mörder ab, der nach einer Gerichtsverhandlung an einen Ort zurückkehrte, an dem er schon einmal gewesen war; in eine Institution für wahnsinnige Kriminelle, wo ihm Bücher, aber keine Streichhölzer erlaubt wurden.

Und ein gewisser Eisenwarenhändler bekam, sehr zur Freude aller schönen Frauen, sein Fett ab. Sogar die Königin warf mit großer Genauigkeit eine königliche Tomate, unter dem Beifall aller, einschließlich der *Empty Creek Gila Monsters,* die an den Iden des März ihr erstes Baseballspiel der Saison gewonnen hatten.

Unsere Mitwirkenden, allesamt gute und treue Elisabethaner, gaben dann die altertümlichen Sitten und Gebräuche für zwölf Monate auf, bis Aquarius erneut in Erscheinung trat und dabei die Herzen, die jungen und alten zugleich, beim Näherrücken des Frühlingsäquinoktiums und der ewigen Freuden des Frühlings zum Jubeln brachte.

Vor den ersten Kanonenböllern im Jahre 1596 würde es mehrere Hochzeiten geben. Bei der ersten im Juni tauschte eine irische Schauspielerin mit ihrem Lehrer und Mentor Liebesschwüre aus, dicht gefolgt von den Riten, die Ben Jonson und seine liebliche Celia vereinten, anderweitig auch bekannt als Burton Maxwell und »unsere Leigh«. Im September reichte Lola LaPola ihrem jungen Gerichtsdiener die Hand fürs Leben.

Andere schworen sich ewige Treue, unter ihnen Alyce und Lothario und Robin Hood und Maid Marian.

Laney bestellte eine ganze Menge Dinge aus Ralphs und Russells Katalog.

Ralph und Russell kamen den Bestellungen mit der Hilfe zweier ehemaliger Schankmaiden nach.

Der stets lakonische Wally half willig dabei, die Pakete zu öffnen.

Sir Hund gab seine Rüstung einstweilen zurück, kläffte und jaulte, wenn er nicht gerade schlief, fraß oder mit seinem Kumpel Big Mike alte Zeiten aufleben ließ.

Bis die Dreharbeiten für *Legs* begannen, waren Dutch und Stormy mit der Restaurierung ihrer Küche beschäftigt, deren Fertigstellung selbstverständlich eine Party nach sich zog, auf der sich alle prächtig amüsierten.

Da die Verbrechensrate in Empty Creek in den Keller ging und es nicht viel gab, was ihre Hirne auf Trab hielt, nahmen Zwiddeldei und Zwiddeldum jeder fünf Kilo zu, da sie zu viele von Mom's Marmeladen-Doughnuts aßen.

Lady Kathleen studierte, arbeitete und inspirierte weiterhin die poetischen Höhenflüge ihres Jongleurs.

Harold, die königliche Maus, und seine Freundin – bald Harriet getauft – zogen in die Garage, wo ihnen der königliche Kater hin und wieder einen Besuch abstattete.

Master Will Shakespeare verfaßte während der heißen Sommermonate Sonette, da die Zugvögel alle zurück nach Iowa oder Minnesota – oder wohin auch immer – zurückgingen, um der sengenden Hitze zu entfliehen, und die Nachfrage nach Wohnmobilen zurückging.

Was die Königin und ihren treuen Gefährten anging, so kehrte ihr Leben zu der gemütlichen – und glücklicherweise friedlichen – Routine zurück, die sie sehr genossen. Der ehemalige Sir Walter Raleigh (er hatte zur gleichen Zeit wie die Königin seine Rolle abgegeben) fing an, Laneys zahlreichen exotischen Kataloge durchzugehen. Das Resultat war, daß er seine Süße (die absolut nichts dagegen hatte) ständig mit irgendwelchen erotischen Spielereien überraschte. Das sorgte für viele interessante Abende.

Da gab es noch die Sache bei der *Empty Creek Arabian Horse Show* (und ein paar andere Kleinigkeiten, die nicht erwähnenswert sind), aber abgesehen davon meinte es das Leben sehr gut mit ihnen.

Big Mike stimmte ihnen darin zu, obwohl er sich ein bißchen freinahm, um durch sein Reich zu wandern und seine Bürger wissen zu lassen, wer das Sagen hatte – nur für den Fall, daß es während seiner Regentschaft bei den Festspielen ein paar Fälle von Gedächtnisverlust gegeben hatte.

Er erneuerte außerdem seine Bekanntschaft mit Murphy Brown, die prompt einen weiteren Wurf knurrender, zischender, knuddeliger Mycrofts produzierte – sehr zum Mißfallen von Josephine Brooks, Murphys Besitzerin, die die Ansicht vertrat, daß Murphy sich hurtigst in ein Kloster begeben sollte.

Aber wie Penelope der aufgeregten Jo sagte, brauchte eine königliche Familie zahlreiche stämmige Erben.

Big Mike stimmte dem ebenfalls zu.